MATO GROSSO

Ian Manook est journaliste, éditeur, publicitaire et désormais romancier. Son premier roman, *Yeruldelgger*, a reçu le Prix Quai du Polar/*20 Minutes*, le Prix SNCF du polar et le Grand Prix des lectrices de *Elle*. Il vit à Paris.

Paru au Livre de Poche :

LA MORT NOMADE
LES TEMPS SAUVAGES
YERULDELGGER

IAN MANOOK

Mato Grosso

ROMAN

ALBIN MICHEL

ISBN : 978-2-253-23746-4 – 1re publication LGF

À Françoise,
pour nos Brésils et nos autres voyages

« Toute ombre, en dernier lieu, est […] fille de la lumière et seul celui qui a connu la clarté et les ténèbres, la guerre et la paix, la grandeur et la décadence a vraiment vécu. »

Stefan ZWEIG, *Le Monde d'hier*

mort du jacaré a interrompu le processus de digestion de sa proie et nous avons identifié Coelho grâce à plusieurs indices, dont sa montre. Nous avons aussi retrouvé des os de son crâne, et son frontal n'était perforé d'aucune balle. Par contre nous en avons récupéré cinq dans l'estomac de l'animal, de calibre 38 comme les munitions de votre colt, qui ne pouvaient provenir que de la décomposition du corps. Alors oui, vous avez tué Everaldo Coelho, mais vous ne l'avez pas exécuté d'une seule balle dans le front comme cherche à le faire croire votre prose mensongère. Vous l'avez criblé de cinq balles au moins en le poursuivant. J'imagine que vous l'avez blessé sous l'épaule en croyant viser son cœur mais qu'il s'est enfui et que vous l'avez poursuivi en vidant votre chargeur dans son dos, de sorte qu'il n'a eu d'autre solution pour vous échapper que de se jeter dans le fleuve.

— Élucubrations de vieux flic impotent ! Et vous n'avez aucune preuve de ça ! hurla Haret qui se leva en basculant sa chaise pour faire face à Figueiras.

— Asseyez-vous ! ordonna aussitôt l'ancien flic roide dans sa chaise d'infirme, l'arme pointée à bout de bras. Asseyez-vous immédiatement et retournez-vous. Je ne veux jamais, plus jamais vous m'entendez, voir votre visage d'assassin pleutre et menteur.

Haret perdit aussitôt toute arrogance et toute colère, baissa la tête, ramassa la chaise d'un lent mouvement résigné, et s'assit à nouveau dos à Figueiras.

— Je sais qu'il s'est jeté à l'eau, reprit ce dernier, car j'ai moi-même retrouvé des fibres de sa chemise prises dans la branche d'un arbre sur la berge, bien trop haut pour avoir été arrachées au vêtement d'un homme qu'on aurait poussé à l'eau depuis le sol. Vous avez massacré cet homme, Monsieur l'écrivain, sauvagement, et ce qui s'est passé n'a rien à voir avec la belle histoire d'un héros à la Camus que vous nous serinez page après page.

La certitude de Figueiras assomma Haret, qui se tassa sur lui-même et enfouit son visage dans ses mains.

— C'est vrai, bafouilla-t-il, j'ai fait ça, c'est vrai, mais vous devez me comprendre, j'étais fou de jalousie, je n'étais plus moi-même, je n'étais maître ni de mes sentiments ni de mes gestes…

— C'est encore faux, coupa Figueiras.

— Non, c'est vrai et vous avez raison, je l'avoue aujourd'hui, tout s'est passé comme vous le dites et non comme je l'ai écrit.

— Non, Monsieur l'écrivain, ça s'est passé de façon bien pire que ça, parce que vous avez aussi tué l'homme de la barque, n'est-ce pas ?

Haret releva lentement la tête sans répondre.

— Pour Everaldo, reprit Figueiras, je l'ai su très vite, dans les jours qui ont suivi votre crime, mais pour Eusébio da Villa, l'homme de la barque, je l'ai compris bien plus tard, à la première grande sécheresse, quand le niveau du Paraguay a baissé de six mètres, asséchant de nombreux arroyos. C'est fou ce qu'on jette à la rivière, même au cœur d'une jungle. Des congélateurs, des batteries, des motos, des générateurs, des voitures même, sans parler des armes, innombrables. Et puis il y avait cette barque en aluminium encore équipée d'un Evinrude Johnson 2 de vingt chevaux modèle 1973, mais le fond criblé à coups de munitions de 38 encore une fois, avec, nouée à un anneau d'amarrage, une courte corde que terminait un nœud coulant. J'ai vite compris que vous y aviez attaché le corps de ce pauvre homme avant de larguer l'amarre et d'envoyer la barque couler au fond de l'eau. Toutes ces années après, le corps avait disparu, bien entendu, délité par les eaux ou déchiqueté par les poissons, mais la corde parlait pour lui. Eusébio da Villa habitait au sud de la ville une maison sur pilotis et c'est le numéro de série du moteur qui nous a permis de faire le lien.

» La seule chose que j'ignore, c'est comment vous avez fait pour le tuer. Un coup de feu aurait alerté Everaldo, et les coups de feu contre Everaldo auraient effrayé l'homme qui se serait probablement enfui. J'en ai déduit que vous lui aviez fracassé le crâne par surprise dès votre arrivée sur le ponton, pendant qu'il s'agenouillait pour vous amarrer par exemple. Puis vous l'avez abandonné là, ligoté sans doute, avant de revenir après votre forfait cribler sa barque comme vous veniez de cribler de balles ce pauvre Everaldo. Mais dites-moi, avez-vous eu pitié de sa terreur en l'abattant avant de le regarder couler, ou l'avez-vous laissé se noyer sous vos yeux, entravé mais encore vivant ?

Haret se tut un long moment. Comme Figueiras ne disait rien non plus, il finit par murmurer :

— C'était lui ou moi…

— À haute voix ! hurla Figueiras. Parlez plus fort, nous ne sommes pas à confesse, il n'y aura pas de pardon, vous le savez bien, vous pouvez crier !

— C'était lui ou moi ! vociféra Haret. Il était armé

d'une machette à sa ceinture et je savais la force et la violence de ce genre d'homme, je ne pouvais pas prendre le risque qu'il vienne défendre Everaldo. D'ailleurs il devait de l'argent au collecteur de dettes, qui m'a confié qu'à Rio cet homme avait le vice du jeu, qu'il perdait au poker ou au *truco* ce qu'il gagnait comme receveur local de la loterie des animaux, et qu'un beau jour il était parti avec la caisse des paris. Je crois même que le collecteur avait racheté sa dette à son *bicheiro*.

— Et cela vous donnait le droit d'abattre « ce genre d'homme » ? Mais vous, quel genre d'homme croyez-vous être ?

— Oh je vous en prie, Figueiras, remballez votre indignation, pas vous, pas le flic zélé d'une dictature militaire ! Vous avez certainement plus de sang sur les mains que moi, sans même l'excuse de la passion !

— Quoi, parce que vous plaidez le crime passionnel à présent ? J'ai bien vu votre petit jeu des références littéraires à l'*Amok* de M. Stefan ou à Camus, pauvre petite plume prétentieuse, et vous avez même eu l'audace de mettre ces noms respectables dans ma bouche ! Mais tout est faux dans ce que vous avez écrit. Tout, sauf la démesure de votre ego, sauf cette arrogante ambition de faire de vous la victime manipulée d'un incompréhensible complot. Oui, j'étais policier fédéral au temps de la dictature, mais avez-vous oublié où nous étions ? À Cuiabá, au cœur du Mato Grosso, une ville qu'abandonnait déjà le Sud qui réclamait la sécession – qu'il a d'ailleurs obtenue depuis. Croyez-vous vraiment que c'est par un poste dans une ville pareille qu'on récompense les meilleurs nervis d'une dictature ? Croyez-vous vraiment que c'était une affectation digne de récompenser un tortionnaire zélé ? Vous croyez que garder un œil sur trois étrangers qui se cocufient, un journaliste des beaux quartiers de la côte, et le seul bordel dansant de tout l'État était la promotion suprême pour un serviteur dévoué à l'ordre fasciste ? Je n'ai rien prémédité de ce qui vous est arrivé, et je n'ai jamais été l'homme cynique et manipulateur que vous faites de moi dans votre roman pour vous affranchir de vos propres turpitudes. Vous avez menti sur moi comme vous avez menti sur vos crimes et vous avez noirci mon personnage pour mieux blanchir le vôtre, mais c'est vous qui avez tué ces gens, pas moi.

— Je n'ai pas menti. J'ai écrit un roman et c'est vous qui vous entêtez à y voir une confession.

— Parce que toute votre turpitude consiste à avoir romancé votre confession, mais je sais moi ce qui s'est réellement passé et ce qui rend d'autant plus immonde ce que vous cherchez à faire croire.

— Alors n'essayez pas d'y croire, et n'y voyez que ce que c'est vraiment, une fiction.

— Non, ce livre n'est ni une fiction ni une confession. Ce n'est qu'un mensonge qui a tué Blanche.

Haret marqua le coup et ne dit rien. Alors Figueiras, d'une voix basse et lasse, lui ordonna de reprendre sa lecture.

— Allons bon ! se moqua Haret qui devinait la faiblesse ou la fatigue de l'infirme. Nous ne parlerons donc pas de vos amis Ortiz et Peixoto, ces tueurs d'Indiens, ni de votre servile complicité avec ces notables véreux ?

— Si, nous en reparlerons, ne vous méprenez pas, la nuit est encore longue. Mais reprenez votre lecture si vous ne voulez pas mourir maintenant. Je vous ai interrompu au moment où vous mentiez sur notre rencontre je crois, n'est-ce pas ?

Haret garda longtemps le silence avant de reprendre…

Mato Grosso

Mars 1976

Santana est déjà là ce premier matin où je me réveille à Cuiabá. Quelques mois plus tôt j'ai échoué au Brésil après une longue dérive d'Islande en Belize. Je croyais voyager, je ne faisais que me fuir. J'ai connu les terres de lave noire hérissées de fumerolles, les séismes sombres et mouvants de l'Atlantique nord frangé d'écumes, les falaises de glace bleutées du Groenland, les fjords tristes et érodés de Terre-Neuve, les baies verdoyantes de la Nouvelle-Écosse et jusqu'aux forêts embrasées d'automne du Minnesota. Depuis vingt mois je mendie à des vies inconnues des bouts de voyages le long de routes interminables. Je traverse de vastes banlieues rectilignes ou chaotiques en souhaitant ne jamais m'y arrêter. Et le soir, solitaire, j'espère comprendre pourquoi je dégringole ainsi l'Occident. Me convaincre que toute étape me rapprochera d'un but. Mais je sais en fait que chaque jour n'est qu'un autre pas qui m'éloigne de ce que j'ai fui sans véritable raison. Vingt mois déjà de rude bourlingage, d'amours sans illusions, de nuits frileuses ou volées, de souvenirs bradés pour quelques kilomètres supplémentaires. Et toujours la même solitude bravache et arrogante qui fait de moi un aventurier aux yeux des autres et un fuyard à mon propre regard.

Puis un capitaine impétueux me lance en travers du golfe du Mexique une veille d'ouragan et la tempête nous rattrape, brisant net, par un naufrage, six mois de cabotage dans les Caraïbes. Et voilà qu'un avion, d'un coup d'aile, m'abandonne à Rio par les caprices du capitaine endetté. Il m'a fait accepter, en guise de tout salaire, le billet pour le carnaval qu'il réservait à la femme qui s'était lassée de l'attendre.

Rio en février. Le car descend de l'aéroport vers la ville avec cette maestria suicidaire dont seuls les chauffeurs cariocas ont le secret. Je suis assis devant, pour être le premier à apercevoir la silhouette légendaire du Corcovado à travers le pare-brise moucheté d'une vieille pluie de sable. Le cou tordu pour voir au-delà du chauffeur qui me gêne, je crois deviner le Rédempteur entre deux constructions inachevées quand l'autocar s'engage dans une longue courbe. Et c'est le choc. Pas grand-chose. Presque rien. Peu de passagers le remarquent. Mais du verre a volé en éclats et je garde la sensation d'un contact brutal. Le chauffeur fait mine de rien. Il glisse son véhicule dans un échangeur compliqué. Quand il serre à la corde un autre virage, je remarque le rétroviseur. Celui de droite, de mon côté, grand comme un miroir, verre éclaté et métal bosselé. Dans le paysage qui file vers l'arrière, je cherche aussitôt l'arbre ou le panneau planté trop près du bord. Je n'aperçois qu'un grand Noir dégingandé qui regarde fuir le bus. Juste avant qu'un panneau publicitaire ne le cache à mes yeux, il porte les mains à son visage, s'étonne du sang qu'il y trouve, et tombe à genoux.

Plus tard je repenserai à ce choc. Moi aussi le Brésil va m'assommer par surprise. Moi aussi je vais tomber à genoux, blessé à mort.

Mais ce jour-là, en dix minutes, je me retrouve à danser au carnaval pour quatre jours d'ivresse abrutie de cachaça. Puis c'est la route comme une fuite vers Manaus pour embaucher sur un cargo pour l'Europe.

Chaque jour le ciel de plomb moutonne et pleut des averses sur des centaines de kilomètres de pistes qui s'embourbent. Je chevauche des camions trépidants qui m'enfoncent au cœur du pays, vers l'Amazonie. J'ai quitté São Paulo, ville effondrée, chaotique, Los Angeles d'un faux Pacifique et dont je ne doute pas qu'elle devienne, dans la décomposition industrielle des misères et des âmes, l'obsession tentaculaire d'un nouveau monde. Droit vers le nord, puis à l'ouest, j'ai remonté Campinas, Ribeirão Preto, Uberaba, jusqu'à Brasilia. Les camionneurs qui m'embarquent me plongent sans transition dans la poésie violente de l'intérieur, où des horizons de conquête défient des milliers de kilomètres de routes en ornières.

Mes premiers arbres à café dans l'ondulation des collines bleues jusqu'à l'infini. Les convois immaculés de caboclos silencieux que des contremaîtres armés emmènent aux champs. Quand nos camions se croisent, je les vois debout dans la benne, trop serrés pour tomber, chaque main noire se retenant à l'épaule d'une autre main qui se tient à son tour. Et leurs vêtements légers tremblent dans le vent des camions. Ils semblent nous sourire, tandis que mes chauffeurs sifflent entre leurs dents trouées des soupirs de compassion. Ils savent la misère de ces terres arides du Ceará ou du Pernambouc d'où sont descendus ces restes d'esclaves, et l'autre misère qui les attend, où qu'ils aillent, des plantations de São Paulo aux arbres à caoutchouc du Rondônia. Et toujours, sur les pare-chocs arrière des camions, finement décorés, une main habile a peint de tristes proverbes en lettres enluminées : « Pauvre n'a ventre plein que noyé. » Il m'arrive de rouler des centaines de kilomètres dans des nuages de poussière rouge ou des flaques éclaboussées, avec, obsédante, la triste complainte du camion qui me précède : « Cœur de pauvre ne bat pas. Il encaisse. »

Puis ce sont mes premières huttes aux toits de palmes, dans les champs de canne, que je croyais, sous les palmiers qui se hérissent, n'appartenir qu'aux Indiens. Le Brésil entier y attend chaque lendemain. Et les haltes dans les cafés ouverts aux murs écartelés aux quatre horizons, les rires hirsutes qui m'invitent, la sueur qui sent, les poitrails broussailleux dans les chemises auréolées, les odeurs de cigare mâchouillé mêlées aux arômes de café fort. Le voyage est rapide, tendu. Trente-six heures pour Brasilia. Je saute d'un camion à l'autre. Quelquefois dans la benne, couché sur des sacs de coton, avec au cœur l'enivrant parfum de mon exil victorieux. D'autres fois dans la cabine d'un gros Mercedes rondouillet, coincé entre un chauffeur gouailleur et débraillé et le maigre métis qui lui sert d'acolyte et prie des vierges en plastique ornées de pompons. Je garde alors mon sac entre mes genoux et essaye de ne pas dormir malgré la fatigue, tant ils ressemblent à des bandits.

Dans ces heures-là, mes sentiments importent peu. Trop épuisé pour ressasser ma solitude volontaire, je m'abîme dans la contemplation de celle, ô combien plus spectaculaire, de ce monde démesuré. J'ai tant voyagé depuis quelques années que j'étais capable d'avaler n'importe quel pays en quelques jours, après lesquels il ne me restait que l'ironie amère du déjà-vu. Mais cette fois, c'est le Brésil qui me digère.

L'idée m'en viendra plus tard, pieds nus dans l'herbe haute, avant que Santana ne rejoigne l'expédition en compagnie d'Angèle. Esterlito, notre guide, me montrera le serpent. Un *sucuri* de six mètres, exposé et assoupi, vulnérable, s'efforce de régurgiter le *capivara* qu'il a avalé tout entier pour pouvoir nous fuir.

— Je suis comme lui, dis-je ce jour-là à voix basse pour ne pas énerver le serpent. Le Brésil me digère…

Les yeux d'épervier d'Esterlito, gris d'un nuage égaré, me regardent alors droit au cœur. Il me donne l'accolade en signe d'amitié.

— Tu peux parler plus fort, *compadre*, le *sucuri*, comme tous les animaux, n'est pas dangereux quand il est repu.

Et nous rejoignons le campement de l'expédition, bras dessus, bras dessous, en riant très fort sans nous inquiéter du boa.

Un autre reptile s'associe par contrecoup à ce souvenir de *sucuri*. Le *giboia*. L'anaconda roux et puissant comme une poutre tortueuse. Je le vois pour la première fois un après-midi sur la route de Vilhena, au nord de Cuiabá, et l'homme qui me le montre le tire et le tue. Mais arrivés au pied de l'arbre dont nous l'avons vu tomber, le tronc encore taché de son sang noir, l'animal a disparu. L'idée de le suivre à la trace, dans les taillis et les ronces de son domaine, ne me rassure guère. Le chasseur non plus. Alors il me ramène jusqu'à son campement en me racontant des histoires. Des chasses plus flatteuses. Il parle avec une passion exagérée, et je l'écoute d'une fausse attention, tant chacun de nous cherche à oublier son manque de courage face au *giboia* blessé. Parmi tous ses mensonges, une image se fige dans ma mémoire. Le chasseur mime et raconte comment le *giboia*, tapi dans la brousse ou suspendu aux branches basses, assomme sa proie d'un brusque coup de crâne avant de lui broyer les os dans ses anneaux. Il décrit en détail la puissance de sa frappe, et affirme qu'en pistant un bœuf égaré, un *boiadeiro* a surpris la bête dans son attaque et l'a vue, de ses « propres yeux de bon chrétien par notre Sainte Mère de Dieu ainsi-soit-il-amen », fracasser le crâne du bovidé. Et la bête un instant hébétée, aveuglée par son propre sang à l'intérieur des yeux, s'était effondrée dans un soubresaut.

Ce pays est ainsi. Moi aussi il va me tuer debout.

L'inondation, la boue, l'accident, le camion qui s'enlise, et tout au bout Cuiabá, où je vais rester longtemps et rencontrer Angèle. Mais d'abord Santana.

Cuiabá, curieux nom pour une ville. Sous le pavé que le gouverneur recouvre aujourd'hui d'un ruban de bitume, on trouve encore des pépites. Et le fleuve qui passe là-bas sous le pont haut donne des poissons gros comme des hommes. À la saison des pluies, quand un orage amène la nuit bien avant le soir, d'énormes araignées-crabes fuient la terre détrempée des jardins et se réfugient dans les maisons. Sur le sol en faïence de la terrasse, dans le tumulte de la pluie qui explose la terre, quand l'ombre prend soudain la fraîcheur du ciel, on n'entend pas leurs huit pattes griffues érafler le carrelage. Mais on les voit. Parce qu'on les guette, en jetant sur le sol ouvert aux flaques et aux éclaboussures des regards inquiets. Je ne suis pas sûr alors de savoir ce qui me fait le plus horreur. Voir ces monstres velus et hérissés de pattes grabouiller obstinément vers le sofa où je me réfugie de l'orage, ou avoir à les asperger d'alcool à brûler et gratter l'allumette qui les enflamme comme Isabelle Chancel m'apprendra à le faire, pour conjurer le dégoût et la peur. Cette clarté bleue, jaunie par la combustion des entrailles de la bête qui se recroqueville et éclate dans la pénombre de l'orage, puis le geste ménager de la pelle et de la balayette pour jeter au jardin le résidu fumant qui grésille sous la pluie.

Certaines de ces araignées, que je chasserai bientôt, ont la taille d'une main ouverte. Comme celle que je photographierai sur la route de Santo Antônio de Leverger, le jour où j'y emmènerai Café pour l'aimer debout dans l'exubérance des feuillages, en me forçant à oublier Angèle. Mais celles-là ne m'effraient pas. Les araignées qui me paniquent ce sont celles qui, même moitié moins grosses, entrent dans les maisons. Celles qui pénètrent là où on se croit à l'abri. Alors que chaque herbe, chaque feuille cache au-dehors un danger que je veux ignorer, chaque recoin familier des murs qui m'abritent devient, sous l'orage, l'antre de bestioles hideuses. Ces premières nuits de pluie, chez les Chancel, quand je veillerai à ce qu'aucun pan du drap ne touche le sol et que je m'endormirai à contrecœur, écrasé de fatigue, les rêves écartelés par l'image des quatre pieds du lit, seuls liens de mes cauchemars avec le sol, royaume de tout ce qui court, rampe et crapahute.

Une nuit, bien plus tard pendant l'expédition, dans la baraque inondée d'un vieux caboclo, une bête me réveille. Nous venons d'aborder une fazenda au crépuscule. Esterlito connaît le caboclo et l'appelle dans la nuit. Je n'entends qu'un chien aboyer, tout près de nous, et je sursaute quand il surgit du néant pour bondir à bord et me lécher les genoux. Un mauvais bâtard pelé à l'œil taché. De ceux qui vont débusquer les panthères au fond des buissons d'épineux. Je ne nous pensais pas si près de la berge. Je ne distingue même pas l'extrémité de la pirogue. J'entends des clapotements, la succion d'une boue argileuse qui aspire un pied nu, des rires, un juron, puis quelqu'un tire la pirogue pour l'échouer. Je manque de basculer par-dessus bord quand elle s'affaisse dans la glaise…

Je n'y vois rien. Je reste agenouillé sur les bambous qui tapissent l'embarcation. Je me cramponne au rebord, l'oreille aux aguets et le regard aveugle. Le chien invisible qui s'agite entre mes pieds se dresse contre mon épaule, battant mes jambes de sa queue et mouillant mon cou de son museau tiède. Puis un sifflement le rappelle et il bondit à nouveau dans le néant noir qui m'enveloppe. La nuit reste sans lune. Je n'aperçois même pas ma main qui se retient à ce qu'elle peut saisir.

Droit devant, à l'intérieur d'une cabane, quelqu'un allume alors une bougie. À la porte, à quelques mètres, se découpent maintenant la silhouette d'Esterlito, toujours coiffé de son large chapeau de paille au bord retourné, et celle plus petite d'un caboclo, un vieux mulâtre aux cheveux rêches et blancs. Pendant que je descends mon hamac, à la lueur vacillante de la bougie, des bribes de conversations me parviennent. Ils cherchent à se reconnaître.

— Qui est ta mère ? demande le caboclo qui possède le bon sens des gens du Pantanal.

Il connaît les instincts des hommes sous le soleil, qui donnent aux après-midi des parfums sucrés de chaleurs moites et aux hommes des désirs pointus qu'ils éclaboussent à tous vents.

— Maria Teresa do Bom Jesus, répond Esterlito dont les yeux percent déjà sa méfiance.

— Ah ! Mon oncle Osvaldo a chassé avec son père ! répond le vieux. Je t'ai connu plus jeune !

— Seul Dieu ne vieillit pas, conclut Esterlito qui

le salue et lui donne en partage un cuissot du sanglier que nous avons chassé dans la matinée et qui, blessé, nous a fait courir longtemps dans la vase.

Deux gamins tout nus ont allumé d'autres chandelles et la cabane prend forme, faite de troncs et de branches que tapisse un torchis d'argile. Des palmes roussies la couvrent et l'abritent des pluies de la mauvaise saison. Un auvent prolonge les deux pièces minuscules où vivent les huit gosses maintenant réveillés, le vieux et quelques femmes, filles ou marâtres, dont je devine le pas léger et les murmures de l'autre côté de la cloison.

Esterlito a accroché mon hamac aux anneaux de la véranda. Il me sait fatigué. L'absence me prend doucement, et je glisse dans un repos sans rêve avec pour seuls échos le bruit des jacarés qui se glissent dans l'eau pour déchiqueter de gros poissons endormis. Et les paroles d'Esterlito et du vieux caboclo… l'inondation… jusqu'à la maison… toutes les bêtes… serpents… Mais je dors déjà.

Puis soudain, dans la nuit, cette écaille froide qui me tombe sur le front et rebondit sur ma joue. Je gifle mon visage d'un revers instinctif, de peur que la chose immonde ait le temps de s'accrocher à ma main. Je me redresse dans le hamac et la toile tangue et bascule. Je récupère mon équilibre, mes pieds nus en balancier. Surtout ne pas les poser à terre. Esterlito dort. Du moins je le pense. Je devine près de moi la présence de son hamac immobile. Toute la pièce n'est qu'un bloc de nuit compact. Je suis suspendu dans les ténèbres.

Est-ce que la chose voit ? Mon esprit dopé par

l'adrénaline réagit vite. Est-elle encore là ? Tombée dans le hamac ? Pas un serpent. Je l'aurais senti glisser aussitôt entre mes jambes et me mordre avant de fuir en panique. Une araignée alors, agrippée aux mailles à m'épier de ses huit yeux ? Peut-être pas. Je garde la sensation d'un corps plus léger, lisse et dur. Un scorpion. Ils affectionnent ces toits de feuilles qui recouvrent les pièces sans plafond. Immobile, sans plus respirer, je me fige dans le hamac, attentif au moindre grattement de ses pattes dans les mailles du coton, ou à leur éraflement sur ma peau hérissée. De quels réflexes sont capables ces bestioles hideuses ? Voient-elles dans le noir la main qui veut s'abattre sur elles ? Peut-on les écraser plus vite qu'elles ne piquent de leur dard ou ne mordent de leurs crochets ?

L'étincelle de la pierre enflamme la mèche, Esterlito me regarde. Ses favoris accrochent des reflets cuivrés dans la lumière tremblante. Son briquet à capuchon fume et sent le pétrole.

— Une bête ?

Les yeux occupés à fouiller le moindre repli du hamac, je hausse les épaules pour lui signifier que je n'en sais rien. Il reste un instant immobile, puis le capuchon de son briquet claque et étouffe la flamme qui s'éteint.

— Cancrelat ! dit-il de sa voix posée, et il se rendort.

Moi pas.

Ce sera en avril, quelques semaines à peine après mon arrivée à Cuiabá. L'inondation qui descend alors le Pantanal me portera en trente jours de pirogue jusqu'aux frontières de Bolivie, à travers ce qui deviendra petit à petit un domaine enivrant. Paul, que Santana va me faire rencontrer, a convaincu le gouverneur de monter une expédition à travers ce qui devient à chaque saison des pluies le plus grand marécage du monde : le Pantanal, dont je vais aimer les habitants, où je vais nouer les amitiés simplcs que me proposera Esterlito, où je suivrai Paul qui m'embarque dans cette aventure magnifique, et où, douce et ensoleillée, sous les viviers de garces blanches qui s'envolent en ondulant, épiées par les hérons immobiles, naîtra l'envie d'aimer Angèle.

Son corps chaud dans sa maison blanche. Sa façon de céder en riant, après avoir chaque fois longtemps hésité, qui me poussera à succomber sans détour. Je resterai pour quelques jours, quelques heures, perdu dans le désir de ce corps pâle aux formes arrondies et que l'âge attend. Il me possédera en maître, animal, avec cette fureur charnelle que les après-midi tropicaux donnent à l'accouplement.

Mais surtout son nom, Angèle. Pas le féminin d'un ange asexué. Un ange femme, déchu. Femelle. Son nom m'habitera le cœur quand je serai expulsé du pays. Il me déchirera au ventre des colères sèches quand Everaldo, son autre amant, le prononcera. Je l'attendrai, il me retiendra dans les conversations, il fera courir ma plume sur le papier et soudain la suspendra. Son nom que j'écrirai et réécrirai, et l'accent qui le prononce. Et tout autour de l'accent les lèvres rouges qui me mordront le cœur et la bouche, et m'appelleront à venir voir de plus près dans les îlots bleus de ses yeux. Peut-être des eaux de Provence dont je garde un lointain souvenir d'enfance, dans les parfums de lavande, du côté de Moustiers-Sainte-Marie, ou d'une eau vive des Pyrénées où elle est née. J'y retrouverai aussi les hauts-fonds de Belize sous les alizés. Encore l'accent, et une robe légère et déboutonnée qui se soulève et s'envole sur ses cuisses rondes. Et l'appel à la porte des Chancel, sous les drôles d'amandiers de la Rua Joaquim do São João où je vais habiter quelque temps. L'anisette que je partagerai en parlant du pays comme si moi aussi, dans la cour rafraîchie par l'eau claire d'un lavoir qui déborde, j'avais alors les mêmes vingt-cinq ans d'exil qu'Isabelle et Édouard Chancel. Cette façon dont nos amis, prudents, associeront nos deux noms. La douce habitude qui se prendra de demander après l'autre lorsque l'un de nous arrivera seul. Et jusqu'à ces violentes disputes pendant lesquelles je deviendrai d'une vulgarité coloniale et injuste. Les jours seuls aussi, où je la saurai avec un autre, et les soirées à me demander pourquoi j'y pense tant. Le simple fait qu'elle soit quelque part dans la même ville où je me sentirai désespérément et si injustement abandonné, perdu qu'elle puisse exister autrement qu'avec moi. Voilà l'amour que je vais avoir pour Angèle.

Dans ma jeunesse tumultueuse et au bout de ces deux ans de voyage, comme une dégringolade en panique à travers l'océan et les Amériques, Angèle ressemble au premier sable chaud où la mer m'échoue et qui me donne à la fois l'expérience et de l'île et des vagues. Ou bien à une ancre plantée dans les eaux claires et que chatouilleront des poissons apprivoisés. Cette ancre dont la chaîne va casser ou que, mû par quelque suicidaire habitude, j'aurai lentement remontée. À moins que j'aie toujours pris garde à ce qu'elle ne touche jamais tout à fait le fond, donnant à mes départs des courants de dérive.

Cuiabá

Mars 1976

Ce soir-là, l'homme a basculé sa chaise contre le mur du bureau de pesage. Rond et joufflu, chemise ouverte, un lourd médaillon de la Vierge sur la poitrine, il profite des premières fraîcheurs de la nuit qui s'avance, me faisant remarquer comment, dans ces régions où le soleil tombe pour s'éteindre, c'est du sol que monte le crépuscule.

— J'aime cette heure, quand la nuit sort de sous les arbres, dit-il en regardant Santana s'approcher.

L'homme est tout à côté de moi. Nos épaules se frôlent mais je ne le vois déjà presque plus. Tout juste si, dans la pénombre, je devine ses cheveux blancs plaqués sur le côté. Depuis qu'un improbable militaire à bord d'une improbable Volkswagen m'a déposé à ce poste de pesage à l'entrée de la ville, à six cents kilomètres de l'endroit où mon camion s'est enlisé dans la boue, quel tendre anachronisme que ce fonctionnaire des contrôles routiers récitant son anglais chantant d'ancien collégien ! Quel bonheur confortable, après soixante heures de route à n'échanger que des onomatopées d'analphabètes sur des banquettes en simili-cuir ! Lui parle avec douceur, lentement, s'arrêtant de temps en temps pour mieux humer un frisson de brise opportune. Dans l'odeur d'une orange épluchée avec les ongles, sous les hauts arbres étalés en travers du firmament, je ne serais pas surpris de voir un coolie mystérieux et silencieux surgir et se presser pour nous servir le thé à la fraîche.

Je lui réponds dans mon américain fatigué, dérouillé dans les soutes à charbon, déglingué aux salles des machines, mouillé dans des bacs à plonge de la Nouvelle-Angleterre, et arrondi aux culs des bordels du Honduras britannique. Mais le pauvre homme prend tant de plaisir à pratiquer son anglais d'école qu'il m'écoute et s'intéresse.

— *Boa noite*, le salue Santana.

Il est aussi élégant dans son costume blanc qu'il le sera chaque fois que je le rencontrerai plus tard. Moi je suis débraillé et avachi dans le hamac que l'homme du poste a mis à ma disposition.

— *Boa noite, Senhor inspector*, répond l'homme.

Il lui tend aussitôt un cahier dans lequel je l'ai vu noter le numéro, la marque et le nom de l'entreprise de chaque camion qui s'arrêtait ou qui passait. Santana prend le cahier et inspecte la liste. Entre les doigts de son autre main, il manipule habilement le stylo qu'il a sorti de sa poche intérieure, et la dextérité de cette manipulation capte toute mon attention. Puis il appuie sur le capuchon pour enclencher la mine et pointe deux lignes sur le carnet.

— Ceux-là, ordonne-t-il en rendant le cahier.

— Très bien, Senhor Santana. Je vous préviens dès qu'ils repassent et je les retiens jusqu'à votre arrivée.

— Tu connais les chauffeurs ?

— Oui. Le premier est un gentil gars du Ceará, il a sept gamins du côté de Nova Olinda et une autre femme à Sangradouro sur la 70. L'autre est un mauvais garçon du Rondônia. Il est de Cacoal, sur la 364.

— Je les veux tous les deux. Et un conseil : laisse-moi décider qui est gentil et qui est mauvais. C'est mon métier, pas le tien. Occupe-toi des camions et laisse-moi m'occuper des hommes.

— Bien sûr, *Senhor inspector*.

Il y a dans la réponse de l'homme du poste beaucoup de peur respectueuse et une pointe d'irrespect que Santana devine. Je crains pour le fonctionnaire, mais c'est à moi que Santana s'intéresse soudain.

— Nous n'avons pas été présentés…

Le militaire en civil qui m'a déposé dans ce poste de contrôle revient de quelque part où il a dû manger quelque chose. De loin il adresse à Santana un salut négligé et repart. Un intendant des armées à ce qu'il dit, qui va rejoindre un des chantiers de la Transamazonienne. Il fait ronfler le moteur de sa Volkswagen, et sa voiture qui n'est plus verte dans la nuit disparaît en trombe, comme s'il importait de gagner quelques secondes sur les milliers de kilomètres à venir. Quand il freine pour éviter un nid-de-poule, ses feux arrière illuminent l'air moite d'un rouge nébuleux, puis disparaissent dans une pente profonde.

— J'ai perdu une belle occasion, dis-je sans répondre à l'inspecteur. Cet homme aurait pu me conduire jusqu'à Manaus en trois jours !

— Et donc vous êtes ? insiste-t-il.

Je tire de ma poche mon passeport maculé de boue qu'il prend et contrôle comme le policier qu'il est. S'arrêtant longtemps sur la première page, puis feuilletant toutes les autres.

— *A luz por favor !* exige-t-il d'un ton excédé.

L'homme du poste se lève et allume une ampoule nue au-dessus de la porte. Aussitôt, des milliers de phalènes viennent s'y griller les ailes dans un tourbillon soyeux de chair brûlée.

La lumière éclaire un large trottoir, un peu avant l'entrée de la ville. En retrait, le poste de contrôle donne sur une cour de gravier où flottent des brisures de ciel étoilé dans des flaques immobiles. Tout est calme et repose à l'ombre du soir sous la fraîcheur des grands manguiers. De temps en temps, de lourds camions surgissent de la savane et percent la nuit de leurs phares, poussent un long soupir hydraulique, changent de vitesse et, encouragés par la distraction du préposé, passent en négligeant le contrôle. Je suis du regard leurs feux rouges qui glissent vers la ville. Et dans mes jambes fourmillent encore les vibrations des moteurs qui s'élancent.

— Le Rio Cuiabá est monté de quatorze mètres et a submergé le pont, explique alors Santana en vérifiant un à un les visas de mon passeport. On pourrait quand même y passer, bien sûr, ou même utiliser le vieux pont, mais la police militaire l'interdit. Et quand bien même votre intendant trouverait le juste prix pour soudoyer un des soldats, il ne sera jamais à Manaus dans trois jours. Peut-être même pas dans trois semaines ! Passé la ville, la route n'est plus asphaltée. Ce n'est qu'une piste en latérite que l'inondation a transformée en bourbier. J'ai entendu dire que plusieurs camions gisaient en travers de mares de boue grandes comme des terrains de football. Certains y auraient même été engloutis. C'est d'ailleurs votre cas, si mes informations sont bonnes, n'est-ce pas ?

— En effet…

— Du côté de Campo Verde, non ?

— Oui…

— Cet homme voulait prendre la 158 pour aller à Belém. Comme il a fait demi-tour à Campo Verde, il ne lui reste que deux solutions. Monter plein nord par la 163 jusqu'à Santarem puis prendre le bateau jusqu'à Belém, mais tout est bloqué au nord de Peixoto de Azevedo. Alors il va revenir ici, prendre à l'est la 174 jusqu'à Porto Velho, pour essayer d'attraper la 319 plein nord pour Manaus et ensuite descendre en bateau tout l'Amazone. Mais il n'atteindra même pas le Rondônia. Dans vingt-quatre heures il sera de retour ici, bloqué pour plusieurs jours, voire plusieurs semaines. Ce sont les eaux de mars, et ici, elles sont terribles.

Comme il voit que je doute un peu, il m'explique avec application à quoi ressemble, dans le Mato Grosso, la saison des pluies. Moi-même je garde le souvenir d'une autre étape, un peu avant Campo Verde. Dans un village délavé par des jours d'orages, écartelé sur un plateau sans horizon du *sertão*, le camion doit faire halte pour de l'essence. Il pleut à torrents. Un ciel grandiose, sombre d'un seul monstrueux nuage, écrase de ses eaux drues le petit bourg aplati. D'un café sans porte un gamin torse nu nous regarde longtemps, les jambes giflées par les éclaboussures de l'orage sur le ciment. Puis il s'élance pour nous servir et le ciel entier le submerge. Le temps qu'il atteigne la vieille pompe mécanique, le journal sous lequel il s'abrite fond sous l'averse. Il n'en reste que des morves pâteuses et sales dans les boucles déroulées du pauvre gosse. Pendant qu'il nous sert, avant de repartir en courant, il crie au chauffeur qu'il pleut ainsi depuis onze jours. Que ce sont les « eaux de mars ». Et que nous ne passerons jamais.

Cent kilomètres plus loin, un fleuve de boue emporte notre camion et mon voyage avec.

— Je crains que nous ne connaissions les pires inondations de notre histoire, reprend Santana, et je me demande comment toute cette eau passera les collines de Bolivie !

Puis, délaissant mon passeport, il me regarde pour la première fois.

— Mais vous, que diable êtes-vous venu faire ici ?

C'est une question à laquelle j'aurais aimé pouvoir répondre, mais que je choisis d'éluder, de peur de me trouver de mauvaises raisons. Je préfère lui raconter l'accident dont apparemment il connaît tout déjà.

Plus tard, le souvenir de cette nuit me reviendra. Au lendemain de cette autre nuit par exemple, endormi contre le corps chaud d'Angèle, dans sa maison ouverte à la nuit derrière les moustiquaires. Bien sûr, le hamac que m'offre l'homme du poste de pesage ne ressemble en rien au lit secret de celle qui deviendra mon amante. Mais l'abandon auquel je succombe, ici de fatigue, là de désir, ouvre en moi la brèche au même bonheur. Dans le hamac balancé, au rythme hypnotique des phares des camions qui passent et s'en vont, bonheur de céder, pas à pas, au repos d'une longue route et de m'endormir enfin. Au lit d'Angèle, bonheur de céder, corps à corps, au repos d'un long élan pour m'endormir aussi. Et dans l'intimité de ces deux nuits, l'offre du repos venue en réponse aux mêmes confidences.

À l'homme, je raconte mes voyages, les bateaux dans les houles, les chemins sans train, le camion qui s'enfonce et la boue lourde qui le retient puis le retourne mollement dans la fange au cœur de la forêt. Le café qu'il faut décharger, et le coton aussi, pour ne pas les mouiller, jusqu'aux hanches dans la glaise qui m'aspire, entre panique et fou rire. L'homme en Volkswagen qui passe et s'arrête, fait demi-tour, et m'embarque pour me déposer six cents kilomètres plus loin dans la forêt, à l'entrée de cette ville où je bavarde ce soir-là. La discussion, l'anglais bricolé de l'homme et son réconfort, les oranges qu'il m'offre. Son hamac…

À Angèle, je dirai les mots vides échangés, fatigués, pour quelques kilomètres de plus, les amis de bord de route, les femmes de coin d'hôtel. Les nuits seul, après des journées solitaires, et ces années de souvenirs que je ne sais même pas avec qui partager. Ma confusion, son corps convoité qu'elle m'abandonnera. Son lit dans la nuit…

À bien y penser, j'aime encore ces deux nuits, l'une et l'autre uniques parce que jamais Angèle ne me gardera une autre nuit tout entière jusqu'au petit matin et que, malgré mon long séjour dans la ville, je ne retournerai jamais rendre visite à l'homme du poste de contrôle. Ça ne sera pas la seule fois que j'aimerai le corps d'Angèle, ni ma seule halte dans un poste à l'entrée d'une ville, mais ces deux nuits-là je serai resté jusqu'au matin. Et c'est maintenant que je vais tout perdre, et qu'il me faut partir, que je comprends combien il m'en coûte. Ce sont aussi deux nuits marquées, d'une façon ou d'une autre, par la présence de Santana.

— Alors je vais essayer de profiter d'un vol militaire. Je sais qu'ils prennent des passagers à l'occasion quand ils volent d'une base à une autre.

— En d'autres circonstances, vous auriez pu, me répond l'inspecteur, mais l'inondation a mis à la rue des milliers de pauvres gens qui campent déjà sur le tarmac dans l'espoir d'être évacués quelque part. Vous comprendrez qu'ils sont prioritaires sur un étranger de passage. Vous ne vous envolerez jamais avant des semaines.

Et, me rendant mon passeport, il me tend une carte au dos de laquelle il a écrit deux noms. Le premier est celui d'un Français, Paul, qui vit et travaille en ville et qui pourrait m'aider. Il me dit où sont ses bureaux. Le second est le nom d'un bar, le Bar Internacional, où il m'invite à le rejoindre le lendemain, lui et quelques amis, pour prendre une bière. Puis il s'en va et se fond dans la nuit malgré son costume blanc.

Le lendemain, le vieil homme à l'accent d'Oxford n'est plus là. Un autre le remplace, qui ne s'étonne pas de me voir me réveiller dans le hamac. De temps en temps, un camion tonitruant rétrograde et vient expirer sur la large plaque de métal qui sert de pesage, juste devant la porte, masquant le soleil mouillé par une averse matinale. Il semble qu'en s'arrêtant, ces monstres essoufflés s'affaissent sur leurs roues. Et sous le léger tremblement du ralenti ils frissonnent comme le font les muscles nerveux des chevaux épuisés par la course. Les hommes qui en descendent, semblables à ceux que j'ai connus les jours précédents, présentent leur feuille de route que l'employé tamponne d'un geste déjà fatigué. Tampon rectangulaire en double exemplaire. Puis les chauffeurs, au bord de la fatigue de toute une nuit de piste en forêt, remontent dans leur mécanique qui s'ébroue et se réveille en sursaut, avant de bondir en lourds soubresauts jusque sur l'asphalte qui fume dans la rosée.

Je demande à un chauffeur de me conduire au cœur de la ville. La route longe la longue cicatrice d'un profond égout à ciel ouvert qui charrie le torrent ocre du surplus des pluies de la nuit. C'est ainsi que j'entre dans Cuiabá, capitale du Mato Grosso, où Angèle vit déjà.

Rua Barão de Melgaço, Cuiabá

Mars 1976

Un drôle d'arbre, le flamboyant. Tout ceint de fleurs, un peu comme une aubépine, il ressemble à une couronne. Peut-être pour ses rameaux de petites feuilles serrées, maculées de fleurs rouge sang. Une couronne de Christ blessé.

C'est un acacia, et comme pour moi l'acacia n'a jamais été qu'un épineux, je pense à une couronne d'épines. Son tronc n'est pas aussi tors que celui de l'olivier, mais sous le soleil du Brésil, il garde ce quelque chose de sec et noueux qui me rappelle les sarments de vigne, les vieillards de garrigue, ou les *boiadeiros* du Pantanal. De ceux avec qui, dans quelques semaines, je partagerai des bivouacs sur les rives du São Lourenço avant que l'inspecteur Santana ne me mette au secret dans une caserne.

Accroupis à l'avant d'une pirogue silencieuse, ces péons m'apprendront combien le boa est vulnérable quand il somnole au soleil. Mais pas de *sucuri*, comme on appelle ici l'anaconda, dans les feuillages mouchetés d'ombre et de sang du flamboyant. Le reptile préfère à son écorce rugueuse, chiche d'ombre et de fraîcheur, les profondeurs de la *mangueira*. Ah, en voilà un bel arbre pour le boa ! Un arbre femelle, maternel, avec toutes ses voluptueuses rondeurs et son ventre abrité, ouvert jusqu'au cœur du feuillage que pénètre un tronc robuste. Un arbre enfanté. Dans le jardin de la maison d'Angèle, mitoyen de la prison, ses fruits abondent et pendent au bout de leurs verges, juteux et rosés, et pulpeux quand ils tombent et s'écrasent dans le bourdonnement gourmand des abeilles. Le flamboyant, lui, ne produit jamais rien de beau, que de longues cosses dures comme des fourreaux de cuir desséché. Flambeur et inutile, il jalonne les chemins jusqu'aux frontières de Bolivie où des Indiens nonchalants, blancs dans l'ombre blanche de leurs maisons, se demandent encore quel envahisseur prétentieux eut l'idée de planter là ces torches végétales qui ajoutent à la fournaise du soleil. Car il n'en finit pas de fleurir, cet arbre pénitent. Qu'une feuille tombe et une autre fleur s'enflamme aussitôt, et elle brûle encore qu'une nouvelle feuille verdoie déjà pour rafraîchir l'incendie.

À la terrasse du Bar Internacional où je prends vite mes habitudes, en haut de l'Avenida Presidente Vargas, je m'étonne de ce que mars touche à sa fin et que les flamboyants fleurissent encore. Ma chaise adossée à l'écorce grise du tronc, il me suffit de lever la tête pour voir le ciel d'un bleu sans tache écorché de grappes rougeoyantes, et suivre des yeux l'interminable tournoiement horizontal des petites lames qui tombent et viennent se poser sur la mousse aérée de nos bières. L'automne, même à l'envers, n'existe pas dans cette région du Brésil, et si le flamboyant perd ses feuilles, elles se détachent encore vertes et ne semblent jaunir que le temps de leur chute. Petites et longues, alignées de chaque côté de leur tige, comme l'arête peinte d'un long poisson, elles tombent et je les regarde comme je regardais, enfant, tournoyer les graines des platanes dans la cour de l'école. Ou quelque part du côté du Rhône, en colonie de vacances.

Et me voilà plongé, Avenida Presidente Vargas, à Cuiabá, Mato Grosso, par un bel après-midi de mars, dans la contemplation nostalgique de la chute des feuilles de flamboyants, qui se posent en apesanteur sur les cheveux gominés de Sebastião que je n'écoute plus et qui ne m'a pas encore dénoncé à la police fédérale, ou bien sur la mousse fraîche d'une bière à la table d'à côté, d'où me surveille déjà l'inspecteur Santana.

L'Internacional est le bar où se retrouvent, pour se montrer, ceux qui se veulent les notables de la ville. C'est là que se nouent et se dénouent les secrets et les rumeurs. Qu'on invite les voyageurs pour mieux les avoir sous les yeux et leur faire dire en devisant d'où ils viennent et où ils vont, en payant leur bière pour les pousser à raconter ce qu'ils font. Chaque jour à midi, puis encore dans l'après-midi jusqu'à la fraîche, ceux qui font la vie locale s'y retrouvent. Et de toute la terrasse, la meilleure table est celle réservée à Sebastião Ortiz et Antônio Peixoto, qui semblent posséder toute la ville à eux deux, et à l'inspecteur Santana, de la Polícia Federal, qui ne les quitte pas. Dès le premier jour où je m'y arrête, pour la fraîcheur d'une bière à l'ombre des flamboyants, ils payent ma consommation et m'invitent à rejoindre leur table qui deviendra la mienne. Jusqu'à ce qu'ils décident de ma perte…

Par un de ces contrastes qui font la rêverie vagabonde, je repense à la *mangueira*. Parce que dans la lumière des flamboyants, l'idée d'une pénombre secrète sous les lourds ramages m'y invite. Ah, la *mangueira* ! Un monde clos qui nous reçoit sous ses jupes végétales, chaque branche maîtresse refermant sur nous ses invitations généreuses. Là-haut se trouve la fraîcheur, roulent les rondeurs d'un feuillage mystérieux qui s'entrouvre soudain à d'autres profondeurs, nous prend dans le détour d'une courbe, et nous guide à travers un apaisant labyrinthe en haut duquel ne peut qu'attendre, l'écaille fraîche et luisante, un de ces boas légendaires que les gens du pays appellent le *mapinguari* et qu'ils grandissent d'un corps de vingt mètres.

Entrer sous la *mangueira*, c'est pénétrer un ventre de femme. Y dormir, c'est l'aimer. Voilà pourquoi, sans doute, je pense au corps d'Angèle quand aujourd'hui encore je passe sous un manguier. Parce qu'à le savoir noble et géant comme un chêne frisé, un cèdre bleu du Liban ou un orme centenaire fier et droit près de sa rivière, un académicien obsédé, dans un élan d'impuissance, a pu écrire de l'arbre, à la lettre M de son dictionnaire : « Manguier (n. m.) : *Bot.* Espèce de *Mangifera*, qui donne la mangue. » Mais s'il avait pris la peine, ce prélat des lettres amidonnées, de s'y endormir, sous le manguier, et qu'il ait eu dans le sang assez de jeunesse et d'insolence pour qu'un désir simple lui monte au ventre, il aurait laissé le caboclo lui apprendre à prononcer *a mangueira*, au féminin. Et Dieu m'est témoin que s'il se trouvait autant de gens pour porter à leurs lèvres le fruit pulpeux de ses enfantements qu'il ne s'en trouve pour broder leurs glands desséchés à leur bicorne, le monde pourrait s'endormir dans l'éternelle torpeur d'un après-midi brésilien, à Cuiabá.

Quand je retournerai à Rio, l'idée incongrue me viendra que Cuiabá y ressemble un peu. Pourtant, pas de plage sur l'océan ici. Tout juste un petit bout de berge argileuse que le flot épais d'un fleuve couvre et découvre à sa guise. Pas de filles dénudées non plus, dorées au soleil jusqu'à la pointe de leurs seins remodelés, jouant à énerver le regard des hommes qui, plantés jusqu'à la taille dans l'écume des vagues, dos à l'horizon et face à la plage, admirent sans gêne ces corps paradant leur arrogante jeunesse sur le sable d'Ipanema. Sur les plages du Rio Cuiabá en revanche, ce sont les camions que l'on regarde, dans la lumière des fins d'après-midi.

Un homme, la main sur le pare-chocs, précède l'engin pour s'assurer du fond, et les camions ressemblent alors à des chevaux dociles et prudents qu'on mène à la rivière pour les rafraîchir et les laver. Dans la brise légère de ces heures privilégiées, le museau chromé dans les remous, ils se laissent éclabousser par leur chauffeur qui les aime et les caresse avec soin comme on étrille un poulain. Souvent d'ailleurs, au milieu d'eux, des gamins conduisent aussi de vrais chevaux pour qui ils ont les mêmes gestes amoureux où pointe toujours un peu de crainte respectueuse. Et plutôt que les voiliers inclinés de la baie de Rio, ce sont de fines pirogues indigènes qui glissent, longues sur les eaux lisses, soudain auréolées d'un filet ruisselant qui scintille dans le soir et retombe en silence dans les eaux frémissantes. Quelques enfants effrontés sautent d'une pierre à l'autre, pendant que leurs aînés se poursuivent autour d'une pile en bois du vieux pont et plongent en riant pour ne pas être rattrapés, le remous en contre-jour qui les dérive les forçant à nager avec vigueur pour remonter le courant. Un soir où j'emmènerai Angèle sur les bords du fleuve pour marquer d'un instant calme une éphémère réconciliation, je resterai longtemps à ses côtés à écouter en silence la joie de leur innocence, les larmes aux yeux…

Le pont qui enjambe avec prudence l'eau imprévisible. Le balancement des palmiers dans le ciel enflammé. Le petit fort qui retient la ville à l'écart. La plage de limon au pied des murs, où s'échouent barques et pirogues. Le chemin qui court le long du fleuve, comme un chien joueur poursuit de côté un cheval de labeur au pas régulier, soudain bondit de côté et s'en écarte, taquin, loin dans les herbes folles. Il chante un air de liberté, ce côté du fleuve. C'est par là qu'il s'en va, passé le pont, quand il n'a plus de mauvais tours à jouer. D'ailleurs, même au pire des inondations, c'est toujours à l'amont qu'on en veut de déverser ses torrents boueux sur la ville. Jamais à l'aval de ne pas savoir les éponger. Ce côté-ci, c'est l'espoir lumineux qui s'ouvre sur le Pantanal. La décrue viendra de lui quand bien même, six mois après les flots terribles, il se montrera toujours incapable d'en écouler les eaux retenues.

L'amont par contre reste maudit, bien qu'il ne fasse que rendre ce qu'il reçoit des pluies diluviennes du nord. Et puis il vient de la forêt sombre du pays des Indiens. On ne se baigne pas en amont du fleuve !

Pourtant si, on s'y baigne quand même. Un peu plus haut sous les manguiers, dans le petit Rio Coxipó. Un *rio* étroit, frais et sombre, par où sont descendus en tapinois les conquistadors sanguinaires. Encombré de rochers, frangé de sable blanc, il abrite sur ses berges les jardins ombragés des *chácaras*, ces petites résidences secondaires prétentieuses des fonctionnaires cupides et besogneux de cette ville promise à un nouvel eldorado. Les jeunes gens de Cuiabá y viennent en fin de semaine, au volant de voitures puissantes qu'ils embourbent en s'avançant trop loin dans le sable mouillé. Leurs autoradios hurlent des musiques populaires par les portières grandes ouvertes contre la chaleur qui ondule les tôles. Mais le courant du *rio* est bien trop fort pour y nager. Angèle joue à se laisser emporter et moi, un peu plus bas, à recevoir dans mes bras son corps mouillé qui s'échoue contre le mien. Un garçon s'est accroupi dans l'eau près de Josette, la fille d'Isabelle, que surveillent ses deux frères. Le dos au courant, les talons dans le sable, ils lient connaissance et se sourient dans le remous qu'ils creusent de leurs corps. De temps en temps le flot les décroche et l'un essaye de retenir l'autre en se frôlant de furtives caresses sous les yeux d'un frère qui se lève soudain. Ils dérivent jusqu'à Angèle et moi et nous plaisantons un peu avant que chaque couple ne s'éloigne de l'autre à nouveau. Tout autour, allongés dans l'eau jusqu'aux yeux, des garçons bruns regardent les filles de loin. Angèle les appelle les « jacarés » : comme les caïmans, seuls leurs yeux voraces dépassent à fleur d'eau…

Quel bel après-midi ! Isabelle sue et tricote, assise sur une chaise de camping à l'ombre du pick-up. Édouard, en short et torse nu, debout les pieds dans l'eau, une cannette contre son ventre rebondi, boit en compagnie d'un ami d'affaires. Josette, dont la peau si blanche rend Isabelle tellement fière, se laisse courtiser par le bel idiot. Assis un peu plus loin, Paul et une jeune fille remuent le sable en parlant de coquillages. Et Angèle, que je frôle sous l'eau qui court, se laisse faire et murmure que nous sommes fous. En fin de journée, Édouard coule à coups de pierres la dernière cannette de bière qui filait en flottant, puis tout le monde rentre content, Angèle et moi à l'arrière de la camionnette découverte, les cheveux au vent sous un soleil ourlé. Quelques instants plus tard les nuages se déchirent et déversent une pluie chaude et ronde. S'abritant de l'orage sous une bâche, Angèle se laisse embrasser. Juste avant la pluie, je tire deux jolies photos que je perdrai un jour mais dont je garde encore le souvenir précis d'un baiser à la Marilyn.

Cuiabá ressemble à Rio, c'est vrai, ou est-ce le souvenir répété d'Angèle et de mes voyages qui lient ces deux villes en une même image ? Angèle aimée ici, attendue et regrettée là-bas, et dont les abandons marquent à coups d'épingles la géographie des lieux dans mon cœur.

Une pièce blanche à l'ombre des volets tirés sur un après-midi qui somnole. J'entre par une porte bleue en haut de deux marches en pierre usées. Dehors, le soleil a brûlé l'herbe sauvage dans les fissures des trottoirs et fondu l'asphalte où le taxi effondré soupire en s'y engluant. Mais juste derrière la porte, c'est un trou d'ombre. Le début d'un frais corridor au sol carrelé, fermé à quelques mètres par une autre porte. Mes yeux me trahissent dans la pénombre. Je trébuche contre des caisses défaites et des équipements de mesure. Sur la gauche, l'entrée du bureau officiel de la Société minière. Au fond, dans le bruit d'un loquet qui glisse, j'ouvre une autre porte et me brûle le visage à une clarté irradiante : le couloir devient un patio à ciel ouvert où le soleil cogne et rebondit contre les murs. Après quelques mètres et trois marches qui remontent du jardin, une dernière porte entrouverte sur la gauche. Je la pousse, une jeune femme surprise me regarde.

La pièce est vide et haute de plafond. Au milieu, une table en formica jaune. Deux pièces de chaque côté et une troisième au-delà de la table – une chambre dont on devine le lit défait. Quatre fauteuils flétris en simili, de travers autour d'un coffre en guise de table basse. Rien au mur qu'une carte du Mato Grosso. Sur un guéridon, contre un mur, une télévision portative. Débranchée.

— *Bom dia ?*

Ce sont les premiers mots d'Angèle. Je porte un pantalon de coton sur des espadrilles, et une chemise ouverte. Je suis brun et bronzé par mes voyages et elle me croit brésilien.

— *Bom dia...*

Je réponds en souriant de sa méprise qui me flatte.

Elle est vêtue d'un pantalon de toile et d'une chemise à carreaux, bleus tous les deux, comme ses yeux.

Comme je ne dis rien d'autre, son visage s'éclaire d'un sourire étonné mais beau joueur. Je la regarde et je me dis que sa peau doit être douce. Aussitôt, une idée de satin lisse me hérisse le corps d'un court frisson.

— *Você quer alguma coisa ?*

Elle doit se demander ce que je lui veux. Elle est jolie, et le désir que j'ai est immédiat. Pourquoi Paul ne m'a-t-il jamais parlé d'elle ? Je ne sais quoi répondre dans mon portugais bourlingueur. Si au moins je pouvais lui adresser un compliment ! Mais je ne fais que sourire d'un air désolé. Heureusement, Isabelle fait alors son entrée.

Isabelle Chancel entre partout comme on entre en scène pour un succès mérité. D'un petit pas vif et précis, tête haut levée, bras repliés vers le ciel, paumes en l'air. D'un œil rapide elle repère gens et personnes, enfle sa généreuse poitrine et marque un léger temps d'arrêt sur le pas de la porte, pour un salut silencieux qu'elle se charge elle-même d'apprécier façon Castafiore. Puis, comme on va des coulisses à l'avant-scène sous l'ovation, elle vient droit sur son hôte. Debout dans le cadre de la porte ouverte, je m'attends presque à ce qu'elle entonne l'« Air des bijoux ».

— Aïe ma petite comment allez-vous avec toute cette chaleur moi je ne supporte pas c'est l'âge vous savez le docteur l'a dit ah ma petite ce n'est pas à Paris qu'on connaît des chaleurs pareilles non hein vous avez tiré les volets comme vous avez eu raison vous savez il faut se méfier surtout pour les enfants à cause de la déshydratation au fait où sont-ils les chéris mais ils doivent dormir bien sûr sauf le grand qui est à l'école où ai-je la tête il va à Pernalonga je crois une voisine y a sa fille et m'a dit que c'était une très bonne école vous savez…

Soudain elle se tait et ses yeux sont sur moi. Elle me regarde, immobile, la tête sur le côté. Un long silence. Elle met dans ses gestes la ponctuation qui manque à son discours. Mains jointes sur la poitrine à présent, buste incliné, tête légèrement relevée, un sourire complice à ses lèvres pincées et mûries d'un rouge trop vif, quelque chose de coquin au fond de l'œil. Puis de nouveau, sans me quitter des yeux, enlaçant la jeune femme par les épaules et m'invitant de l'autre main à me rapprocher :

— Angèle ma chérie je voudrais vous présenter un compatriote un journaliste que dis-je un journaliste un écrivain un aventurier qui nous arrive tout droit de Paris après plein d'incroyables détours vous allez voir comme il est intelligent comme il est cultivé comme il a de l'esprit c'est autre chose que tous ces macaques et il travaille déjà avec notre petit Paul vous vous rendez compte alors Angèle ma chérie quand je l'ai rencontré je me suis dit voilà un homme pour notre petite Française avec qui elle pourra parler du pays et aller au restaurant vous allez voir vous n'allez pas vous ennuyer il est arrivé dans un camion qui s'est retourné du côté de Campo Verde vous vous rendez compte ma petite Angèle comme il a voyagé et maintenant il me sert de chauffeur n'est-ce pas que vous me servez de chauffeur ?

Je confirme d'un hochement de tête et aussitôt elle décide :

— Bon Angèle ma chérie nous vous laissons nous allons chez le coiffeur je profite de mon chauffeur il est adorable alors à bientôt maintenant que notre petite colonie s'est agrandie !

Angèle se lève et je prends congé. D'un regard amusé je lui fais comprendre que ces présentations ne sont pas les miennes. Puis je sors en plein soleil.

Un quart d'heure plus tard, Isabelle sort à son tour et gesticule un au revoir grandiloquent à Angèle qui reste prudemment dans l'ombre du corridor. Isabelle rit encore de ce qu'elle a dit de moi.

Cet après-midi-là, la ville recompose sa géographie. En plus de la villa des Chancel, en arrière quelque part dans les feuillages de la Rua Joaquim do São João où j'habite pour l'instant, de la place en bas de l'Avenida Presidente Vargas, à deux pas des bureaux de Paul, se dessine maintenant loin sur la droite, perpendiculaire et éloignée, la longue Rua Barão de Melgaço. Avec, quelque part sur la gauche, presque au sortir de la ville, la bâtisse de la Société minière, et dans l'ombre de la maison, silencieuse pour ne pas réveiller les enfants qui dorment, Angèle, désirable, encore tout étonnée de ma visite.

Je ne dois reprendre Isabelle chez son coiffeur que deux heures plus tard. Angèle n'a pas bougé. Assise dans un fauteuil, elle lit une lettre. L'enveloppe a glissé jusque sur le carrelage. Le timbre dit qu'elle vient de France. Tout est calme, silencieux. Dehors le Brésil assoupi fait la sieste à l'ombre des maisons.

Les nouvelles sont de son amant peut-être, avec un mot de sa famille et les noms de quelques amis. Elle lit, attentive et troublante dans son application.

— Bonnes nouvelles ?

Elle sursaute, avec ce geste désarmant de chiffonner entre ses poings serrés la lettre contre son cœur.

— Vous m'avez fait peur ! Entrez, entrez... Isabelle n'est pas allée chez le coiffeur ?

— Si, je l'y ai conduite.

— Quelle chance elle a ! Une voiture et un chauffeur !

Un silence passe, pendant lequel je n'ose pas, puis...

— Justement, j'ai la voiture pendant deux heures si vous voulez. Vous avez peut-être envie d'aller quelque part ?

— Vrai ?

— Vrai !

Elle pousse un petit cri de joie et nous sommes partis.

Cette balade est un délice. Angèle, heureuse de flâner et de bavarder, me montre la ville. Ses places ombragées sous les palmiers élancés, chaussés de longs troncs peints à la chaux, les façades colorées des administrations baroques, les kiosques à musique pour les fanfares militaires, une fontaine où l'on donne, paraît-il, des eaux polychromes le dimanche soir. Le palais du gouverneur, trop vite bétonné il y a quelques années dans un style Brasilia et qui s'effrite déjà, face à la cathédrale reconstruite. Les cafés, bariolés. Mieux que les bâtiments et les monuments, Angèle me plonge dans cette douce torpeur qui semble faire de chaque jour un après-midi de congé. Le temps d'un jus de goyave au comptoir d'un bar à fruits, et elle m'arrête. Moi, mon voyage et mes idées, ma fatigue, mes rêves, elle m'en repose d'un rire léger. Je le ressens peu à peu, tandis qu'elle parle de choses et d'autres, de son Montpellier natal à cette Cuiabá en haut du Pantanal, et le désir surgit de la prendre, dans ce bar et dans ce petit cœur de ville au parfum colonial.

Une envie qui me fait lui sourire et recommander des *cafezinhos* brûlants. Celle de me poser là, profitant de cet accident providentiel pour prendre mon temps avant de chercher à repartir. Cette peur d'avoir à rester là où je ne voulais que passer, la voilà qui se dissout dans la douceur paresseuse d'un abandon qui s'annonce. Le rire d'Angèle, sa présence à mes côtés, à siroter le jus de quelques mangues mûres à l'abri d'un soleil radieux, quelques silences, ses yeux soudain dans les miens. Déjà je décide de rester. Un peu. Quelque temps.

— Vous habitez chez Isabelle ?

— Oui. Je voulais rejoindre Manaus à bord d'un avion militaire, mais tous les réfugiés de l'inondation sont prioritaires. Un policier m'a donné le nom de Paul, qui travaille ici depuis quelques années. J'ai cherché à le rencontrer et je suis tombé sur sa secrétaire, Josette. Paul était absent, à filmer les dégâts de l'inondation. Josette m'a invité à déjeuner chez ses parents. Il semble que sa mère soit décidée à m'adopter.

— Isabelle a l'adoption facile, plaisante Angèle en connaissance de cause. Facile et encombrante. Bientôt elle vous parlera de son enfance en pleurant et cherchera à savoir chaque nuit de votre vie. Il faut la connaître. Je l'adore !

— Et vous, que faites-vous ici, dans le Mato Grosso ?

— Je garde les enfants d'un ami géologue qui travaille ici et que sa femme a quitté.

— Un ami ?

Angèle me regarde, le temps d'un autre sourire d'une franchise sans pudeur.

— Isabelle m'a déjà posé la même question. Un ami, oui. Je ne suis que la nounou de ses gosses.

Je n'en crois rien, mais je m'en fiche. Angèle est là, dans cette ville où je vais rester. Pour elle.

Le lendemain, je prends mon petit déjeuner sous la véranda des Chancel. Isabelle me sert dans de la porcelaine de Sèvres dont elle se souvient très exactement où et quand elle l'a achetée. Paris, en 1951. Elle sait ainsi l'âge de chaque bibelot des étagères et des vitrines surchargées. Seul le sien lui échappe et se perd dans les souvenirs racontés de son enfance.

— Quelle jeunesse. Vous qui écrivez, vous pourriez en faire un livre !

C'est vrai qu'un homme moins égoïste que moi, ou moins tourmenté par la contemplation de sa propre jeunesse, y trouverait matière à écrire.

Isabelle est née corse dans les orangers d'Algérie, ou plutôt elle y a grandi après la mort de sa mère, qui succombe à son enfantement. Des grands-parents aimants et rigoureux l'élèvent. Les vergers éclatants, les maisons blanches en terrasse et les servantes maures tissent ses souvenirs où se prend, dans la monotonie ensoleillée de ses quinze ans, l'amour sage d'un jeune homme gris. Il est fonctionnaire au pénitencier. Pas encore directeur, mais un comptable prometteur. Ils s'aiment comme ceux qui ne savent pas vraiment aimer. En rêve, à la romantique, à la billets doux, à la promenade sous les feuillages. Père, lui, est resté à Paris. Depuis vingt ans. De temps en temps, il revient sur un bateau blanc qui entre dans le port d'Alger sous de lourds panaches de fumée. Le ciel est toujours bleu. Toute son enfance le ciel a été bleu. La mer aussi. Les grands-parents sont contents et le mariage est arrangé. Mais Père n'en veut pas. Le monde s'échauffe et des gens, quelque part, se battent déjà. Pas très loin. Alors Père ramène Isabelle dans Paris occupé.

— À Paris une surprise m'attend dans ma chambre Père habite un bel appartement rue Blanche à deux pas de Pigalle et de la Trinité je découvre le grand escalier de marbre qui monte à l'étage et sa rampe forgée qui s'enroule au milieu et puis le bois celui de la porte d'entrée mais aussi celui des parquets cirés où l'on glisse avec des patins et en poussant la lourde porte de ma chambre je trouve cette brosse…

Elle tire du tiroir d'une coiffeuse en marqueterie tarabiscotée une brosse à cheveux en plastique translucide.

— Sur le dessus-de-lit en satin tout plissé comme une robe de bal je trouve cette brosse avec le peigne, le poudrier et un bâton de rouge à lèvres ce sont les tout premiers plastiques transparents comme du verre j'ai vingt ans et je découvre Paris je découvre aussi mon père flambeur et portant beau avec sa nouvelle compagne et son fils Édouard nous avons une Hispano Suiza et Édouard nous emmène en week-end avec des amis jamais mon père ne nous a privés de rien je deviens mannequin par plaisir je porte des fourrures nous buvons du champagne et je suis belle je vous jure que je suis belle très belle Édouard ne dit rien et je lui préfère les hommes grands et bruns un poète célèbre me courtise un peintre aussi qui me peint nue mais je n'en veux pas trop petits puis en 1955 Père meurt.

Isabelle pleure sans honte. Assise près de moi à l'ombre de la véranda, elle essaye ensuite de se retenir avec élégance. Elle pose sur la table quelques photos aux bords dentelés : en sortant de chez son coiffeur ; à deux pas des Champs-Élysées ; en présentation de collection à Bruxelles ; dans l'Hispano du côté de Houlgate. Et celle-ci, le jour de l'inauguration du premier escalator du Bazar de l'Hôtel de Ville. En 1954, se souvient-elle.

Les photos ressemblent à celles de ma mère avant ma naissance. La silhouette ronde affinée par une jupe fourreau et une courte veste cintrée, et la coiffure relevée haut sur le front qui retombe en boucles sur l'arrière des épaules. Sur la dernière photo, Édouard est près d'elle.

— Mais…

— Oui, dit-elle. J'ai épousé Édouard un peu après la mort de Père il était l'enfant de sa compagne un oncle habitait l'Amérique nous y sommes allés mon Dieu mon petit quitter Paris… !

Pauvre Isabelle. Après l'affaire de la disparition

d'Everaldo et l'enquête de la police fédérale, elle n'osera pas me chasser de sa maison et je me souviendrai de ces instants fragiles. Angèle me préviendra : « Tu ne peux pas rester chez les Chancel. » Isabelle a peur, même si elle possède cette étonnante faculté qui ellipse le temps et l'histoire. Comme elle me parle aujourd'hui des petites esclaves maures qui la servaient dans son enfance et dont les frères allaient égorger, par vengeance, nos soldats, comme elle me parle des repas de fête, rue Blanche, dans un Paris occupé et rationné, elle me reparlera un jour, si nous nous revoyons jamais, des délicieux moments passés tous ensemble à Cuiabá. Pour elle, les heures pénibles qui vont me déchirer, la mort, la prison, la petite torture de l'inspecteur Santana, tout cela aura disparu.

La véranda, en contrebas, donne sur une petite cour cimentée, protégée des villas voisines par un mur blanc repeint chaque année. Un refuge fermé par de hauts arbres et percé en son milieu d'un cocotier épanoui et généreux. Un lavoir laisse échapper une eau légère qui chante et coule à même le sol en rafraîchissant l'air. De l'autre côté, dans une petite dépendance, vivent la cuisinière et les deux *criadas*, les petites bonnes qui me regardent avec une gourmandise insolente quand elles servent le *cafezinho* ou les *sucos*.

Le café est fort. Je repose ma serviette, remercie Isabelle pour le repas, et demande la permission de me lever de table.

— Vous allez voir Paul ?

— Oui, il doit filmer aujourd'hui.

— Comment est-il ?

J'ai rencontré Paul deux jours plus tôt, ainsi que

Santana me l'avait recommandé : « Un Français habite la ville depuis quelques années, il pourrait vous aider, entre compatriotes… » Mais depuis que je suis arrivé, Paul ne me parle pas. Tout juste s'est-il inquiété de mon nom et de savoir de quelle ville, en France, je viens.

Isabelle se lève. Elle transpire déjà sous sa blouse imprimée et passe de temps en temps un mouchoir blanc dans le sillon rougi de ses seins. Quand elle me connaîtra à peine plus, elle m'avouera que ces chaleurs sont dues à son âge : « Vous savez la ménopause l'âge difficile pour les femmes et ici mon petit avec cette chaleur c'est plus difficile encore ! » Elle m'appelle son « petit » sans que je puisse m'en offusquer. Je n'ai que vingt-cinq ans et elle serre mes mains dans les siennes pour me prendre en confidence et je sens le mouchoir blanc tout humide de la sueur de ses seins sur mes doigts.

— Le pauvre a bien des soucis de gros soucis et vous devriez lui parler vous qui êtes un homme de son âge et de son pays car il est trop seul il ne vient jamais nous voir et nous l'aimons tant pourtant vous savez alors invitez-le vous car ici les hommes n'ont pas d'amis…

Águas de março, Cuiabá

Mars 1976

L'eau s'étend jusqu'à l'horizon. C'est un deuxième ciel sous le ciel et qui tout entier, d'un seul mouvement symétriquement inversé, glisse lentement à l'envers vers le sud. Et tout, à son rythme, glisse avec lui. Des bouts de maisons, des vaches gonflées aux pattes écartelées, des charognes obscènes, des arbres ébranchés, des charrettes comme des radeaux, un camion submergé qui affleure et des gens silencieux accrochés à des bidons qui flottent.

Quel malheur que ce quartier inondé ! Le ventre de la ville. Pas son cœur, trop propre, trop parvenu, réglant de son centre les fonctions de sa périphérie, mais le ventre. Là par où la ville est née, charnelle, tout en bas, sur les lèvres humides du fleuve et qui bat au rythme de ses ambitions. Qui battait, avant que la ville ne vieillisse et n'atteigne cet âge malsain de la nouvelle opulence. Ville née de désirs à assouvir, quand dans une eau oubliée un conquistador a trouvé l'or par poignées.

Les comptoirs plats aux façades carrées, hauts de

porte et peints de bleu. Les cafés grands ouverts, rose et blanc comme des garages sur la rue. Les bazars bariolés encombrés en devanture de filets et de boules en verre, de perches, de pots, de plombs, et aujourd'hui de tabourets accrochés, de brocs en plastique rouge, de jouets mécaniques, de hamacs, de pantalons, de services à thé chinois, de fausses porcelaines, de faux acajous, de mauvais fers rétamés. L'intérieur étouffé d'étoffes, de cahiers, de colombins de tabac suintants dans la chaleur, de savons d'Alep à la coupe, de sacs de riz, de manioc, de farine, de haricots, de cordages empilés contre des murs de bidons d'huile de palme. Et jusqu'au plafond, perchés en haut d'échelles en bois, des haricots verts, blancs, rouges, noirs ou perlés, des piments en rubans, du maïs en boîte ou en épis, des marmelades en bocaux et de la pâte de goyave en paquets. Et des boîtes de gâteaux, de farine, de sel, de sucre, de semences, d'herbicides, de poisons. Et juste là, des bouteilles d'apéritifs lointains, de mauvais vins, d'essence, d'alcool à brûler, de bière, et tout en bas des bonbonnes, des seaux, des bassines, des gamelles, des selles, une barque… Tout cela, depuis des jours et des semaines, trempe dans l'eau jusqu'à mi-hauteur. Les maisons de plâtre bicolore et pastel, et les gens aussi. Ceux que je vois plus loin s'enfoncent jusqu'aux hanches, et des hommes en canot passent au ralenti avec le moteur à hauteur de leur cœur. Le pont, enflé, ressemble à une digue débordée. Ses arches ont disparu et le courant glisse en gerbes lourdes entre ses garde-fous. De l'autre côté, loin maintenant à cause des eaux étalées, les petites maisons en terre du quartier pauvre se dissolvent dans l'eau et disparaissent comme des savons en se coulant sans bruit dans les remous.

Premier jour ensoleillé depuis la pluie, semble-t-il. Un ciel échevelé délite ses nuages de ouate par-dessus les terres noyées. Paul, debout dans l'eau jusqu'aux genoux, seule touche de couleur vive dans sa combinaison de vol orange, filme à bout portant le visage d'une enfant au regard d'ébonite. Elle fixe dans le reflet de l'objectif l'image inversée et bombée du pays de son enfance qui se dilue, comme on regarde à travers une grosse goutte qui fait loupe. Sans sourire.

Tout est petit, plat, lointain, linéaire entre le ciel et l'eau. Je m'adresse à Paul en français et aussitôt c'est moi qu'on regarde, l'étranger qui parle dans sa langue à l'homme en combinaison orange. Une petite foule silencieuse et éparse, dans l'eau, et qui de temps en temps se pousse du coude. Paul est grand et fort dans sa tenue de pilote, et anonyme derrière les verres miroirs de ses lunettes de soleil qui renvoient leur image défaite. Sa caméra sur l'épaule, crosse en main comme une arme relevée, il ressemble à un soldat d'un porte-avions américain qui coulerait en silence, bien à plat, dans un océan immobile. Ou à un guerrier aux aguets dans une rizière. Il m'écoute sans répondre puis reprend son film. Et quand il s'éloigne, je le suis parce qu'il est ma seule chance de trouver un abri dans ce pays défait. Je le suis dans ce qu'il reste des rues inondées, aux reflets de maisons peintes, dans les intérieurs sombres où, par la fente d'un volet ajouré, nage une image pieuse à la dérive, sous les hamacs suspendus où dorment encore des enfants et des vieillards recroquevillés qui attendent indéfiniment. Un petit groupe de gosses nous suit, s'enhardit, tente, regarde, touche pour s'amuser. Je les écarte sans oser les repousser. Paul filme les autres, laids et édentés, sans pudeur, qui nous font visiter en silence, dans l'eau jusqu'aux hanches, leurs maisons inondées. Gens assis dans l'eau, qui mangent à table des restes séchés. Des poissons passent dans leurs jambes et les gosses éclatent de rire en essayant de les attraper pour nous. Entre les maisons à moitié écroulées, un chien noyé au ventre rond qu'un autre chien renifle en nageant…

Depuis le pont, des gosses pour nous étonner sautent du haut des réverbères qui dépassent à peine et se laissent emporter. D'autres montent plus haut encore dans les palmiers épargnés qui ploient. J'accompagne Paul à bord d'une pirogue qui glisse contre le courant, et nous en croisons d'autres qui prennent l'eau, chargées de réfugiés agglutinés qui écopent en silence et ne nous quittent pas des yeux sans pourtant jamais rien implorer. Une autre barque passe, qu'un homme tire d'une longue corde pour transporter la paillasse et les six enfants qu'il a sauvés. Entre les berges déchirées qui deviennent des îles, il évite les serpents affolés qui fendent l'eau sale en sifflant. Ailleurs, haut dans les arbres, des mains se tendent et des pieds se posent. Un enfant, que je ramène, et d'autres encore, trop vieux, que je porte sur mon dos dans la boue. Les malades, les boiteux, les infirmes, debout, béquillés dans les eaux sans rien dire. Partout je suis Paul, dans les écoles où de bonnes dames organisent des distributions de petites gourmandises en échange de sages prières. Dans des hangars éventrés où somnolent pêle-mêle des familles retrouvées qui s'attendent. Dans la fange, dans la boue, dans les herbes glissantes. Et quand il se remet à pleuvoir dans les yeux résignés qui regardent le ciel, je brandis haut sur Paul le grand parapluie noir qu'il portait accroché à son bras pour protéger sa caméra. Et je reste à ses côtés au milieu d'un océan plat en pente douce où glissent des milliers d'auréoles, à filmer l'étendue panoramique de l'horizon délité, sous le ciel en eau que la foule n'a même pas fui. Ce n'est qu'une ondée. Déjà un arc-en-ciel se dessine. Double. Sans ajouter de sourire au visage des enfants.

— On m'a dit que tu avais des ennuis ?

Debout sous la pluie qui tombe à nouveau, nous nous serrons sous la toile et Paul prend garde de ne pas mouiller sa caméra. Dans les verres teintés de ses lunettes, l'horizon tout à coup s'assombrit et chavire.

— Des ennuis ? Tu te fous de moi ? Regarde autour de toi. Qui n'a pas d'ennuis ici ? Oui, j'ai des ennuis, et alors ?

Il répond pour la première fois, son regard sans tain obstinément buté contre l'horizon, à l'opposé de moi.

— Alors rien, dis-je, Isabelle m'en a parlé, c'est tout…

Soudain, entre les meubles à la dérive et les réfugiés silencieux, glisse une pirogue qu'un *zingador* attentif pousse de sa longue perche. Loin devant, deux hommes à genoux, l'un derrière l'autre, la tête penchée et les bras liés dans le dos. Et debout au milieu de l'embarcation, droit dans son costume blanc, l'homme que j'ai rencontré au poste de pesage, l'inspecteur Santana, qui les surveille une arme à la main. La pirogue passe et tous ceux qui le peuvent se signent en silence. Juste avant qu'il ne disparaisse derrière la charpente affaissée d'un entrepôt, l'inspecteur se tourne vers nous et nous adresse un salut silencieux de la tête.

Paul se tait, longtemps, sans bouger. Puis comme la pluie s'arrête à nouveau, il recommence à mettre en images le malheur du monde sans attendre que je le rattrape.

— Ne rentre pas chez les Chancel, finit-il par dire, déjeunons ensemble quelque part.

Les deux filles ne portent rien d'autre sous leur blouse qu'un grossier soutien-gorge. On en devine l'armature et les agrafes, tant le tissu aimanté par la sueur leur colle à la peau. Deux jeunes mulâtresses dont la couleur se mélange mal et laisse sur leurs épaules des taches claires comme des maladies de soleil. Elles ont les fesses hautes et épaisses, les yeux trop verts, et leur patron de père ne peut rien dire quand elles en amusent les clients. Ils aiment ça les clients, les fesses hautes et le regard vert de ses filles.

Malgré le cliquetis des couverts en inox contre les assiettes et les verres en pyrex, l'endroit reste calme, dans une rue étroite et retirée du centre. Presque pension de famille. Un poste de télévision sur une étagère enguirlandée de fleurs en plastique parle de crimes atroces et d'accidents sanglants à voix basse, dans le ronronnement essoufflé d'un ventilateur. La salle donne sur une cour intérieure où rigole une citerne en ciment. Une bonne y lave du linge dans une eau bleue savonneuse qui sent bon le propre ordinaire. D'un côté de la cour une galerie mène aux cuisines enfumées. De l'autre côté j'aperçois quatre portes.

— Ce sont des chambres, dit Paul sans oser me regarder. C'est ici que j'habite. Je suis content que tu sois là. J'ai attendu de mieux te connaître avant de te le dire. Je ne voulais pas me mettre un autre fardeau sur les épaules. Tu dois vraiment rentrer quelque part ?

— Comment ça ?

— Quelqu'un t'attend quelque part ? Tu veux vraiment rejoindre Manaus ?

— Non, pas vraiment. En fait je n'ai pas de but très précis. J'ai juste besoin de me refaire un peu d'argent. Je pensais m'embarquer sur un cargo à Manaus.

— J'ai besoin d'un ami, dit alors Paul, toujours sans lever les yeux. Si tu veux, nous pouvons travailler ensemble ici.

Que puis-je répondre à un homme qui demande mon amitié et dont j'attends qu'il m'aide ? Sa franchise me prend au dépourvu. Si quelqu'un, quelque part, s'était montré aussi sincère avec moi, peut-être m'y serais-je arrêté pour y rester un peu. Mais trop d'habitudes m'empêchent de trouver les mots justes. Personne dans la salle ne semble faire attention à nous. Paul continue :

— Tu écris, m'a dit Isabelle, pourquoi ne pas rester par ici pour écrire ?

— Je n'écris pas. J'ai juste commis quelques articles avant d'entreprendre mon grand vagabondage, histoire de gagner de quoi payer le premier bateau. C'est tout. Disons que je suis apprenti journaliste. Que voudrais-tu que j'écrive ? Ton histoire ?

Je comprends que je le blesse en même temps que je le dis. Il baisse aussitôt la tête et son regard noir disparaît. Je n'ai que le temps d'apercevoir dans ses yeux l'étincelle d'un furieux regret. Le silence qu'il garde réveille aussitôt la rumeur des lieux. Une voiture qui passe en cahotant sur les mauvais pavés. Des hommes qui interpellent une passante qui rit. La télévision qui murmure toujours…

— J'ai eu une femme et nous nous sommes séparés, reprend-il. Elle est d'ici. J'ai un fils aussi, que la loi lui a donné, bien sûr. Je reste pour lui, pour le voir grandir, même de loin. Mais tout seul, ça devient trop difficile. L'amitié dans ce pays n'existe pas, tu t'en apercevras. Je n'ai pas vraiment parlé à quelqu'un depuis bientôt deux ans. Ici les hommes ne se parlent pas, ils se vantent. Je ne pourrai pas supporter ce silence beaucoup plus longtemps…

Il descend la fermeture qui barre en biais sa combinaison et tire d'une poche intérieure un revolver qu'il pose sur la nappe en papier, sans aucune gêne. Un client de la table voisine y jette un coup d'œil connaisseur. Quelque chose dans l'atmosphère de la salle change aussitôt. C'est la première fois que je vois une arme d'aussi près. C'est la première fois aussi, mais je ne le sais pas encore, que je vois l'arme avec laquelle je vais bientôt tuer un homme.

— Ne t'en fais pas. Tout le monde est armé ici. Chacun de ces clients, et le patron aussi. Tous les hommes. Le port d'armes n'est interdit que depuis quelques années, mais l'art de la mort a la vie dure.

Et il est même bon de montrer son arme de temps en temps.

— Tu le portes en attendant de te flinguer ?

Sans savoir pourquoi, la vue de ce revolver m'a irrité et ma question s'aiguise malgré moi d'une ironie méchante. Paul pourtant semble se reprendre. Il me regarde même droit dans les yeux, comme il ne l'a encore jamais fait depuis que nous nous sommes rencontrés, comme si ce qu'il lui reste à dire méritait de m'être confié.

— Non, je l'ai toujours à portée de main. Le père de ma femme travaille au palais du gouverneur. Il est chef de cabinet, et mon histoire avec sa fille le dérange. Tu sais, ici on engage un tueur pour moins de cinq cents cruzeiros. De pauvres types du Ceará ou du Pernambouc qui viennent de leur désert pour t'abattre en te tirant dessus jusqu'à ce que tu crèves dans la poussière et qui se font prendre aussitôt. Quand on ne les abat pas à leur tour. Les bonnes familles ont leurs frères attitrés. On dit « frères » parce qu'ils travaillent en famille. Un seul à la fois, mais le suivant est toujours prêt. C'est ce que les familles ont trouvé de mieux pour assurer les contrats. Si un frère se fait tuer par celui qu'il devait abattre, ou par quelqu'un d'autre, même un policier, alors l'autre frère en fait une question d'honneur et de vengeance encore plus que de contrat. Sans compter tous ceux qui se font justice eux-mêmes.

» Il y a quinze jours un député s'est fait exécuter pour une histoire de femme. Le mari trompé l'a invité à déjeuner et s'est montré courtois jusqu'à la fin du repas. Ils ont parlé de leur jeunesse, eux qui étaient amis d'enfance, de leurs boulots, eux qui étaient en affaires, de politique, eux qui étaient du même parti, et même de leurs familles, eux dont les enfants jouaient ensemble. Puis le mari s'est levé et a vidé deux colts comme le mien dans la poitrine du député. Ici même. Dans ce restaurant. À cette table. Tu as vu ce policier dans la pirogue tout à l'heure, qui ramenait deux pauvres bougres de pilleurs ? Il était présent aussi ce jour-là. Il n'a même pas sorti son arme. D'ailleurs l'homme s'est rendu de lui-même. « Crime d'honneur », a-t-il plaidé.

Petrópolis

Avril 2006

— Je peux vous demander quelque chose ? coupa soudain Figueiras.

— Je vous rappelle que vous avez une arme pointée sur moi.

— Si vous ne voulez pas répondre, vous pouvez continuer votre lecture.

— Je vous en prie, soupira Haret, posez donc votre question.

— Comment faites-vous pour construire vos personnages ?

— Quoi, vous pensez que le moment est bien choisi pour commencer un atelier d'écriture ? ironisa le Français.

— Non, mais c'est qu'une fois votre lecture terminée, vous serez trop mort pour répondre à ma curiosité…

Haret, les coudes plantés sur la table, plongea son visage fatigué entre ses mains grandes ouvertes et prit son temps.

— Que voulez-vous savoir exactement ?

— Mon personnage par exemple, comment l'avez-vous construit ?

— En disant de vous ce dont je me souvenais, tout simplement.

— Pourtant vous savez très bien que nous ne nous sommes pas rencontrés pour la première fois au poste de pesage, alors pourquoi ce passage ?

— Pourquoi pas ? C'est ma liberté d'auteur de vous faire apparaître quand je pense que c'est bon pour l'histoire.

— Et en quoi ce mensonge était-il bon pour l'histoire ?

— Il fallait que le lecteur sente que vous étiez omniprésent dans cette ville comme vous le deveniez dans ma vie.

— N'était-ce pas plutôt pour instiller en lui le dégoût de moi ? Quand vous lui faites croire que j'avais tous pouvoirs sur les pauvres chauffeurs qui entraient ou sortaient de cette ville, jusqu'à sous-entendre que je pouvais même briser la vie de ces hommes, n'êtes-vous pas un peu loin de la vérité ? Je n'ai jamais exercé un tel contrôle, aucun registre des entrées et des sorties de camions n'était tenu au nom de la police fédérale, et nous ne nous sommes pas rencontrés à ce poste de pesage.

— C'est un roman, une version romancée d'une partie de ma vie, j'utilise les artifices que je veux pour construire la psychologie de mes personnages.

— Et vous n'avez pas besoin, par respect pour vos lecteurs, de respecter une certaine vérité ?

— Mes lecteurs ne vous connaissent pas. Ils ne

connaissent que ce que je fais de vous. Ils n'ont pas besoin de votre vérité, la mienne leur suffit.

— Pourquoi alors inventer cette autre scène où, au beau milieu de la désolation que provoque l'inondation des bas quartiers, vous me montrez dans une pirogue l'arme à la main, menaçant deux pauvres bougres agenouillés et menottés ?

— Pour faire comprendre au lecteur qu'au milieu du malheur des autres, il s'en trouve toujours pour ajouter la violence et la cupidité.

— Vous voulez parler des deux hommes menottés qui seraient donc des voleurs ?

— Oui, c'est ça.

— Mais vous n'avez pas été témoin d'une telle scène, n'est-ce pas ?

— Non, mais vous ne pouvez pas nier qu'il y ait eu, pendant cette inondation, des vols et des pillages.

— C'est vrai, mais pourquoi m'inclure, moi, dans cette scène fictive ? Vous auriez pu décrire cette pirogue avec n'importe quel policier ou militaire en uniforme par exemple. Pourquoi moi ?

— Pour donner corps à votre personnage.

— Vous voulez dire que vous vous servez d'une vérité imaginaire pour donner corps à une vérité romancée ?

— Figueiras, vous n'êtes pas un enfant de chœur, d'accord ? Vous étiez un flic, un inspecteur de la police fédérale toute-puissante et redoutée de tous, une police politique pour tout dire, alors j'ai usé d'artifices d'écriture pour construire un personnage à partir de la perception que j'avais de vous. Et très franchement, vous auriez pu être cet homme-là, à traquer de pauvres bougres de camionneurs ou à faire disparaître je ne sais où des pilleurs de ruines.

— Oui, j'aurais pu être cet homme-là, sauf que je ne l'ai pas été. Vous ne m'avez vu ni à ce poste de péage ni dans cette pirogue, comme d'ailleurs je n'ai jamais fait le coup de feu au Balneário ni entretenu des prostituées. En fait, nous ne nous sommes aperçus que de temps en temps à la terrasse du Bar Nacional où vous n'avez jamais partagé ma table.

— Écoutez, si la technique de création des personnages romanesques vous échappe, j'en suis désolé pour vous et ravi pour les lecteurs. Restez flic et laissez-moi être écrivain.

— Vous avez sûrement raison, répondit Figueiras sans s'énerver, mais j'ai quand même une intuition sur la façon que vous avez eue de façonner mon personnage, voulez-vous la connaître ?

— Encore une fois vous êtes armé et moi pas, je ne vois pas comment je pourrais refuser...

— Vous n'avez pas construit un personnage autour de moi. Vous avez encore et toujours construit un personnage autour de vous. Santana ne sert que de miroir à votre ego. Vous l'avez construit machiavélique et manipulateur pour vous excuser par avance de vos débâcles. Vous l'avez prétendu cynique et violent pour vous absoudre de vos lâchetés. Vous l'avez voulu omniprésent pour justifier vos fuites.

— Et vous dites que c'est moi l'égocentrique !

— Oui, et je pense que personne n'en est dupe bien longtemps. Dans un roman, voyez-vous, les personnages secondaires doivent prendre vie par eux-mêmes, exister en dehors du narrateur, comme dans la vraie vie. Les gens que nous fréquentons ont tous en dehors de nous une vie qui les construit, de sorte que nos rencontres s'enrichissent de ce qu'ils ont vécu sans nous. Il en va de même des personnages, qui ne peuvent se construire que loin du narrateur, dans des chapitres qui leur sont plus intimes, où ils nous livrent leurs émotions, nous révèlent leurs sentiments, pensent et agissent par eux-mêmes. Or voyez tout ce que vous venez de lire : pas une page, pas une ligne, pas même un mot de liberté accordé à aucun de vos personnages. Aucun ne vit en dehors de vous. Ce que pense chacun d'entre eux, c'est le narrateur qui l'exprime, c'est-à-dire vous. On ne sait rien des sentiments d'Angèle, rien des ambitions d'Everaldo, rien des tourments de Paul. D'ailleurs on ne sait rien d'eux, ni de leur quotidien, ni de leurs habitudes, ni de leurs goûts. Rien de Santana non plus. Où habite-t-il ? Comment vit-il ? Est-il marié ? Trompe-t-il sa femme ? A-t-il des enfants ? Les aime-t-il à la folie ? A-t-il des vices, des talents cachés, des secrets ? Quel genre d'enfance, est-il malade, l'a-t-il été ? Rien, vous ne dites rien de lui ni des autres pour une seule et bonne raison : ce ne sont que des personnages en creux qui n'ont pour seul et unique but que de donner du relief au vôtre.

— Merci, inspecteur, on voit bien grâce à vous la limite de ce que le raisonnement policier peut apporter à la littérature. Contentez-vous donc d'être le salaud de service, celui qui force un homme à lire un livre sous la menace d'une arme.

— Pour être exact, je suis plutôt celui qui force le

salaud de service à lire le roman avec lequel il a tué ceux qui ont inspiré ses personnages.

— Tournez-le dans le sens que vous voudrez, le salaud c'est vous, Santana.

— Sauf que moi je suis Figueiras…

— Peu importe, Figueiras ou Santana, vous êtes le même salaud.

— Je sais que c'est ce que vous aimeriez croire aujourd'hui – et peut-être même que vous le croyez à force de vous en être convaincu –, mais si je le suis, c'est que je le suis devenu grâce à vous. Si je vous menace d'une arme aujourd'hui, c'est peut-être parce que vous m'avez forcé, en tuant Blanche, à devenir votre personnage. Il se peut que je sois devenu Santana, assez manipulateur et cynique pour vous attirer dans ce piège, et je l'espère assez cruel pour vous faire payer vos crimes, ce que Figueiras n'aurait jamais osé imaginer. Votre mauvais talent a réussi à pousser Blanche à la mort, j'espère qu'il réussira à me pousser à vous tuer.

— Parce que vous doutez encore de réussir à le faire ?

— C'est que je ne suis pas comme vous, je n'ai encore jamais tué personne, mais j'espère que la suite de votre lecture m'en convaincra. Allez, reprenez là où je vous ai interrompu…

Pantanal

Avril 1976

C'est un gros colt noir au canon mat. Celui que je porterai pendant l'expédition que Paul organise. Il a convaincu les autorités de profiter de l'inondation historique pour suivre en pirogue le tracé théorique de la future route Transpantanaire. Voir si telle qu'on la projette elle aurait résisté à la montée des eaux, repérer les remblais pour y appuyer un éventuel contre-projet. Et faire un bilan filmé des mouvements de la faune dans ce qui devrait devenir un sanctuaire et semble pourtant condamné par les ambitions démesurées des industriels du soja et du coton. Quinze jours plus tard, je traverse le Pantanal, le colt dans sa gaine de cuir au creux de mes reins fatigués par des heures de pirogue. Je garde souvent ma main sur sa crosse en bois lourd. Une habitude. Les autres, eux, s'en servent contre les caïmans blancs pour qu'ils remuent et que nous puissions les filmer. Sinon les monstres paresseux à l'écaille mate et poussiéreuse restent immobiles au soleil à réchauffer leur sang trop froid.

Un jour aussi, en échouant la pirogue sur un remblai, nous découvrons un troupeau décimé de bœufs étranges, à moitié zébus, réfugiés là pour fuir les eaux. Après avoir brouté les herbes rares et le chiendent, et jusqu'aux hautes branches des rares arbres, debout contre les troncs, ils ont agonisé, affamés ou empoisonnés. Les charognes gisent par dizaines. Il ne reste aucune couleur que l'ocre poudreux du sol et le brun mat des arbres. Rien qu'un maigre ruban de petites feuilles, là où les bêtes n'ont pu brouter assez haut, et au-dessus encore, le vol noir des charognards. Les oiseaux immondes et répugnants ne sont même pas dérangés par notre arrivée. Et sur chaque carcasse aux pattes raidies et écartelées par la mort, leur cou déplumé plonge à même des blessures si desséchées qu'elles ne saignent plus depuis longtemps. Alors je vois Esterlito sous son grand chapeau de paille, et Limirio, l'agronome moustachu, et Otávio, l'ingénieur au visage de bandit, dégainer ensemble et tirer les macabres cerfs-volants qui s'abîment par dizaines dans les arbres et les broussailles. Ils tirent plus d'une centaine de cartouches contre la nuée qui reste pourtant là, volant juste un peu plus haut et un peu plus au large. La rage des hommes transpire le dégoût et la haine et ils tuent par répulsion en hurlant des injures. C'est un carnage qui me sidère. Un carnage inutile. Et une surprise pour moi qui dégaine à mon tour. Mes balles éclatent des bêtes en plein vol, avec la même hargne et la même rage au ventre que les autres, et la fièvre me prend aussitôt d'en exploser tant et plus.

— *O único !* s'excuse Esterlito.

Je comprends que c'est le seul animal qu'il tue pour tuer, sauvagement, par instinct et superstition. Après, l'île ressemble au champ d'une bataille. Les cadavres dépecés des deux armées gisant dans leurs uniformes. Le cuir dur et terreux des carcasses efflanquées, et le noir luisant et sinistre des oiseaux déchirés. Et déjà le vol des barbares reprend pour se repaître de leurs propres morts…

Dans les heures qui suivent, personne ne parle. Bien plus tard, nous débusquons un chevreuil apeuré réfugié sur un autre remblai. Esterlito l'observe, à l'abri des taillis, puis revient vers nous en rampant. Il sait où sera le chevreuil au coucher du soleil. Nous mangerons du gibier. Alors il laisse à l'animal le bonheur innocent d'un dernier après-midi ensoleillé.

Le dernier à-terre de cette journée est connu de mes compagnons de voyage. Ils l'appellent O Campo do Limão. Les quatre péons qui servent de *zingadores* poussent la barque au sec et laissent la pirogue à l'eau, accrochée aux branchages. Esterlito installe nos hamacs assez haut, au cas où un *tigre* – comme on appelle ici la *onça* – viendrait rôder la nuit pour trouver pitance. Il les enveloppe d'une ample moustiquaire contre les serpents et les insectes qui se laisseraient tomber des arbres pendant notre sommeil. Il me montre comment nouer les coins du tissu gazeux pour qu'ils ne touchent pas terre et éviter qu'une araignée velue ne s'y agrippe pour monter jusqu'à mes yeux endormis. Et il passe un lacet mouillé de pétrole à une branche pour y accrocher mes bottes à l'abri des fourmis et des scorpions. Puis, au milieu des autres hamacs en arc de cercle ouvert sur le rivage, il allume le feu, bien qu'il fasse encore jour pour quelques heures. Mais la fumée de bois vert éloigne les moustiques et il faudra de la braise pour cuire le chevreuil. Alors il retourne à la nature, vérifie de nouveau que l'animal sera bien là, puis demande à un péon de l'accompagner à la pêche.

Quel spectacle mesquin que ces pêcheurs des fleuves européens ! Quelle petitesse que leur confort calculé au bord d'eaux opaques où les poissons suffoquent ! Et quelle prétention aussi, quelle vanité ont ces autres pêcheurs bottés jusqu'au ventre, casquettés de rouge et épinglés de métal, hurlant d'orgueil dans les torrents en brandissant leurs petites prises argentées ! Plus tard, après que j'aurai tué Everaldo, ces images me reviendront quand l'inspecteur Santana, sachant sans doute déjà ce que j'ai fait, me parlera du concours de pêche sur le Rio Paraguay à Cáceres.

Esterlito, lui, ne dit pas un mot. Du rivage, à travers les feuilles dures des citronniers sauvages, je perds mon regard dans les reflets du contre-jour. La pirogue passe, immobile et noire comme un trait sur l'eau. Le péon, courbé à l'arrière, pousse tout le long de sa longue perche sans dérouler le moindre remous. On entend des oiseaux chahuter dans les branches. Deux toucans passent à tir tendu, dans un silence paniqué. À l'avant, debout de côté tant l'embarcation est fine, Esterlito garde son arc bandé malgré l'attente. Le péon comprend et se tait. La barque dérive sans ride sous sa perche adroite. Esterlito n'a pas bougé, comme s'il tendait toujours son arc, mais la flèche a disparu. Sans une éclaboussure, elle a pénétré l'onde en oblique, souple d'abord puis soudain raide, et le poisson transpercé est mort. Dans le soleil qui se pose, la silhouette du pêcheur se penche et ramène comme un mime le fil invisible qui lie l'empennage à un anneau de la pirogue. Le poisson jaillit, large et plat, tout ruisselant d'eau et de lumière. Après l'avoir enfilé par les ouïes sur un bambou nettoyé, le péon et le pêcheur reprennent leur place. Les rides à la surface se sont distendues. Les deux hommes à nouveau attendent, comme s'ils avaient toujours attendu.

Quand Esterlito revient, il a vingt *pacus* sur son bambou, et deux *pintados* moustachus à la peau mouchetée de bleu. Les *pacus* font la livre, un des *pintados* une bonne vingtaine. Esterlito est content et les donne à préparer. Deux péons aux pantalons relevés s'accroupissent aussitôt près de l'eau pour les vider, surveillant du regard la meute agitée des piranhas carnivores trop vite attirés par le sang des autres.

Esterlito, lui, est déjà reparti. Pieds nus dans les taillis, courbé sous les branches, il cherche pour nous un beau serpent. Le soleil affaissé inonde la petite île d'une lumière chaude et longue. Le *sucuri* y sera beau à filmer. Esterlito connaît bien la bête. Il regarde le soleil et ses ombres puis revient au camp prendre la pirogue. C'est l'heure à laquelle le serpent se réveille et se laisse glisser dans l'eau profonde pour chasser. Il faut chercher dans les feuillages bas le plus paresseux qui s'attarde. Celui qui ne chasse pas parce qu'il digère encore un petit rongeur et qu'il a besoin pour ça de toute la chaleur jusqu'au dernier rougeoiement du jour.

Lentement la pirogue glisse sous les arbres, longeant la rive sous les branchages étalés. Esterlito m'a laissé le rejoindre. Après quelques minutes le péon suspend la pirogue à la force de sa perche. Loin devant, tout à la pointe, agenouillé bien en ligne, Esterlito tend la main vers les feuillages. Il a deviné la branche plus lourde que les autres. Je ne vois rien de ce qu'il guette. Centimètre par centimètre, le péon approche la pirogue. Il ne faut pas que nos ombres passent sur le serpent. Esterlito a le bras un peu plié pour garder au muscle toute sa détente. Puis d'un coup sec il plonge sa main entre les feuilles et le péon se cambre aussitôt en arrière sur sa perche. Il tire la pirogue si fort loin des arbres qu'elle danse dangereusement et ride l'eau d'ondes qui s'étalent en éventail. À l'avant, Esterlito s'est redressé, le boa noué autour du bras comme un nœud de caoutchouc. Il le brandit face à lui, dans l'axe de la pirogue pour ne pas la déséquilibrer, et rit de voir l'animal étrangler la chair de son bras qui se gonfle de sang et bleuit déjà. Nous ne sommes qu'à quelques mètres du camp et le boa dormait là.

Esterlito, heureux, me montre le *sucuri*. Il le tient juste derrière la tête et appuie du pouce et de l'index à la jointure des mâchoires. Le serpent ne peut plus mordre et garde grande ouverte sa gueule rangée de fines dents rentrées. À l'arrière de la tête, plus grosse que mes deux poings réunis, de deux petits orifices suinte un fiel malodorant. Esterlito, dont le bras se congestionne, dit que l'animal mesure près de trois mètres. Quand il appuie de sa main libre sur les yeux de l'animal, le serpent se contracte et soudain se déroule sans force comme un ruban. Esterlito le saisit alors par la queue de son autre main. Le *sucuri* prisonnier continue de se contorsionner, mais il est désormais inoffensif, incapable d'enrouler ses anneaux. Au retour, chacun des péons pose pour la photo, s'amusant plus de celle-ci que du serpent, puis nous profitons de la dernière lumière pour filmer quelques séquences. Esterlito nous abandonne l'animal et bientôt plus personne ne s'en inquiète, sinon Paul et moi qui le filmons.

Une couleuvre m'arrachait des répulsions, et voilà que je trouve beau le boa. Là, au Campo do Limão, sous les manguiers et les citronniers sauvages, coupé du temps par le pays inondé, le *sucuri* est beau. Son écaille bleutée s'élargit en plaques d'ivoire sous le ventre, et la fente profonde de sa gueule sans lèvre se relève en coin pour toujours sourire. Un serpent bonhomme qui ne sait plus quoi faire et attend. Nous filmons des gros plans : son nez arrondi aux narines en biais. Couchés par terre face à lui, à quelques centimètres : ses deux yeux ronds et noirs, beaucoup plus hauts que les deux taches blanches qui y ressemblent. Puis soudain je le sens plus attentif, et voilà qu'il ondule et glisse entre mes jambes. Il a senti l'eau. Il se tend, s'insinue, s'immisce dans les bois tombés et les herbes touffues, sa langue en fourche à même la terre. Il s'arrête, relève la tête, épie, puis rampe par-dessus une souche. Si je ne voyais pas ses deux extrémités en mouvement, je pourrais le croire immobile encore. Nous le retardons. Nous le ramenons en arrière en le tirant par la queue pour mieux le filmer. Mais il a senti l'eau et il s'obstine. Pourtant il ne glisse pas vers la rive, mais sous les branches basses où une mare croupit aux pieds des arbres. Il devine le sol humide, glisse plus vite et ondule jusqu'à la flaque. Une eau noire qui fait miroir. Il s'arrête. Seule la pointe de sa tête est dans l'eau, à peine. Mais ce qui pourrait être son cou, juste après l'articulation des mâchoires sur le côté, s'enfle et se contracte à rythme régulier. Il boit. C'est un long serpent qui boit devant moi, au cœur du Pantanal, et ce spectacle inattendu m'émeut. Je ne pensais même pas que les serpents buvaient aux flaques. Puis le *sucuri* avance un peu plus loin dans l'eau. Il plonge de côté sa tête dans la vase douce et fraîche, la ramène de l'autre côté, et de l'autre côté encore, d'un lent mouvement langoureux et presque sensuel. Comme un chat qui se frotte dans la laine chaude d'un tapis épais. Alors il quitte la mare et glisse vers la rivière, la tête hors de l'eau comme un enfant qui nage, dessinant un sillon net qui s'élargit derrière lui et meurt en clapot sous les feuillages. Le soleil s'est éteint. L'heure est venue pour le *sucuri* de chasser.

— N'attaque jamais un serpent dans l'eau, me dit Esterlito. Même petit, il est plus fort. Et méfie-toi des hommes qui ressemblent aux serpents.

Bientôt c'est l'heure de retourner là où le chevreuil a été aperçu dans la journée. Accompagné de Limirio, Esterlito attend quelques instants dans l'odeur aigre-douce du sous-bois marécageux, puis il braque sa lampe à travers les feuillages dans les yeux affolés de l'animal surpris. Orgueilleux et vantard comme un ingénieur, Limirio tire alors deux coups de revolver trop rapides et seule la seconde balle blesse la bête.

— Mauvais homme, bougonne Esterlito qui lance aussitôt sa corde à travers l'inextricable fouillis des taillis.

Dès que la bête blessée est immobilisée, il la rejoint

et la tue sans violence d'un couteau précis et profond dans le cœur. La balle de Limirio n'a fait que fracasser l'épaule du chevreuil. Sur le chemin, Esterlito remercie en silence l'animal d'être mort pour assurer notre subsistance, comme le lui avait enseigné le guide indien qui à l'époque lui avait tout appris.

Quand ils reviennent au camp, ils ont cueilli des citrons verts sauvages pour le poisson et dépecé le chevreuil. Chaque morceau, enfilé sur un bois odorant, est planté à la verticale autour des braises. Près de l'autre feu, vif celui-là, le groupe fatigué et content mange le poisson avec les doigts, comme dans une mauvaise histoire de pirates. Hirsutes, brûlées par le soleil, les bouches moustachues, lèvres retroussées, cueillent du bout des dents la chair tendre et roussie où perle le citron acide et la glissent le long des grosses arêtes.

La veille, au bivouac de la Fazenda Santa Tereza, ils se sont moqués de moi à cause de ce même poisson. Une femme a servi le *pacu* dans une grande pièce ouverte sur la cour et que seules deux bougies éclairent. Tout le monde mange en silence, fatigué par la chasse et le soleil. Une brise nocturne se lève à peine quand Esterlito s'écrie soudain :

— *Comeu a cabeça ! Comeu a cabeça !*

Aussitôt tout le monde rit et les péons restés dehors s'approchent des fenêtres sans vitre pour rire aussi. Jusqu'à Dona Tereza qui se joint à eux, et toutes leurs ombres, déformées par les chandelles, dansent sur les murs enflammés. Chacun me force à boire un autre verre, plusieurs fois, puis ils m'étouffent dans de rudes embrassades et de viriles accolades. Deux péons de la fazenda reviennent avec une guitare et un charango et chantent du *siriri* et du *paraguay*. Esterlito rayonne de bonheur. Il tire sa machette de l'étui glissé dans sa ceinture de toile, grave mon nom sur le manche à l'aide d'un couteau que lui tend Limirio, et me l'offre. L'ingénieur, ému, sort tirer des coups de revolver au ciel étoilé, la cartouchière en travers de son torse nu. Puis Esterlito entraîne tout le monde dans une joyeuse chasse nocturne aux caïmans, pendant laquelle Paul m'explique enfin la raison de ce remue-ménage. J'ai mangé la tête du *pacu* et réveillé une superstition locale : « Qui mange la tête du *pacu* pour toujours reste chez nous. »

Voilà pourquoi le lendemain, au Campo do Limão, ils en rient encore. Et moi, je ne sais pas à quel point ma lâcheté me poussera bientôt à faire mentir cette superstition.

J'aurais dû rester avec les Pantaneiros et ne jamais retourner à Cuiabá. J'ai succombé à l'amour de ce pays, de ses horizons inondés, qu'avais-je besoin de succomber aussi à celui d'Angèle. Dans ces premiers jours de l'expédition, j'en ai oublié jusqu'à son souvenir. Je cours l'aventure et chasse toute la journée, et la nuit venue je tombe de sommeil. J'aurais dû rester avec les Pantaneiros, à ne tuer que les urubus, au lieu de me mettre en tête de tuer Everaldo.

Ce soir-là, derrière les arbres, par-dessus le grand marécage inondé, se lève une lune rousse. Une lune ronde et rouge comme un soleil d'hiver, et qui pourtant danse et transpire dans la chaleur de la nuit. Une lune qui fait naître chez les pauvres péons des terreurs héréditaires et qui, dans la nuit des huttes écrasées de son immensité, brode aux lèvres des vieilles de sempiternelles guirlandes de prières au Doux Jésus Saint Miséricordieux.

Même ici, au Campo do Limão, qui n'est pourtant qu'un ongle de terre sur l'eau ensanglantée, les cœurs des hommes et le mien s'enflent d'une idée sacrilège. Comme si cette rousse incendiaire voulait vamper le bon Dieu !

Ce n'est pourtant qu'une lune qui se lève sur une longue lagune où un marécage spongieux gonfle l'humus odorant. Des arbres morts d'avoir trop bu accrochent au ciel des doigts de squelettes moussus et, cachés, des oiseaux inconnus s'y taisent. Le camp s'éteint. Au hasard d'une brise ou d'un insecte imprudent qui tombe et grésille, des tisons incandescents s'allument à reculons dans la cendre. Bercé par le doux balancement des hamacs, suspendu dans les cocons blancs des moustiquaires, le camp, fatigué, s'endort.

Paul me parle dans la nuit. Plus loin, regroupés autour d'un autre feu encore vif, les péons prêtent l'oreille. Leurs visages effacés par la nuit, ils écoutent en silence. Puis l'un d'eux imite à voix basse le son des mots étrangers qui leur parviennent et les autres étouffent leurs rires pour ne pas nous offenser ou risquer notre colère. Je devine des *Senhor Paul* et des *O francês*. Puis, les yeux perdus au ventre chaud des braises, des souvenirs de chasse leur reviennent en mémoire, comme à chaque lune rousse. Chacun a entendu, aux dernières heures du jour, le *tigre* rôder en feulant à distance prudente de nos feux, et les péons aiment se raconter l'animal que chassent parfois les gens qu'ils accompagnent.

— Écoute-les parler du *tigre* ! dit Paul. Ils peuvent le faire des nuits entières. Chacun a une mauvaise histoire d'un homme blessé ou dévoré, et la raconte mille fois à chaque bivouac. Quelquefois le récit est si simple qu'il prend au cœur. D'autres fois il se découpe en épisodes et se brode de glissades, de chutes, de jurons, de poursuites, de pantalonnades, et ils en rient des heures entières. Ils aiment le *tigre*. Ils le chassent avec le ventre : noués de trouille et bandés de plaisir. Le *tigre*, c'est la *onça*. Un peu jaguar, un peu puma, un peu couguar. On l'appelle aussi *pantera* quand elle est toute noire. Ou *pintada* quand elle est tachetée comme un léopard. Tu la surprends et elle s'assoit sur son séant, toujours, quelques secondes à peine, le temps de réfléchir. Comme pour s'offusquer de l'agression. Puis aussitôt elle s'enfuit et ils la coursent pendant des jours parce qu'elle est rusée. Elle nage comme un poisson et noie les chiens. De ces petits chiens teigneux au museau miteux, tout balafrés et pelés. Les chasseurs suivent à distance sur leurs maigres chevaux à la selle rembourrée de coussins de laine à pompons.

» Si la *onça* atteint un des petits bois du marais, elle peut d'un bond sauter dans un arbre et s'y percher à la plus haute branche. Alors elle est morte. Rarement la *onça* attaque en sautant vers le bas. Les ingénieurs et les *fazendeiros* la tirent alors calmement au fusil. Mais pas les chasseurs. Les chasseurs, eux, la traquent pour la forcer à se perdre dans les taillis où leurs chiens hargneux iront se déchirer aux ronces pour la débusquer. Et quand, acculée, elle n'aura pour seul salut que d'attaquer, un des chasseurs mettra pied à terre pour l'affronter face à face avec un court épieu de bois armé d'une pointe de fer qu'on appelle une *azagaia*. La *onça* attaque toujours à la tête, pour saisir sa victime à la gorge et l'étrangler de ses crocs. C'est là qu'elle est vulnérable, une fraction de seconde. Quand elle bondit, qu'elle offre dans son mouvement son cœur découvert au chasseur qui y plante son épieu. Souvent il ne bouge même pas. L'animal s'empale de lui-même et tout l'art du chasseur est de ne pas avoir peur, d'encaisser le choc et de dévier l'animal sur le côté pour le clouer au sol. Et malheur à celui dont l'épieu est trop court, ou dont les jambes flanchent sous l'attaque. Tu verras, nous en croiserons quelques-uns, le corps ou le visage à jamais labouré d'épaisses cicatrices roses, et tout fiers de la morsure qui n'a laissé, autour de l'os broyé, qu'un amas de chair nouvelle. En fait, dès que la *onça* est au sol, même clouée par le pieu, le compagnon du chasseur doit la « tuer à nouveau », comme ils disent. L'animal a la vie dure…

» À São Jorge, dans quelques jours, je te montrerai des crânes de *onça* que le *fazendeiro* a donnés à blanchir aux piranhas. La plus impressionnante est marquée de dix-huit impacts ou ricochets de tous calibres. La bête ne s'est écroulée qu'à la dernière balle et a tué, entre la première et la dernière, le chasseur et ses trois meilleurs chiens. Mais peut-être aurons-nous aussi la chance de rencontrer *os dois velhos* comme ils les appellent ici : deux vieux frères de quatre-vingtonze et quatre-vingt-quinze ans qui chassent encore à l'*azagaia.* L'aîné s'appuyant sur son cadet arc-bouté dans son dos pour résister à la charge de l'animal.

Paul se tait. Il a parlé à voix basse, comme s'il se racontait à lui-même de bons souvenirs. Dans la nuit tiède, je n'ai pas vraiment écouté. Je l'ai juste entendu, ses mots devenant dans l'obscurité qui sépare nos hamacs des images égayées de rires et de parfums.

Une braise craque. Les péons se sont endormis. Je vais ouvrir les yeux pour voir si la lune a pâli quand j'entends Paul à nouveau. Comme le chant feutré d'un enchanteur.

— Tu sais, une *onça* pourrait passer en ce moment sous ton hamac sans que tu t'en aperçoives. Tu ne le saurais qu'au matin en voyant ses traces, dans la terre molle, aller et venir d'un hamac à l'autre. Et tu sais à quoi tu devrais alors de ne pas être mort égorgé ? À ta moustiquaire. L'instinct de la bête est tel qu'elle ne sait attaquer qu'à la tête. À la gorge, pour t'étrangler. Mais sous la moustiquaire, elle ne te voit pas. Même si elle te sait là par l'odeur, elle tourne sans comprendre où est la tête de cet animal blanc qui s'accroche aux arbres. On dit aussi qu'assoupi, on ne transpire pas l'odeur de la peur qui encourage les fauves à attaquer. Mais c'est faux. J'ai vu des péons veiller des nuits entières dans leur hamac, mouillés de trouille à écouter la *onça* bougonne passer et repasser sous eux en grondant sourdement sans les attaquer.

Cette fois les mots de Paul me donnent l'éveil. Autour de moi le silence s'anime d'imperceptibles glissements. D'un craquement sec suivi d'une dérobade. De mille bourdonnements qui se heurtent à ma moustiquaire. De toute l'infinie cacophonie des crapauds-buffles. Moi qui croyais au silence, qui le goûtais de tout mon corps engourdi, je n'avais pas réalisé, tant leur chant est monotone et continu, le vacarme incessant des crapauds dans les eaux lointaines.

— En fait la chasse en est interdite, reprend Paul, mais les éleveurs obtiendront bientôt qu'elle reprenne. Depuis que l'inondation a dispersé les *capivaras*, les *onças* les surprennent moins facilement et s'attaquent au bétail affaibli. Elles n'ont pas beaucoup de mal. Du côté de Poconé, deux cent mille bêtes sont déjà mortes, de froid ou de faim, embourbées dans la glaise, les pattes brisées à essayer de s'en extraire. Deux cent mille têtes, tu te rends compte ? Et pas un seul propriétaire n'a quitté sa villa de Rio ou de São Paulo pour s'en inquiéter ! Il existe au sud une fazenda qui possède à elle seule six cent mille têtes recensées. Et probablement une centaine de milliers égarées dans la propriété et redevenues sauvages. De toute façon, l'inondation contre laquelle tout le monde a bien pris garde de ne pas se préparer va être déclarée catastrophe régionale. Chaque propriétaire va être grassement dédommagé sur la base de ses pertes incontrôlables. Non, le bétail n'est qu'un prétexte, crois-moi. La seule mesure encore capable d'attirer les propriétaires sur leurs terres, c'est la chasse à la *onça*, pour briller en fanfarons, plus tard, dans les salons sur la côte. Dès que cela deviendra officiel, j'obtiendrai une autorisation et nous en filmerons une. C'est un bon sujet pour un documentaire…

Je ne réponds pas. La lune disparaît.

— Je peux obtenir les permis que je veux, tu sais ! Même le père de ma femme, qui intrigue auprès du gouverneur, ne peut m'en empêcher. Je n'ai pas d'amis, mais j'ai encore quelques appuis. Des gens pour qui j'ai fait des films. Des colonels, des secrétaires, quelques personnes utiles. Et puis j'ai des projets. L'autre semaine une équipe anglaise m'a contacté pour un film sur les Indiens Kaiowás. Quand ils se sont aperçus qu'en changeant d'hôtel sans donner d'adresse leur courrier suivait quand même, ils se sont sentis trop surveillés pour tourner eux-mêmes. Ils m'ont donné deux bobines pour le faire à leur place. Ils payent deux mille dollars. Un film sur les Indiens, c'est facile. Si tu veux…

Mais je dors. Le hamac roule doucement sous mon dos et quelque chose des mots de Paul est resté en moi, bien avant qu'il ne parle des Indiens. Une tigresse féroce au doux pelage. Des reflets roux sur sa nuque. Une pièce longue et sans fenêtre, sans lumière, ouverte sur un bureau aveugle plus sombre encore et que ferment deux autres portes. Dehors, les pas nonchalants du garde armé sur le pavé. *Propriedade do Estado do Mato Grosso – Serviço cinematográfico.* Ce sont les bureaux d'où Paul a préparé l'expédition. Une pièce avec deux tables de travail, un poste de montage, et une salle de projection. C'est là que je l'imagine, dans l'obscurité. Elle est assise devant moi au milieu d'une rangée de chaises, tendue par l'attente. La musique sourde roule dans son corps en écho. Une petite samba triste. Une *sambinha* de Paulinho da Viola au rythme obsédant qui caresse sa peau sous sa jupe légère, qui glisse son rythme sourd dans ses jambes, et qui égratigne soudain d'un arpège aigu la touffe hérissée de son ventre. Et sous le coton fin, mes doigts sous l'étoffe qui empoignent par-derrière ses seins tendus. Son cou se tord et nos bouches mouillées se trouvent. Un cri, un tissu qui craque, nous tombons parmi les chaises qui basculent. Nos corps glissent et se dérobent. Dans le noir sa main me cherche et me retient et soudain Angèle crie dans la musique qui, longtemps après, nous laisse suspendus, elle à moi, adossés, essoufflés et surpris. Heureux.

Puis la lumière est là, basse et indirecte, dans le grésillement du disque oublié qui tourne sans fin. Contre moi, Angèle aimée me sourit, défaite et étendue à même le sol.

— Tu ne dors pas ? demande Esterlito.

Par sa moustiquaire relevée son gros briquet brûle dans la nuit qui nous couve. Il me regarde, l'œil vif comme s'il n'avait jamais dormi.

— Non, dis-je, je me suis réveillé. Un rêve…

Le briquet reclaque et disparaît. Sans plus le voir, je devine son hamac qui balance un peu, puis le silence est là à nouveau, aussi immobile que la nuit.

— La lune rousse, dit Esterlito avant de se rendormir. *Você tem que estar pensando em qualquer mulher. Não é ?*

Oui, c'est vrai, je pense à une femme. Et dès que mes yeux se ferment à nouveau, l'image d'Angèle se coule, sage, à mes côtés, blottie dans le hamac qui s'enfle de nous deux, comme enfantés. Et je dors en elle.

J'aurais dû rester avec les Pantaneiros, mais à la

lune rousse du Campo do Limão, le rêve d'Angèle m'a rattrapé pour ce qui sera mon malheur, parce que j'ai décidé, cette nuit-là, de la vouloir pour moi. Moi seul.

Pourtant j'aurai, quelques jours plus tard, grâce à l'inspecteur Santana, l'occasion de vivre ce rêve qui ne sera que le début de toute cette folie.

Petrópolis

Avril 2006

— Attendez, l'interrompit Figueiras dont la voix se feutrait. Vous avez aimé ce pays, à n'en pas douter, je dois au moins vous reconnaître cette émotion-là, puisque toutes les autres sous votre plume sont fausses. Nos pays tropicaux sont des pièges poisseux pour des jeunes gens comme vous, j'en conviens, et vous décrivez avec justesse cette fascination vénéneuse pour toute la beauté sauvage de nos paysages. Vous avez sans doute cru, comme tant d'autres orgueilleux avant vous, pouvoir y résister ou y survivre et vous me faites penser à ces jeunes citadins éduqués de São Paulo ou de Rio qui vont chercher le frisson en gravissant les routes sinueuses des Andes de Bolivie ou du Pérou dans des voitures d'occasion ou des bus rafistolés. Ils rient de la conduite suicidaire de ces abrutis de Guarani et se moquent des courses imbéciles entre deux bus cacochymes côte à côte sur le raidillon d'une route de pierre taillée à flanc d'abîme face à deux autres bus déglingués dévalant en sens contraire la même piste. Et en apercevant à chaque kilomètre, dans le fond des ravins, les carcasses fracassées où des vies se sont déchiquetées dans la rocaille et la ferraille, ils hochent la tête devant tant de bêtise. Sans penser une seule seconde qu'ils sont eux aussi dans ces mêmes bus condamnés à verser un jour, sans imaginer que cela puisse leur arriver, à eux, comme s'ils étaient protégés de ces morts annoncées par le seul fait d'être étrangers à ces contrées brutales, ou comme si leur statut social et leur éducation les mettaient à l'abri de telles fatalités. Combien ont péri, surpris le temps de leur chute d'être aussi mortels que les habitants abrutis des pays de sauvages qu'ils traversaient ?

» C'est à ce piège que vous avez succombé, tout seul, par votre propre arrogance, et vous vous êtes englué dans les sucs d'un Mato Grosso carnivore par votre seul entêtement à vouloir en butiner les fleurs empoisonnées. Alors oui, vous avez aimé ce pays, à n'en pas douter, mais vous n'avez jamais aimé Blanche.

— Comment pouvez-vous savoir qui j'ai aimé ou pas ? s'offusqua Haret. Qui pensez-vous être pour prétendre à ça ?

— À propos, savez-vous comment j'ai rencontré Blanche ?

Haret ne répondit pas. La fatigue le gagnait et pesait sur ses épaules. Son dos se nouait de crampes qui lui torsadaient les muscles. Il se contorsionna sur sa chaise pour faire craquer ses articulations endolories. Et dans le peu de temps qu'il gagnait ainsi, il essaya d'évaluer la faiblesse qui devait aussi miner Figueiras.

— Elle venait d'arriver, reprit l'infirme, c'était son

premier jour parmi nous et Sebastião l'avait invitée à la terrasse du Bar Nacional, à la demande du géologue de la Société minière qui l'avait fait venir de France. Je n'y étais pas, mais Sebastião m'a rapporté qu'à côté d'eux six ou sept hommes parlaient à voix haute d'une cycliste allemande qu'ils avaient accueillie à leur table trois jours durant pendant son étape à Cuiabá. Un tour du monde à vélo, pour une fille seule, vous vous rendez compte ? Elle venait de Porto Velho en plus, une ville-bouge sur le Rio Madeira où la plupart d'entre eux n'avaient jamais osé mettre les pieds, mais ce matin-là elle était déjà repartie pour Brasilia et les commentaires allaient bon train. « Elle était bonne », se vantait l'un. « Des seins comme des papayes, fanfaronnait un autre, et un cul, un cul ! » Puis très vite ils ont dépassé les allusions graveleuses et chacun des hommes a raconté aux autres « son » Allemande. Comment il l'avait prise, possédée, soumise, ce qu'il avait osé, ce qu'elle avait dû lui faire, jusqu'à ce que le plus vantard prétende l'avoir labourée de son désir toute une nuit durant. Alors, à la surprise de Sebastião, Blanche s'est poliment penchée vers leur table pour les interrompre : « Excusez-moi, messieurs, mais j'ai hébergé Hilke pendant les trois nuits qu'elle a passées à Cuiabá, et je n'ai jamais vu aucun de vous dans son lit, ni dans sa chambre, et à bien y réfléchir pas même dans ma maison ou ses alentours. »

» La stupeur passée, les arguments se sont aussitôt reconstruits. Bien sûr qu'ils ne l'avaient pas possédée, ils se contentaient de raconter ce qu'elle aurait aimé qu'ils lui fassent si elle avait été une vraie femme. « Une vraie femme ? s'est étonnée Blanche. — Bien sûr, pas une de ces putains d'Européennes qui gouinent entre elles au lieu de succomber aux vrais hommes. — Aux vrais hommes ? — Oui, les vrais hommes, ceux auxquels les vraies femmes ne peuvent résister. »

» Blanche les a regardés en silence, un à un. « Les vraies femmes ne peuvent pas résister aux vrais hommes ? — Non, pas aux vrais hommes, elles ne peuvent pas. — Et vous, de toute évidence, vous êtes tous de vrais hommes, n'est-ce pas ? — Bien entendu. — Alors vous avez tous épousé de vraies femmes, car je suppose que vos femmes ne peuvent être que de vraies femmes qui n'ont pas su résister aux vrais hommes que vous êtes. — C'est évident, c'est comme ça par chez nous. »

» Blanche a marqué un autre long silence, le temps de voir s'allumer aux visages des vantards de larges sourires satisfaits. « Donc, a-t-elle repris, si vos femmes sont toutes de vraies femmes qui ne savent pas résister aux vrais hommes, et que vous-mêmes vous êtes tous de vrais hommes, cela implique, en toute logique, que chacun de vous a cocufié chacun des autres en baisant sa femme qui ne pouvait lui résister puisqu'il était un vrai homme auquel les vraies femmes ne peuvent résister… » Un grand éclat de rire est parti de toutes les autres tables, et les vantards, vexés, se sont dressés en l'injuriant. Quelques hommes se sont levés pour la protéger, une rixe a éclaté, et Sebastião m'a fait chercher pour venir calmer les esprits.

» C'est comme ça que j'ai connu Blanche, cet

après-midi où Sebastião m'a demandé de veiller sur elle de peur qu'un de ces machos ne vienne un jour la violer pour se venger.

— Peu m'importe comment vous avez connu Blanche, mais je vous interdis de dire que je ne l'ai pas aimée. J'ai tué Everaldo par amour pour elle.

— Bien sûr que non ! Vous avez tué Everaldo par amour de vous, uniquement. Vous vous êtes complu à croire aimer Blanche, je veux bien l'admettre, comme probablement vous vous êtes regardé voyager. Vous l'écrivez assez bien d'ailleurs, et ce sont sans doute malgré vous les passages les plus sincères de votre roman, cette façon de vous complaire dans le récit de vous-même. Je crois que c'est ce qui vous qualifie le mieux : la complaisance. Pourtant j'aurais tant aimé que vous aimiez Blanche. J'aurais pu comprendre que vous tuiez pour elle, mais je ne vous pardonnerai jamais de ne l'avoir fait que pour vous.

— Comment pouvez-vous proférer de telles ignominies ! s'insurgea Haret sans oser se retourner.

— Parce que j'ai vécu trente ans avec la femme que vous n'avez jamais aimée. Vous avez raison, votre roman n'est qu'un roman. À part la mort d'Everaldo, tout y est faux. Vous n'avez jamais vécu d'amour passionné avec Blanche, et encore moins tumultueux. Rien n'a existé de ces baisers échangés à l'arrière du pick-up des Chancel sous l'orage, rien des après-midi nus dans la maison vide de la Société minière et rien d'elle prise et reprise debout n'importe où. Tout ce que vous présentez comme une idylle à votre retour d'expédition n'est que la perversion de vos désirs. Je suppose qu'il faut y voir ce que vous espériez d'elle et qu'elle vous refusait, ou que vous n'osiez lui demander. Toujours est-il que vous l'avez prise de force ce jour-là, n'est-ce pas ?

— Quoi ? Comment osez-vous…

— Croyez-moi, je me reprocherai toujours de ne pas l'avoir deviné à l'époque. Je ne l'ai compris qu'en vous relisant après la mort de Blanche – vous apprécierez l'ironie de la situation j'espère : j'ai cherché dans chacune des pages que Blanche avait déchirées le mensonge qui lui avait été fatal, et comme je vous l'ai déjà dit, j'ai compris que l'arme du crime c'étaient vos mots. Tout cet amour prétendu, vous n'en parlez que dans la violence. Vous allez tout à l'heure nous relire ces passages et vous verrez comme tout devient différent quand on sait que vous l'avez violée. Vous n'écrivez pas avoir aimé Blanche, Monsieur l'écrivain, jamais, pas une seule fois, vous n'écrivez que vouloir la prendre, la reprendre, la garder, la posséder. Relisez votre misérable prose, vous ne parlez d'elle que prise, soumise, bousculée, vous ne parlez que de son sexe et de ses seins, de son ventre, vous ne la décrivez que tombante et gémissante, écartelée contre un mur, basculée contre une table. Elle ou Café d'ailleurs, ou encore l'autre fille du Balneário, baisées à la fenêtre d'un hôtel, baisées au bord d'une route, baisées dans un champ, cognées contre les outils d'un appentis, poussées sur un matelas à même le sol ou dans la chambre sordide et fracassée d'un bordel. Chaque chapitre, chaque paragraphe, chaque ligne supposée parler d'amour, vous ne l'écrivez que dans la brutalité, et quand votre jalousie s'exacerbe, ce n'est que pour vous demander si Everaldo avait une verge plus grosse que la vôtre pour mieux satisfaire Blanche, ou si vous auriez dû la sodomiser pour mieux la soumettre.

» Ce n'est que ça, votre prétendu amour pour Blanche, et à part la triste complainte sur votre pauvre sort, où sont les émotions, les caresses, la tendresse envers elle ? Où sont les sentiments ? Ne voyez-vous pas que votre roman ne parle que de vous, jamais d'elle ? Si écrire c'est se glisser dans la vie des autres, qu'avcz-vous donc écrit d'elle ? Relisez bien, vous ne trouverez rien dans vos pages que la noirceur de vos obsessions. Jamais rien d'elle, ni des autres d'ailleurs. Vous n'avez construit que des personnages sans vie, sans épaisseur, sans consistance pour qu'ils ne vous fassent pas ombrage, à vous, le narrateur. Voilà pourquoi Blanche est morte : parce que vous avez abusé d'elle à la Fazenda São Jorge et que plus jamais elle n'a voulu entendre parler de vous. D'ailleurs je ne l'ai pas laissée avec vous ce jour-là, c'est encore un mensonge, et je ne lui ai jamais demandé de laisser sa place à Limirio dans l'avion. Blanche est rentrée le jour même à Cuiabá avec moi et vous n'avez jamais passé cette nuit avec elle dans la Fazenda São Jorge.

— Vous mentez !

— Je mens ? Quand nous arriverons à ce passage, insistez donc sur les trois fois où vous écrivez vous-même qu'elle vous dit non !

— Mais ce n'est qu'un artifice dramatique, une technique d'écriture pour traduire la passion !

— Ah oui ? C'est pour cette raison que vous « étouffez de votre bouche son petit cri plaintif et suppliant » ?

— Juste une image de notre frénésie amoureuse. Vous n'avez donc jamais pris une femme avec passion ?

— J'ai *aimé* une femme avec passion…

— Ne jouez pas sur les mots. Vous savez bien que dans ces moments d'exaltation la confusion des sentiments est telle que l'amour peut être violent.

— Ce n'est un jeu amoureux que si l'ivresse en est partagée, et vous n'avez rien partagé avec Blanche ce jour-là, vous lui avez pris de force ce qu'elle voulait vous refuser.

— C'est faux ! Et puis c'est vous qui l'avez amenée jusqu'à moi, à la fazenda, n'oubliez pas. Et pour quoi, sinon pour la jeter dans mes bras !

— Ou peut-être simplement pour permettre à une étrangère de profiter d'un magnifique survol du Pantanal. Cette idée toute simple ne vous a donc jamais effleuré l'esprit ?

— Bien sûr que non. Déjà vous prépariez l'assassinat d'Everaldo, déjà vous armiez ma main et vous vous êtes servi de mon amour pour Angèle pour me manipuler jusqu'à le tuer.

— Tuer Coelho ? Pauvre imbécile ! Coelho n'était rien qu'un journaliste de la côte venu enquêter sur les préparatifs de la séparation du Mato Grosso en deux États. Tout ce qui l'intéressait, c'était la répartition des richesses et des compétences, voir comment le futur Mato Grosso du Sud allait rafler la mise et abandonner le Mato Grosso du Nord à son triste destin. Voilà sur quoi enquêtait et écrivait Coelho, et je suis bien placé pour le savoir puisque tout ce qu'il écrivait à l'époque passait sur mon bureau au titre de la censure préalable – à laquelle il se pliait d'ailleurs sans rechigner.

— Arrêtez ces balivernes. Je n'ai pas inventé Ortiz et Peixoto. Ces tueurs d'Indiens étaient bien de vos amis, n'est-ce pas ? C'est à eux que s'intéressait Everaldo, et c'est à leur demande, pour les protéger, que vous m'avez poussé à le tuer, pour qu'il ne révèle pas leur odieux secret.

— Mais quel secret ? Ortiz et Peixoto avaient été jugés deux fois avant même que vous n'échouiez chez nous, et s'ils n'ont pas été condamnés, toute cette histoire de chasse aux Indiens a été largement rendue publique à l'époque des procès, tout a été dit, même si par la suite plus personne n'a voulu ou osé en parler.

— Ah oui ? Demandez donc aux Indiens Kaiowás, ils doivent sûrement avoir envie d'en parler, eux.

— Ils l'ont fait et ils le font encore, et depuis la fin de la dictature tous ces dossiers-là sont accessibles.

— Mais c'était encore la dictature à l'époque et votre besogne était d'éviter qu'on en parle, n'est-ce pas ?

— Vraiment, vous le croyez ? Si c'était le cas, le sbire machiavélique d'un régime fasciste n'aurait pas eu de meilleur moyen d'éloigner Coelho que de pousser un homme dans les bras d'une femme pour ensuite pousser cette femme dans les bras de Coelho tout en jetant l'homme trompé dans les bras d'une prostituée en espérant que la disparition de la fille de joie provoquerait chez l'homme une crise de jalousie telle qu'il en viendrait à tuer le nouvel amant de sa maîtresse ? Il n'y a guère qu'un piètre romancier pour imaginer un scénario si bancal. Tout ça n'est que de la fiction, vous le savez, une fiction pour faire endosser à une caricature de méchant flic manipulateur votre crime inexcusable.

— C'est faux et vous savez parfaitement qu'Everaldo s'est servi de Blanche parce que la maison de la Société minière où elle logeait était mitoyenne de la prison où croupissait le dernier de leurs complices.

— Ah oui ? Et dans quel but ? Le faire évader ? Pinheiro ne l'aurait jamais voulu. Il était bien plus en sécurité entre ces murs.

— Ah, vous voyez ! Ortiz et Peixoto étaient donc bien une menace pour Pinheiro.

— Bravo ! Grande nouvelle ! Encore une fois, depuis les procès tout le monde sait à quoi s'en tenir. Si Ortiz et Peixoto n'ont pas été condamnés, l'accusation a quand même pu développer toute sa théorie contre eux et chacun a su et sait encore aujourd'hui ce qu'on leur reprochait.

— Belle idée de la justice.

— Je ne suis pas juge.

— Vous êtes flic, et vous auriez dû les arrêter.

— Mais qui donc d'après vous les a menés jusque devant ce tribunal ? J'ai passé les menottes à chacun d'eux et je les ai interrogés longuement.

— Et vous les avez relâchés.

— Le *tribunal* les a relâchés. Rien dans les preuves et les témoignages ne les accablait, même si, je vous l'accorde, j'ai l'intime conviction qu'ils avaient bien organisé ces chasses inhumaines.

— Et comment pouvez-vous dans ce cas me servir vos leçons de morale alors que je vous ai vu partager chaque jour la table de ces salauds !

— Parce que c'était mon travail de policier fédéral de garder un œil sur les salauds qui échappent à la justice, ou que la justice laisse lui échapper. Parce que le pays s'engageait dans un combat qui nous imposait d'autres priorités. Parce qu'agir comme mon cœur me le dictait m'aurait poussé à les abattre et que tout flic que j'étais je ne le pouvais pas. Je ne suis pas comme vous. Je n'ai jamais tué un homme, même pas dans l'exercice de mes fonctions. Même dans ce pays sauvage où chaque homme est armé et où chaque affront demande vengeance, je n'ai jamais tué personne. Voilà pourquoi je peux me permettre de vous faire la morale, parce que j'ai préféré assumer mes propres turpitudes, ma propre lâcheté, à l'assassinat d'une vie aussi méprisable soit-elle.

Haret ne répondit pas.

— Il n'y a aucun courage à l'aveu romancé, trente ans après, du meurtre prescrit d'un homme, reprit Figueiras, mais il y en aurait eu à avouer le viol d'une femme. Un crime qui ne se prescrit jamais parce que la victime continue d'en souffrir pendant que le meurtrier continue à vivre. Vous n'avez pas eu ce courage alors vous avez menti, vous avez fardé la vérité comme on maquille une scène de crime, et c'est ce que je ne vous pardonne pas, car c'est ce mensonge qui a tué Blanche. Faire croire que votre violence n'était qu'une passion partagée, faire de Blanche trente ans plus tard la complice de sa propre honte, l'avoir fait à l'époque et le travestir aujourd'hui, c'était la violer une seconde fois. Si vous aviez pensé à elle au lieu de ne penser qu'à votre personnage, vous n'auriez jamais pu avoir la bassesse d'écrire ces lignes et j'espère qu'en les relisant, maintenant que nous nous en sommes expliqués, vous comprendrez à quel point elles sont une offense au souvenir de Blanche et pourquoi vous méritez d'en mourir.

— C'est faux, tout est faux, cette histoire de viol est fausse, et si mon livre a pu conduire Blanche au pire, c'est qu'elle y a compris votre rôle dans la mort d'Everaldo et comment vous m'avez poussé à le tuer pour lui mentir ensuite pendant trente ans.

— Vous m'expliquerez alors pourquoi elle n'a déchiré que les pages où vous prétendiez l'aimer... Maintenant, reprenez, s'il vous plaît.

Campo do Limão, Pantanal

Avril 1976

Chacun sait que l'avion va passer. Jaime doit piloter en ligne droite depuis Cuiabá et nous survoler le quatrième jour suivant notre bivouac au Campo do Limão. Pour ravitailler l'expédition en vivres et en pellicules, même si nous pouvons compter sur Esterlito pour boire et manger sans problème. Mais Paul tient à ce ravitaillement plus spectaculaire qu'utile. Il connaît la vanité des officiels de la capitale. Il va filmer l'approche et les survols de Jaime, à qui il a bien recommandé de se livrer à quelques acrobaties et rase-mottes avant de se poser sur la bande de terre à fleur d'eau. Les séquences lui serviront à dramatiser un peu le film de l'expédition. Il pourra lui donner des allures de survie et de sauvetage et le document, plus saisissant, flattera « l'audace des initiatives du gouvernement de Luis Maria Brandão et le courage de ses fonctionnaires du Service cinématographique qui, malgré la plus forte inondation dans l'histoire du Brésil, ont reconnu tout le tracé théorique de la future route Transpantanaire dans le grand plan de développement économique du Mato Grosso ». Et puis, sans que je sache vraiment s'il s'en amuse ou s'il le prend au sérieux, Paul aime ce genre de mise en scène, tout comme il se promène toujours dans sa tenue de pilote orange avec sa caméra au poing.

Ce matin-là cependant, l'à-terre de notre bivouac n'est qu'un mince îlot. Un tronçon de digue le long du chantier de la route engloutie. La veille, surpris par la nuit, nous avons trouvé tout juste assez d'arbres pour y suspendre quatre hamacs. Esterlito a dû dormir à même le sol avec les péons. Il sait mieux que nous se préserver des serpents, des araignées, et des scolopendres qui cherchent la terre ferme et tiède pour la nuit. Il s'est couché un peu à l'écart des quatre *zingadores*, laissant les autres hamacs à Limirio et Otávio.

La première lueur du jour est brutale, tant le soleil a d'eau pour s'y refléter. Le tintamarre aigu de milliers de piaillements me tire du sommeil. Dans chaque arbre nichent des centaines de couples de perruches criardes qui s'éveillent dans un chahut continu de plumages, de ramages et de feuillages. Des centaines d'oiseaux bavards, verts dans le vert des palmes, qui s'échappent soudain deux par deux pour leurs premiers jeux du matin.

— Bien dormi ? demande Esterlito.

Je relève ma moustiquaire et cligne des yeux, ébloui par le soleil sur le marais.

Esterlito prépare déjà pour moi le traditionnel guarana. Il a tiré de son bagage une grosse langue mauve de pirarucu, un poisson monstrueux que l'on trouve aussi dans le Rio Araguaia. Plus gros qu'un homme et dont la langue séchée devient dure et râpeuse comme une lime. D'ailleurs les femmes indiennes se servent des écailles de ce monstre pour se limer les ongles. Esterlito y râpe son guarana. Un bâton dur comme du teck, droit comme un cigare et dont la texture n'est qu'un agglomérat de matière compressée. Il en extrait une poudre brune. Un à un, dès qu'ils ont plié leur hamac, les péons et les *zingadores* se prêtent au même cérémonial. Otávio et Limirio, eux, tirent la poudre toute faite d'un petit sachet acheté dans un *armazém* de la capitale. Puis chacun sort d'une autre sacoche un étui cylindrique en cuir. Une cuillère en argent est glissée à l'extérieur dans un passant, et de l'intérieur ils sortent un petit verre, comme un verre à shot dans les bars à whisky.

— *O guaranazinho da manhã*, dit Esterlito avec gourmandise. Le petit guarana du matin !

Depuis le début de l'expédition, je me suis habitué aux gestes rituels de ces hommes. J'attends comme une sucrerie ce verre d'eau pris à même le marais où se dilue difficilement une dose de poudre pour une dose de sucre, et dont le goût âcre et terreux imprègne longtemps la langue. Un le matin dès le lever, un autre vers onze heures avant la pause. Le guarana, comme la coca, coupe la faim et la fatigue.

Plus tard, quand je demande à Esterlito d'où on extrait cette racine, il éclate de rire et ceux de l'autre pirogue aussi. Le guarana n'est pas une racine, c'est un fruit. Une baie, un peu comme le café. On la cueille en Amazonie où on la traite. On la torréfie peut-être, Esterlito ne sait pas trop. On en extrait toute humidité, et Esterlito s'amuse d'apprendre le verbe « lyophiliser ». On la compresse enfin, pour en faire ces bâtons que pas un péon, dans tout le Brésil, n'oublierait, quel que soit le but de son voyage ou sa durée. On ne l'achète que dans les *casas do guaraná*, sans qu'Esterlito sache vraiment s'il s'agit d'un monopole d'État. Un industriel astucieux en a aussi fait un soda qui se vend comme du Coca-Cola, mais il y a du gaz dedans et il gonfle le ventre, dit Esterlito.

Et soudain, l'avion arrive. Nos deux pirogues sont des reflets parfaits, des mobiles suspendus entre le ciel et l'eau, accrochés comme à un fil sur l'horizon. À chaque extrémité la silhouette fragile des *zingadores* se contrebalance de leur longue perche. C'est ainsi que Jaime doit nous apercevoir d'en haut, glissant jusqu'à nous son vieux Piper par-dessous le ciel pommelé qui se gorge de nuages.

Échoué au milieu des eaux comme un cargo désarmé, le long remblai de terre argileuse gît à quelques centaines de mètres vers le sud. C'est un des tronçons en chantier de la future Transpantanaire qui permettra, si le projet résiste aux vicissitudes des gouvernements qui se jalousent, de relier Cuiabá à Corumbá par une longue digue à l'abri des inondations. Les ingénieurs ont prévu plus de quatre cents ponts. Cent cinquante rien qu'entre Poconé et la Fazenda São José. Mais pour l'instant ce ne sont que des tronçons en rade, çà et là, et qui vus d'avion doivent ressembler à un étrange convoi de barges échouées dans l'immensité des marais.

Esterlito murmure un ordre et les *zingadores* accostent les pirogues. Nous mettons pied sur une terre ocre et compacte qu'un entrepreneur local a eu l'idée de mélanger à l'amalgame résistant des termitières. De ces termitières qui empalent les horizons sur leurs stalagmites émoussées, souvent hautes de plusieurs mètres.

Notre agitation dérange trois caïmans qui se chauffaient au soleil et se laissent glisser dans l'eau à contrecœur. Leurs yeux globuleux, jaunes et coléreux, nous surveillent de côté, puis ils plongent se terrer dans la vase et disparaissent, invisibles mais présents.

Nous remontons ensuite le remblai sur toute sa longueur pour chasser quelques vaches-zébus efflanquées à la bosse flasque et avachie. Elles viennent, affamées, croyant recevoir un peu de fourrage, puis rebroussent aussitôt chemin, le regard affolé. Ce sont des squelettes faméliques qui n'ont même plus la force de courir et se laissent tomber à l'eau. Il nous faut aussi jeter en bas du remblai quelques charognes heureusement desséchées par le soleil et sur lesquelles bourdonnent des essaims de mouches luisantes qui restent à grouiller sur la carcasse jusqu'à ce que nous lâchions le tout dans le marais.

La piste enfin dégagée, large d'un peu plus de trois mètres sur une centaine de longueur, Jaime n'a plus qu'à atterrir. Mais comme il passe une première fois au-dessus de nous, Esterlito et les autres comprennent que quelque chose ne va pas. Jaime aurait pu faire l'idiot à piquer comme un fou pour ne redresser qu'à la dernière minute. Faire voler nos chapeaux, pour virer aussitôt. Il aurait pu prendre la piste sur toute sa longueur en rase-mottes pour nous forcer à sauter dans l'eau. Il aurait pu monter en vrille très haut pour se livrer à quelques acrobaties. Mettre son moteur en panne peut-être, puis redescendre enfin se poser très court en mettant un point d'honneur à s'arrêter juste devant Esterlito, qui n'aurait pas reculé d'un pas face à l'hélice.

Mais Jaime ne fait que décrire une longue boucle d'approche assez haut autour du remblai. L'avion est du même gris plombé que le ciel et je le perds de vue chaque fois qu'il frôle un nuage. Puis il s'éloigne vers le nord d'où il est venu, vire dans un rayon trop large et trop sage pour être honnête, et revient vers la piste en ne perdant pas assez d'altitude. Limirio, l'agronome qui se pique de piloter, le regarde revenir vers nous.

— Trop haut. S'il se pose, il sera trop long…

Chacun se retourne aussitôt pour mesurer du regard la plus grande longueur possible de la piste. Sauf Esterlito qui a déjà compris. Il a regardé l'avion comme il observe les oiseaux, et à ses tremblements, à son ronflement continu, à quelques secrètes vibrations qui lui permettent d'être sûr de son jugement, il sait que l'avion ne se posera pas et qu'il ne fera que passer assez près des hommes pour leur laisser un message. Une seconde plus tard, Jaime nous survole à basse altitude en balançant plusieurs fois des ailes avant de fuir très loin vers le sud et de virer à nouveau.

— Qu'est-ce qu'il fait ? s'interroge Paul. Pourquoi ne se pose-t-il pas ?

Mais déjà l'avion revient. L'horizon est si démesurément plat et le ciel si immensément gris qu'il semble s'être enfui jusqu'en bas du Pantanal, mais il est déjà sur nous à nouveau. Paul bondit au milieu de la piste, bras écartés face à l'avion qui surgit, et s'accroupit pour signifier à Jaime qu'il peut se poser sans danger. Mais encore une fois Jaime le survole en basculant sur chaque aile.

— Mais qu'est-ce qu'il fout ?

Quand Jaime repasse la troisième fois, Paul est debout sur la piste, son poing gauche brandi comme une injure et lui ordonnant de la main droite de se poser. Pour toute réponse, comme il passe au-dessus de lui, Jaime passe son bras par la vitre du cockpit et pointe son pouce vers le sol avant de disparaître.

— Merde, qu'est-ce qu'il fout ? Qu'est-ce que ça veut dire ?

— Ça veut dire qu'il ne va pas se poser, répond Esterlito. Il va larguer la marchandise…

— Quoi ? Larguer les caisses ? s'écrie Paul. C'est impossible, ce n'est pas assez large, tout va tomber à l'eau !

Il court sur le remblai face à l'avion qui revient déjà. Il est à vingt mètres à peine quand le premier chargement jaillit du cockpit. Paul, blanc de rage, insulte Jaime qui s'en amuse depuis sa carlingue. Ce n'est qu'un petit être minuscule qui s'arrête net dans sa course.

À peine poussé hors de l'avion, le premier paquet explose contre le vent. Deux ou trois grandes boîtes de pellicules en fer tombent d'abord à l'eau en soulevant des gerbes sourdes d'où remontent des remous de vase. Puis aussitôt s'abat sur le remblai une grêle de boîtes plus petites dont chacun se protège comme il peut. Par chance personne n'est touché et les péons, gourmands, courent aussitôt en riant après les conserves de pâte de goyave qui roulent en se cabossant avant de tomber à l'eau. Des bocaux de *doce de leite* explosent contre le sol en engluant la poussière, et des sachets de potage en poudre, déchirés par le vent, virevoltent dans le ciel en déroulant des fumerolles vert et jaune. Puis tombe d'un paquet éclaté une pluie de sucres en morceaux qui criblent l'eau avec violence.

— Fils de pute ! hurle Paul devant les péons qui en rient.

Esterlito secoue la tête d'un air sévère. L'avion revient et c'est en piqué cette fois que Jaime largue le deuxième chargement. Le carton reste fermé mais tombe en oblique avec force contre la piste. Des gerbes de petites boîtes de pellicules rebondissent aussitôt dans tous les sens pour tomber par-dessus bord. D'autres roulent le long de la piste, s'ouvrent en deux en butant contre un caillou, et laissent s'échapper des guirlandes de film vierge brillantes qui se tortillent comme des serpents blessés. Quant au troisième paquet, il tombe directement à l'eau et coule loin au large du remblai.

Puis Jaime repasse une dernière fois et jette aux pieds de Paul une pochette en cuir lestée de deux boîtes de piles pour les torches. L'avion vole si bas cette fois que le pilote doit entendre les hurlements de Paul et les rires des péons. Il a tiré la vitre latérale du cockpit et passé la tête au-dehors. Ses lunettes rondes à œillères et ses cheveux tirés en arrière par le vent lui donnent l'air moqueur des héros risque-tout d'antan. Paul se tord le cou pour l'éviter puis lui court après en dégainant son colt. Il vide son chargeur contre l'avion, mais Jaime a déjà disparu dans l'éclat du ciel quand je ramasse la pochette. Elle contient la liste exacte de tout ce qui a été « livré ».

Sur la piste, en silence maintenant, chacun récupère ce qui peut l'être. Quelques piles, des bobines de film miraculées, des sachets de soupe. Un peu de sucre. De la pâte de goyave…

— Pourquoi a-t-il fait ça, il pouvait facilement se poser, non ?

Paul n'est pas d'humeur à me répondre. Il marche d'un bord à l'autre de l'à-terre en poussant les péons à ramasser ce qui peut encore être sauvé. Ce n'est que bien plus tard, quand tout ce qui pouvait l'être aura été ramassé, inspecté, réparé, regroupé et chargé à bord des pirogues, qu'il s'accroupit près de moi et me parle en regardant les reflets sombres de l'eau. Dans la pirogue, il déchire pour moi un peu de son triste rêve.

— Nous sommes étrangers à cet univers, toi et moi. Rien ici n'est à nous, rien ne nous appartient. Nous ne sommes que des objets de leurs passions et nos émotions n'auront jamais la violence des leurs. Ils vivent, ils tuent, ils boivent, ils baisent avec une intensité qui nous est inconcevable. Leurs passions sont à l'image de leurs paysages, sauvages et distendues. Elles les inondent de l'intérieur comme le Paraguay enfle et gonfle et envahit tout le *cerrado* de la forêt jusqu'aux remparts de Corumbá. L'aigreur a rempli le cœur de Jaime. Il est jaloux de toi et sa jalousie va nous être fatale. Il ne peut en être autrement. Méfie-toi de lui désormais. Il est le frère de mon ex-femme. Le fils du chef de cabinet du gouverneur. Le seul dans la famille qui m'avait gardé une certaine amitié, dans la mesure où je lui permettais une vie facile et un peu aventureuse. Il vient de me signifier que c'est fini. Je suppose qu'il aurait aimé venir avec moi à ta place.

— Je suis désolé, dis-je, je n'ai pas voulu ça. Pourquoi m'avoir accordé la préférence si tu étais sûr de sa rancœur ? Il te suffisait de l'enrôler dans l'équipe pour garder son amitié !

— Il n'y a pas d'amitié possible avec ces gens-là. Ils nous tolèrent. Parce que notre présence les amuse, parce que notre fréquentation les flatte, parce que notre industrie les enrichit. Ils sont dans leur vie et dans leur pays et nous n'y sommes que de passage. Édouard Chancel s'est installé ici dans les années cinquante. Il a bâti sa fortune en dix ans. Il était si riche qu'il a fait paver la première rue du gros bourg de culs-terreux qu'était Cuiabá à l'époque. Juste pour avoir un vrai trottoir devant chez lui comme à Paris. Un jour il est devenu trop riche et ils l'ont fait tomber. Ses meilleurs clients l'ont trahi, ses meilleurs fournisseurs aussi. Tous ceux qui s'étaient enrichis grâce à lui ont menti et l'ont volé. Ils l'ont laissé dans le caniveau, humilié de créances et d'intérêts. Il a tout recommencé, autrement, et tout regagné. À la Santo Antônio, quand les grosses fortunes, une fois l'an et à tour de rôle, offrent pitance aux pauvres, lui a tenu table ouverte pendant trois jours avec croissants frais et chocolat chaud. Dix ans plus tard il était à terre à nouveau, ses plus fidèles amis désormais propriétaires de ce qui était à lui. Aujourd'hui il sait rester juste assez riche pour qu'on oublie de lui rappeler qu'il n'est pas d'ici, même s'il y vit depuis plus longtemps que ceux qui y sont nés depuis et qui ont le pouvoir, aujourd'hui encore, de le faire tomber. Nous en sommes là. Ils vont nous rappeler à nous aussi que nous ne sommes pas chez nous. Ils vont nous faire tomber.

— Et nous devrions nous en inquiéter ?

— Ils peuvent te faire abattre au cœur de la ville devant tout le monde. Ils peuvent te jeter dans un *campo* isolé et t'abandonner aux caïmans. Ils peuvent te confisquer ton passeport et t'expulser vers la Bolivie ou le Paraguay. Ils peuvent ne plus te parler pendant des années comme ils l'ont fait avec moi. Ou pire encore, ils peuvent te pousser à devenir comme eux.

Paul attend que je l'encourage à d'autres confessions, mais je préfère le regarder en silence. Je n'ai pas la certitude de vouloir écouter ce qu'il peut encore me dire.

— Quand ma femme m'a quitté pour un autre, sans vraiment s'en cacher, j'ai beaucoup pleuré et je l'ai suppliée de rester. Puis je me suis résigné à ne pas pouvoir lui donner le bonheur qu'elle espérait. Elle ne m'avait pas épousé moi, elle avait « marié le Français ». Une fois la honte et la vexation passées, j'ai laissé faire les choses pour qu'elle refasse sa vie. Je n'ai exigé que le droit de voir mon fils et c'est ce qu'on m'a reproché.

— Qui pouvait te reprocher ça ?

— Tout le monde. Mes amis, mes relations professionnelles, les policiers, les journalistes locaux, ceux qui lisaient les comptes rendus qu'ils faisaient de mes déboires. Tout le monde. Toute la ville. Pour eux j'aurais dû tuer quelqu'un : elle ou lui, et ils auraient compris. Je ne l'ai pas fait donc je ne suis plus un homme ici. Plus personne ne me connaît.

— Tu veux dire que plus personne ne te parle ?

— À part les Chancel, et un peu Jaime jusqu'à aujourd'hui, plus personne dans cette ville depuis plus de deux ans.

— Et Angèle ?

— Je préfère me tenir loin d'elle. Il suffirait qu'on nous voie trop souvent ensemble pour aussitôt faire courir des rumeurs. Histoire de me nuire et m'éloigner de mon fils. Ils sont maîtres dans l'art de te détruire sournoisement. Tu sais, ils ont presque réussi à me pousser à l'irréparable. Je n'aurais jamais pu me résoudre à tuer ni ma femme ni son amant, mais j'en étais arrivé à envisager ma propre mort. Ils sont très forts à ce jeu-là. À te pousser à la mort, la tienne ou celle des autres. Quand tu es arrivé, je venais de passer la nuit avec mon arme à la main. D'une certaine façon, c'est toi qui m'en as empêché. C'est pour ça que je n'ai rien dit pendant les trois premiers jours où tu m'as suivi partout. Je ne voulais pas de nouvelles emmerdes. J'avais déjà les miennes. Maintenant, c'est sûr, d'autres vont venir mais les choses sont différentes. Nous sommes deux et je me fous d'eux. Ils sont chez eux, c'est leur pays, c'est leur histoire, eh bien qu'ils y restent. Ils auront raison de nous quoi que nous fassions, c'est écrit, mais nous en profiterons d'abord !

Il n'y a pas, dans ces terres lointaines, de trahison courageuse. Soit le sang bouillonne, parle et coule, dans des accès de fureur animale, soit la trahison s'enferre dans un entêtement d'une logique stupide et de mauvaise foi. Un atavisme indien peut-être. Les Indiens aussi, sur une question indésirable, peuvent s'entêter des semaines entières à ne pas répondre, ou à répondre à côté. Ou à répondre à moitié. Mais sans jamais vraiment mentir au voyageur qui se voit nier chaque jour, par exemple, l'existence d'une fête que de toute évidence tout le monde prépare. C'est un pays où il est rare de dire non. Il suffit souvent de ne jamais dire oui.

Ce qu'a fait Jaime ce jour-là coule de la même veine, sauf qu'à le transposer dans notre siècle, l'entêtement fier des Indiens est devenu une sournoise hypocrisie. Jaime est jaloux. De moi. Que Paul ait épousé sa sœur, Maria Zabel, et qu'ils se soient séparés en se déchirant ne l'émeut pas plus que ça. Que Paul ait ramené à sa juste mesure le passé de son père, aujourd'hui chef de cabinet au palais du gouverneur mais il y a vingt ans légionnaire et trafiquant en Guyane, ne heurte pas son honneur non plus. Pas plus que le jugement de Paul sur sa famille dont, il faut le reconnaître, les femmes sont folles ou dévergondées. Jaime se moque de tout cela. Mais la création du Service cinématographique par Paul, à l'époque où son ménage tenait encore, assurait à Jaime un emploi tranquille et flatteur d'assistant situé à deux pas d'un petit musée animalier que montait avec opiniâtreté un vieil Allemand étrange et silencieux. Jaime, en fait, est un taxidermiste amateur passionné. Sa seule vraie passion, c'est l'amour froid du formol et les corps figés par la mort. Travailler pour Paul, c'était passer des heures entières dans le musée d'à côté, et rapporter d'expédition des animaux morts à naturaliser.

Paul m'explique que je suis arrivé pour détruire ce bel ordonnancement d'indifférence. Je suis devenu son ami et il m'a finalement préféré pour l'accompagner dans cette expédition jusqu'à Corumbá. Et c'est pour cette histoire de gosse privé de promenade que ma vie va déraper vers des bassesses que je n'aurais jamais pu concevoir.

Dans la pirogue qui glisse à travers l'eau des nuages, adossé à la cantine métallique du matériel photo, Paul se laisse gagner par un rêve triste. Il lui faudra désormais endurer la petite haine froide et moqueuse de Jaime en plus de toutes les autres. Comme il endure depuis deux ans déjà celle de Maria Zabel, de son père, de sa famille, et de la ville entière. Mais s'il a quitté sa maison pour l'abandonner à Maria Zabel, s'il a délaissé quelques ambitions pour ne pas affronter le père de Jaime, et s'il est allé jusqu'à se terrer, fuyant toute amitié, toute rencontre, toute relation amoureuse, ce n'était pas pour priver de rumeurs cette ville de cousins mesquins. Il n'a consenti tous ces sacrifices que pour deux espoirs aussi tortueux que les sarments de vigne de son Aveyron natal : rester dans ces paysages démesurés galopés de chevaux et tout chuintés du glissement des pirogues, et rester tout simplement au plus près de son fils. Tous ces renoncements, toutes ces indifférences qui prennent au pays des *bandeirantes* des couleurs de lâcheté, il ne les a accumulés que pour mieux protéger ces deux amours. Et voilà que par ma seule présence, par maladresse peut-être et sans jamais l'avoir voulu, j'ai bousculé ses fragiles remparts. La brèche s'est ouverte en lui par ma faute.

Comme le soir descend ce jour-là sur le Rio São Lourenço, un long *sucuri* tire sur les eaux un sillon en pointe qui s'élargit. L'horizon est si plat et le serpent si grand que les vagues en gondolent la pirogue. Paul, sur les conseils d'Esterlito, donne l'ordre de rejoindre la Fazenda dos Dois Irmãos, à une heure environ dans les bois qui se dessinent à l'est. Nous pourrons y dormir et appeler Cuiabá par radio pour régler le problème de Jaime.

Le bois est inondé, et c'est à travers les feuillages que les pirogues s'engagent, dans l'obscurité menaçante des arbres et du soir tombant. C'est l'heure où les animaux se réveillent pour la chasse. Il faut prendre garde en taillant son chemin dans les branches de ne pas décrocher un *sucuri* surpris qui ferait chavirer une pirogue et engloutirait avec lui l'homme tombé à l'eau. Ou de vouloir écarter de la main un de ces longs serpents jaunes et fins comme des végétaux qui pendent parmi les lianes. Ou d'un coup de coutelas malheureux casser l'urne terreuse d'un de ces essaims meurtriers de méchantes petites guêpes noires, ou le nid bouillonnant de fourmis de feu qui se répandraient sur la pirogue comme un flot de sirop brûlant, ou encore le fil horrible d'une tarentule qui coupe le visage…

Sous les ordres d'Esterlito, un péon taille un tunnel dans la masse végétale et les embarcations s'y enfoncent avec prudence.

Esterlito. Il m'est arrivé de fréquenter des intelligences. À l'université de droit, à l'école de sciences politiques, dans les couloirs de la faculté du Panthéon. Des professeurs qui m'ont guidé avec aisance et malice dans l'inextricable fouillis des textes et de leurs interprétations. Des mémoires de sphinx, à la Sorbonne, aux siècles d'histoire retenus. Plus tard, comme journaliste, quelques brillants caractères que j'ai enviés en société. De merveilleux menteurs, de vrais artistes inspirés, des parvenus diaboliquement intelligents. Mais jamais je n'ai approché d'aussi près l'instinct. L'instinct inexplicable qui fait de l'intelligence un exercice laborieux et appliqué. Dans la nuit de coton et la peur qui l'électrise, je me prends à penser que la force de l'homme n'est pas tant de se différencier de l'animal que d'adjoindre, au contraire, l'instinct de la bête à sa propre intelligence. La supériorité de l'homme ne vient pas de l'impossibilité, pour l'animal, d'accéder à son intelligence, elle vient de la capacité de l'homme à développer lui aussi son instinct.

J'observe Esterlito. Agenouillé au bout de la pirogue, il guette. Voici nos embarcations sur trois mètres d'eau inondant le bois, offrant des arbres une vue inconnue, masquant le sol submergé, ses sentiers, ses chemins. Une fazenda qu'Esterlito n'a jamais visitée, qu'il ne connaît que pour l'avoir aperçue de loin, à la saison sèche, quand il regroupait le bétail à cheval. Et le feuillage touffu au-dessus de nous masque le scintillement salutaire des étoiles de la Croix du Sud. Pourtant il guette. Il regarde la feuille, devine la branche dans l'eau, imagine le tronc dans les profondeurs et sait si l'arbre a grandi étouffé dans un taillis ou dégagé par un chemin. À la force de la ramure il sait la grandeur de l'arbre. La taille du tronc lui dit si le sol, sous l'eau, se bosselle ou se dérobe. Il sait qu'il existe toujours deux chemins pour rejoindre une fazenda. Non pas qu'il les connaisse, mais parce qu'il connaît les hommes. Un chemin plat pour la saison sèche qui évite aux péons les talus exposés au soleil, un autre suivant la crête molle des petites buttes pour circuler au début des pluies. Il sait aussi que sur le chemin creux, comblé par la pluie dès les premiers orages, la végétation sera maigre parce que pourrie chaque année sous les eaux ; de chaque côté par contre, les taillis seront touffus parce qu'assurés d'un peu d'humidité pendant la saison sèche.

Une heure plus tard, droit devant, une vaste clairière inondée où se reflète la flamme jaune d'une lampe à pétrole. Les deux frères sont debout dans la nuit, sur le pas de leur porte. Ce sont deux ogres. Géants, rabelaisiens, hirsutes, un gilet sans manches sur leur chemise blanche, le ventre retenu par une lourde cartouchière bardée de douilles rutilantes. Ils nous entendent depuis longtemps, nous écoutent depuis plus d'une heure, devinant pour chaque juron dans quel arbre de leur ferme s'est prise la pirogue. Ils savent combien nous sommes, combien d'embarcations, combien d'hommes. Un bon pilote d'après le chemin qu'il a choisi, deux péons à l'avant dont ils entendent les coups de coutelas dans les lianes. Deux autres à l'arrière probablement, dont ils ont perçu le doux remous des pagaies. Trois ou quatre passagers dont deux d'une autre région, un étranger peut-être qui jure trop souvent pour un Pantaneiro, avec un accent à la fois de la ville et d'ailleurs. Ils ont repéré nos armes dès que les pirogues ont glissé hors du bois sur les eaux de la clairière inondée. Un coutelas et un colt pour chaque homme, une machette pour le pilote et les quatre péons, un fusil pour chaque passager, plus un autre aux pieds du pilote. Ils ont vite repéré l'étranger que je suis, à la simple façon dont je suis assis et à ma position dans la pirogue.

Aussi, quand nos deux embarcations s'échouent dans l'argile à leurs pieds, les seuls mots échangés ne sont que de simples salutations :

— *Boa noite, compadres.*

— *Boa noite.*

Ils savent qui nous sommes. Ce que nous venons faire chez eux n'est que secondaire. Ils ont la nuit pour l'apprendre et ne le demandent pas. L'intérieur de leur refuge sent la tanière. Les deux frères vivent en ours. Comme dans toutes les fermes de la région, les pièces, un peu hautes de plafond, sont petites. Étroits aussi les couloirs qui mènent aux autres pièces sans porte. Pas d'électricité. Une lampe à pétrole et des chandelles. Une grande table de bois brut et des tabourets, des caisses, des sacs empilés. Des fusils aux murs. Pas de femmes. Un café qui embaume.

— *Pinga ?*

Quelques verres, citrons verts, sucre.

— *Batida ?*

Enfin les premiers mots. Sur l'inondation d'abord, le bétail perdu, le gibier difficile, la chasse, les *tigres*. Et tard dans la nuit, au moment d'accrocher les hamacs, la permission d'utiliser la radio demain matin pendant l'heure du générateur.

La nuit, dans le réduit sans lumière où Esterlito a suspendu mon hamac près du sien, quelques paroles de nouveau me préparent au rêve.

— Tu as vu la maison ? demande Esterlito. L'eau est montée jusqu'à quelques centimètres du pas de la porte. Cette ferme ne sera jamais inondée. C'est une vieille ferme que les Blancs d'avant ont construite. Elle est vieille parce qu'elle n'est jamais inondée, et elle n'est jamais inondée parce qu'elle est vieille, du temps où l'on chassait les Indiens pour s'installer à leur place. Il y a de l'Indien là-dessous, tu peux me croire. Creuse sous chaque ferme du marais que l'inondation a épargnée et tu trouveras des crânes et des tibias. Voilà le secret. Les Indiens savaient. Leurs légendes racontent des histoires de termitières hautes comme des manguiers et les esprits, dit-on, leur interdisaient de vivre ou de mourir plus bas que la plus haute des termites. La leçon de cette sagesse légendaire, vois-tu, c'est que les termites sentent venir l'inondation dans la terre bien avant les premières eaux. D'instinct elles construisent des monticules plus hauts que les plus hautes eaux à venir. Et en respectant cette légende, les Indiens vivaient à l'abri de l'inondation la plus haute que de mémoire d'homme leurs ancêtres avaient connue. Et les Blancs d'avant, en construisant sans trop savoir pourquoi là d'où ils avaient chassé les Indiens, se sont sauvés des eaux eux aussi. Peut-être parce que les Indiens, dans ce marais si plat, avaient su trouver les quelques mètres d'élévation. À moins qu'ils n'aient surélevé de leurs mains ces îlots artificiels. Toujours est-il que les grandes fermes neuves, dans le bas du pays, sont dans l'eau jusqu'à mi-hauteur. Parce qu'il n'y a plus d'Indiens.

Alors je rêve cette nuit-là d'Indiens sages et pacifiques sur des îles décorées qui dérivent.

Le lendemain est un jour de soleil. Après le guarana, les deux frères offrent une grande gamelle de riz et de *tatu* boucané pour le petit déjeuner. Ils ont des gorges à dévorer un *capivara* entier d'un seul coup de dents. Tous les hommes mangent au couteau avec leurs doigts et attendent en riant l'heure du générateur.

Vers sept heures enfin, à la première heure du soleil au-dessus de l'horizon inondé, se déclenche le ronronnement du moteur. Une femme cachée jusqu'alors à la convoitise des visiteurs appelle aussitôt l'aérodrome de Cuiabá qui répond dans un grésillement inaudible. Puis, selon les indications reçues la veille du plus vieux des deux frères, elle demande à contacter le Service cinématographique. Que celui-ci rappelle dans l'heure l'expédition qui fait étape à la Fazenda des Deux Frères. Accord de Cuiabá qui répète. Indicatif. Indicatif. Terminé.

Une heure plus tard une autre surprise m'attend. Cuiabá a rappelé Paul sur la radio. En l'absence de Jaime, il a demandé un autre pilote pour nous rejoindre, ce soir, à la Fazenda São Jorge sur le Rio São Lourenço. C'est Zé Maria qui viendra, le pilote de Sebastião, un notable de la capitale. Paul m'explique que l'inspecteur Santana, de la police fédérale, a demandé à lui parler et dit qu'il se faisait fort de convaincre son ami de mettre son avion à notre disposition. Angèle en profitera peut-être aussi pour faire l'aller-retour jusqu'à la Fazenda São Jorge. Une idée de Santana.

Fazenda São Jorge, Pantanal

Avril 1976

— La São Jorge ! dit Esterlito, désignant du doigt, loin au sud au-delà de l'eau, le corps bas des bâtiments.

Une longue construction perpendiculaire à ce qu'on devine être un bras du fleuve dans les terres inondées. Une fazenda aux allures de petit avant-poste officiel, surmonté d'un château d'eau, d'un pylône pour une antenne radio, et d'un haut mât au sommet duquel le drapeau du Brésil pend sans mouvement. Un large perron, deux grandes portes symétriques, et des fenêtres profondes qui gardent l'ombre et le frais. En face, mais loin du fleuve, un vaste hangar ouvert à tous les horizons et dont la toiture en tôle ondule sous la chaleur. Il borde une courte piste d'atterrissage en herbe rase en travers d'un pré d'herbes folles. Face au hangar, deux entrepôts cossus et bien clos. Une dizaine de petites maisons de terre ocre alignées le long du fleuve, pour les péons et leurs familles, ferment le dernier côté de la fazenda.

— Encore une terre d'Indiens ! conclut Esterlito.

Je pense à un fort du Nouveau-Mexique ou de Californie à l'époque des Espagnols. Une garnison viendrait nous y présenter les armes sabre au clair que je n'en serais pas surpris. Comme un éclaireur indien, Esterlito observe les lieux encore distants d'un bon kilomètre.

— Tout le monde dort, dit-il en souriant, complice des paresseux, lui qui se lève toujours une heure avant le soleil. Le maître n'est pas là. Le hangar est ouvert et l'avion est parti. Le contremaître aussi. Inspecter les dégâts de l'inondation, probablement.

On ne devine aucune embarcation. Une heure plus tard nous abordons. Comme l'a deviné Esterlito, l'endroit est sec et il fait haler les pirogues de la boue jusque dans les herbes, puis va demander l'aide des péons pour décharger le matériel et revient accompagné de la *dona* de la fazenda, trop heureuse de recevoir deux visiteurs étrangers, français de surcroît. Quelques hommes, sous les ordres de la maîtresse femme qu'ils craignent, s'occupent des bagages et Esterlito porte notre chasse du jour aux cuisines où il se découvre un cousin. Puis nos péons se joignent à ceux de la *dona*, qui se retire dans ses appartements, et quelqu'un nous guide jusqu'à une des petites maisons de terre face au fleuve, au cas où l'envie nous prendrait de vouloir nous y reposer.

Il est deux heures. La pleine chaleur. À perte de vue l'horizon plat ondule à la verticale, comme si le ciel devait tout évaporer de cette eau débordée. Invisible dans l'immensité des roseaux immobiles, sous l'étendue continue des tapis de jacinthes, dans les flaques pleines de nuages pommelés, l'eau vibre et transpire à travers les éléments.

Le paysage est désert. Les hommes dorment. Les animaux aussi. Seuls deux grands échassiers, à l'ombre d'un parasolier moussu, fouillent la vase des marigots. Deux *tuyuyu*, marabouts du marais, plus grands que des hommes. Deux oiseaux incongrus, précautionneux, trop élégants dans leur robe blanche ourlée de noir. La gorge enflée d'un goitre de velours rouge qui tremble à chaque poisson pris qu'ils avalent en éraflant le ciel de leur long bec. Ils fouillent la vase, et quelque part dans ces terres, dans un arbre mort aux branches dénudées, ils ont leur énorme nid de branches.

— Regarde comme ils sont lourds, dit Esterlito qui ne dort pas.

Accroupi près de l'eau, il m'observe avec fierté admirer les grands oiseaux de son pays. Puis il se lève, bat l'air de ses bras, et court vers eux. Les oiseaux se figent dans leur mouvement, surpris, et restent à le regarder, hautains, comme un couple de vieux Anglais dérangés. Il s'en rapproche alors, pataugeant dans l'eau qu'il éclabousse des deux mains vers les oiseaux. Un des *tuyuyu* l'observe, interloqué, offusqué de tant d'inconvenance, puis déploie ses ailes à moitié, économe de ses efforts. Comme Esterlito insiste, il se tourne vers l'horizon et se résigne à courir dans l'eau à longues enjambées paresseuses, articulant ses pattes à l'envers haut au-dessus de l'eau qui s'auréole à chaque pas, comme s'il cherchait plus à s'éloigner qu'à s'envoler. Si l'homme s'arrêtait, l'oiseau s'arrêterait aussi, trop content d'éviter la fatigue d'un envol. Mais Esterlito le poursuit toujours et le lourd échassier finit par gagner en vitesse pour déployer finalement toute l'envergure de ses ailes, et brasser l'air brûlant pour s'aider à courir. Peu à peu, son corps tendu en avant par son long cou pesant, chaque enjambée le pousse vers un déséquilibre pataud, avant que le battement de ses ailes donne enfin l'ampleur nécessaire à son envol. Sa course s'allonge, plus souple, en longs bonds espacés d'abord, puis il se risque à relever une patte, prend un dernier élan à cloche-pied, manque de s'étaler comme un coureur qui trébuche, et se tire enfin au ras de l'eau. Alors il se redessine, prend de la hauteur et de la vitesse, et soudain il est là-haut et devient beau, noir et rouge dans le ciel bleu.

— Tu as vu ? s'extasie Esterlito qui revient tout essoufflé.

J'ai vu. J'ai vu l'oiseau s'envoler, lourd et rebondi comme, plus tard, les vieux DC3 magiques qui m'emporteront vers Santa Cruz quand Santana m'aura expulsé. J'ai suivi la longue boucle de l'oiseau contre le ciel loin au-dessus des champs inondés. Je l'ai regardé revenir pour prendre le vent et se poser à nouveau juste un peu plus loin dans le marigot. Et, traversant la lumière aveuglante d'un nuage boursouflé de soleil, je l'ai vu masquer une seconde l'avion qui s'approche.

Quelques instants plus tard, sur la piste d'où s'est envolée une nuée d'oiseaux gris perlé qui se cachaient dans les herbes, Angèle est là qui descend du coucou de Zé Maria. Accompagnée de l'inspecteur Santana.

Il faut ce jour-là qu'il fasse trop chaud pour que Paul résiste à la sieste. Il faut que le maître soit absent et la fazenda plongée dans une douce somnolence. Il faut qu'Angèle soit là, sa jupe imprimée enflée par le vent brûlant de l'hélice, pour que devant le grand hangar je ne puisse résister au désir immédiat de l'aimer. Et pendant qu'Esterlito accueille le pilote, pendant que l'inspecteur Santana entre présenter ses hommages à la *dona* de la fazenda, pendant que les péons viennent décharger l'avion de Zé Maria qui les regarde sans les aider, je prends Angèle par la main et l'emmène vers le fleuve.

— Vous avez fait bon voyage ?

— Oui, dit-elle en souriant de ma question convenue. C'est magnifique de là-haut.

— Vous avez déjà vu des *tuyuyu* ?

Je la guide jusque dans un des cabanons pour observer les grands oiseaux sans les effrayer. Et dans la chaleur étouffante, comme elle regarde à travers la fenêtre les *tuyuyu* dans le marécage, alors qu'elle vient à peine d'arriver, je la retiens contre moi par les hanches, son dos contre mon corps tendu, et je lui raconte mon rêve du Campo do Limão, celui dans lequel je la prenais dans le désordre des chaises basculées de la salle de projection du *Serviço cinematográfico*. Elle sourit, un peu surprise, puis se tait et me laisse dire, s'appuie un peu plus contre moi, se laisse aller, et bientôt, sur l'image immobile des oiseaux dans l'eau, je devine sur la vitre le reflet de son visage aux yeux clos qui sourit aux anges. Elle soupire et se refuse dans un murmure, mais me retient aussitôt, s'abandonne comme on tombe, et se reprend à moi. *Non*… Mais son corps pèse contre mon ventre. Le sol est de terre battue et la pièce sent le bois des outils, le manioc dans les sacs, les rouleaux de vieux tabac, le cuir musqué des harnais. *Non*… Des étriers suspendus tintinnabulent contre la lame d'une faux, la terre crisse comme un tissu froissé sous nos pieds qui trébuchent, sa robe qui sent bon le coton propre se déboutonne et m'enivre. Et dessous, sa peau salée de sueur et son parfum de France aussi. *Non !* Elle se retourne alors avec violence et c'est elle qui prend ma bouche dans la sienne et nous tombons dans les sacs de farine qui se tasse, mate et sourde. Elle a dans sa chute une maladresse un peu obscène qui m'affole aussitôt. Elle a ce petit cri plaintif et suppliant à la fois, à peine retenu, vite étouffé par ma bouche. Puis le désordre de ses vêtements ajoute à la confusion de mes sentiments et c'est la violence de l'amour qui nous laisse, après, longtemps, écouter son cœur battre et revenir à elle. Puis elle se rhabille devant moi sans me quitter des yeux.

Quand nous sortons du cabanon, je remarque aussitôt que quelque chose a changé, au loin, dans la cour de la fazenda. Les *zingadores* de l'expédition se sont regroupés à l'écart dans la cour. Limirio et Otávio se tiennent sur les marches de la maison principale et regardent Santana, au centre de la cour, qui parle avec Paul. Je m'approche d'eux.

— Restez à l'écart de ça, s'il vous plaît, dit l'inspecteur avant même que je parle.

— Que se passe-t-il ?

— Rien de grave, répond Paul, c'est à cause de Jaime.

— Quoi, Jaime ?

— Restez en dehors de ça ! répète Santana. Et reculez à dix mètres !

— Écoutez, je veux juste…

— Vous voulez que je vous arrête, vous aussi ?

La réponse de Santana m'étourdit. À mes côtés, Angèle pâlit.

— Vous arrêtez Paul, mais pourquoi ?

Santana m'ignore. Son doigt pointe juste l'endroit jusqu'où il veut que je recule, et c'est à Angèle seule qu'il s'adresse.

— Votre ami a tiré sur l'avion de Jaime et celui-ci a porté plainte dès son atterrissage. On a trouvé une balle fichée dans la carlingue, c'est grave. Elle aurait pu blesser ou tuer Jaime, ou provoquer un crash de l'appareil. Un juge pourrait y voir une tentative d'homicide.

— Mais Jaime a failli nous tuer, dis-je, il a largué sur nous ce qu'il devait déposer. Tout a été filmé. Il y a des preuves.

— Écoutez, Senhora Angèle, continue Santana sans me répondre, Paul est étranger, il porte une arme sans autorisation, et il a tiré sur un fonctionnaire de l'État qui pilotait un avion affrété par le gouvernement du Mato Grosso. Je suis obligé de l'entendre pour l'enquête.

— Tout le monde porte une arme ici, Santana, qu'est-ce que c'est que cette mascarade !

— Je vous recommande de surveiller votre langage, *Senhor*. C'est à moi de décider qui peut porter une arme ici, et la première condition est d'être brésilien. Paul ne l'est pas, et vous non plus, je vous le rappelle. Et je vous le répète, il a tiré sur un citoyen brésilien.

— Il a vraiment fait ça ? demande Angèle, incrédule.

— Oui il l'a fait, mais..., dis-je sans que Santana m'écoute.

— *Senhora*, je suis de votre côté, faites-moi l'honneur de me croire. Faites-moi confiance. Je vais faire mon possible pour arranger les choses. Je vais saisir les films de l'expédition et les faire développer, et s'ils présentent des circonstances atténuantes pour le Senhor Paul, j'en tiendrai compte. Mais je suis obligé de le ramener à Cuiabá pour l'interrogatoire et les formalités.

— Vous l'arrêtez alors ?

— Disons que je l'emmène pour l'interroger. D'ailleurs je vais vous demander une faveur, si vous le voulez bien. Comme je dois ramener Paul à Cuiabá, ainsi que Limirio comme témoin en sa faveur, il n'y aura pas assez de place pour vous dans l'avion. Pouvez-vous attendre ici jusqu'à demain matin ? Je vous envoie un avion dès la première heure.

Et sans laisser à Angèle le temps de répondre, Santana se tourne vers moi.

— Je compte sur vous pour prendre soin de la Senhora Angèle. Assurez-vous qu'elle ne manque de rien et rassurez-la. En serez-vous capable ?

Je suis sidéré par ce ton. Il est sans équivoque sur ce que ce flic sait déjà de ma relation avec Angèle.

— À la bonne heure ! dit-il sans attendre ma réponse, en prenant Paul par le bras pour l'entraîner à l'intérieur de la fazenda sous le regard fuyant des péons, et celui consterné d'Esterlito.

Deux heures plus tard Santana repart en emmenant Paul dont le regard est noir de tristesse. Esterlito nous accompagne jusqu'à l'avion, Angèle et moi, pour suivre mon ami qui ne répond pas à mes encouragements. Et nous regardons l'engin rouler jusqu'au bout du pré. Zé Maria le lance comme on fait prendre son galop à un cheval. Je pense à Paul, bien sûr, et en même temps je me demande si les avions qui s'élancent écrasent par mégarde des serpents paresseux dans l'herbe de la piste. Et je m'en veux de cette pensée stupide.

La carlingue ondule sous la chaleur, et de l'herbe surgit un émeu surpris qui court, affolé, à côté de l'engin. Tout le monde rit. Angèle et moi aussi, à contrecœur. Puis l'avion disparaît et nous remontons vers la fazenda. En chemin nos mains se frôlent à nouveau. La *dona* de la fazenda nous fait alors servir un jus de cajou glacé à l'intérieur. Dehors, les péons aiguisent leurs coutelas à une pierre au milieu du jardin. L'éternité reprend possession du Pantanal immobile. Jusqu'à la nuit.

C'est une des seules nuits presque complètes que je passerai allongé contre le corps d'Angèle. Elle se donne d'abord sans retenue à nouveau. Elle ose ce qu'elle n'a pas demandé ou ce qu'elle a hésité à prendre dans le cabanon, donne plus que ce que je ne pouvais espérer, puis me rejette, épuisé, mouillé d'amour et de sueur, sur les draps trempés. Et quand elle s'endort, je pense à Paul entre les mains de Santana. Avant de me glisser contre le dos encore moite d'Angèle pour la reprendre dans son sommeil.

La mesure du temps avec Angèle se délite. Seule la passion lui sert de diapason. Et c'est de cette passion-là que je veux encore et encore. Rien d'autre. Juste l'instant de son abandon. De son corps pris et tenu. J'aurais dû la surprendre et la reprendre encore sans la laisser se rhabiller dans le cabanon. Jamais je n'aurais dû abandonner le désir avant elle. C'est déjà mon regret. J'aurais dû la laisser exsangue et échevelée, nue sur le sol souillé de nos excès. Je ne veux plus rien d'autre d'elle maintenant que l'instant où elle m'abandonne son corps. Je la veux nue partout, prise et défaite, à bout de souffle. Que ça et rien d'autre, mais ça à chaque fois. Toujours.

Quand je me réveille, tard, Angèle a déjà quitté la chambre et j'entends l'avion qui approche. Je saute du lit en passant mes vêtements, et sors pieds nus au moment où il glisse hors du ciel jusque dans la prairie pour se poser sans déranger les *tuyuyu*. Le moteur expire, la carlingue brille, et Santana est là. Et avec lui Paul et Limirio qui descendent à leur tour et viennent rejoindre la fazenda, tête basse. Pas Santana qui, de loin, invite Angèle à le rejoindre et l'aide à monter à bord. Je serre dans mes bras Paul, qui se laisse faire sans me rendre l'accolade. Et par-dessus son épaule, je vois l'avion qui court déjà dans les herbes pour aussitôt se perdre à l'horizon.

Et voilà. Angèle a disparu et rien n'a changé. Les corps blancs des bâtiments, le parasolier moussu, les champs inondés qui ondulent. La vie comme avant, avec juste mon corps fatigué d'elle et Paul dans mes bras.

Voilà ce que j'aurais dû comprendre ce jour-là. Que le temps, dans ce pays, n'existe pas. Que seul vaut le présent, celui qu'on ne peut ni prévoir ni refuser. Un présent décomposé d'absences et d'éternités et qui ne se conjugue qu'à d'étranges personnes, étrangers égarés qui le regardent ne pas bouger. Il n'y a pas d'après, comme dit une chanson, dans ce pays-là. Que d'autres présents nouveaux qui fleurissent dispersés, éclatent et disparaissent, sans jamais avoir eu le temps de se faner. Il y a eu le bivouac, il y a eu Angèle prise et aimée, il y a la fin d'après-midi à la Fazenda São Jorge et la nuit qui la prolonge. Et Angèle qui repart aussitôt pour Cuiabá.

Paul se défait de mon embrassade et rentre à l'ombre de la fazenda. Je m'allonge alors sous tout le ciel inondé, à même l'herbe, sans prudence. C'est toute cette beauté dissolue qui va me rendre fou. Tous ces horizons qui dérivent. Pour l'instant le Pantanal m'enivre. Il porte en lui tout l'espace de mes voyages et le goût nouveau d'Angèle. Et je ne comprends pas qu'en fait lui comme elle m'ensorcellent.

Corumbá

Mai 1976

Et tout en bas du Pantanal : Corumbá. L'expédition m'y mène avec vingt jours de retard. Le cœur, chez Paul, n'y était plus. Sombre et silencieux à l'avant de la première pirogue, il a tout abandonné des jeux et des joies des péons et des *zingadores* : courir les émeus affolés sur les remblais, plaquer les caïmans surpris dans les marigots pour leur scotcher la gueule, appuyer sur les yeux des *sucuris* pour leur faire lâcher prise, se baigner avec les piranhas ou les pêcher avec n'importe quoi. Plus de confessions la nuit aux bivouacs non plus. Plus d'histoires de chasse. Plus de légendes indiennes. Rien qu'un ami replié et morose que plus rien ne touche. C'est Limirio qui prend les choses en main, et Esterlito qui nous guide et surveille tout ce que fait l'ingénieur jusqu'au port de Corumbá.

Une ville pastel coloniale. Des fenêtres aveuglées d'ombre sous le soleil, hautes et profondes, qui ouvrent sur des recoins de verdure. Une jolie ville nonchalante, droite et fière, adossée à une colline, qui regarde venir à elle toutes les eaux du fleuve du haut de ses murs courus de promenades. D'en bas c'est un rempart, mais d'en haut c'est un chemin de ronde.

Dès que l'expédition nous y échoue, entre les pavés chauds et les bateaux à l'ombre d'une bâche, dès que les *marinheiros* paresseux nous appellent *compadres* pour écouter nos histoires, j'aime cette ville. Pour ses gosses qui rient sous les grands manguiers auxquels ils accrochent leurs barques. Pour le suc pulpeux d'un fruit qui jute entre mes doigts et trois melons jaunes sur une planche en bois, en plein soleil. Pour des mots simples et de joyeux silences au pied de la ville calme. Pour une ruelle vers la colline et quelques femmes immobiles. Pour l'escalier de la promenade et ses palmiers en altitude.

Pas pour Santana, qui pourtant m'y attend aussi. Toujours bien mis dans son costume blanc, un panama pour se prémunir du soleil et des lunettes à l'américaine, il m'accueille comme s'il m'espérait depuis longtemps. Puis soudain m'ignore pour ne s'occuper que de Paul, qu'il prend par le bras pour l'emmener à l'écart. Je le regarde lui parler, lui expliquer quelque chose, le redire, et lui remettre une enveloppe. Paul se résigne à accepter d'un hochement honteux de la tête, avant de revenir vers les pirogues. Il prend son sac, abandonne tout le reste de son équipement et rejoint Santana sans saluer personne. Une voiture s'approche et Santana le fait monter à l'arrière. Il a le même geste qu'il aura pour moi à Cáceres : une main sur la tête pour éviter à son passager de se cogner le front. Puis ils s'en vont et je suis seul. Sans Paul, je ne suis rien dans ce pays. L'expédition est terminée. Je ne travaille plus pour le Service cinématographique. Je suis à six cents kilomètres d'Angèle et des Chancel.

Déjà Otávio et Limirio se congratulent de la réussite de l'expédition et rassemblent le matériel. Les *zingadores* se sont regroupés et se demandent qui va les payer. Un envoyé du gouverneur arrive en courant, s'excusant de loin de son retard et leur tend une poignée de billets sans même les regarder. Les quatre hommes se les répartissent et les empochent, puis rejoignent les pêcheurs qui attendent les bières qu'ils vont offrir en racontant leur long voyage. De son côté, l'homme du gouverneur tombe dans les bras des deux ingénieurs en les félicitant à grandes accolades et claques dans le dos. Puis il leur promet le meilleur bordel de Corumbá et ils partent vers la ville en riant aux éclats.

De loin, je hèle Limirio qui revient vers moi à contrecœur pendant que les autres l'attendent à distance.

— Limirio, que s'est-il passé avec Santana à Cuiabá ?

— À Cuiabá ? Rien.

— Qu'est-ce que tu lui as dit ?

— Rien.

— Qu'est-ce qu'il t'a demandé ?

— Rien.

— Rien ?

— Non, rien. Il ne m'a pas interrogé. J'ai dormi dans une chambre à la caserne et personne ne m'a rien demandé. Le lendemain il m'a ramené à la fazenda avec Paul.

— Et Paul ?

— Je n'ai pas vu le Senhor Paul pendant que j'étais là-bas. Je ne l'ai revu que le lendemain matin quand on m'a ramené à l'avion.

Puis il regarde l'homme du gouverneur et Otávio, un peu gêné.

— Désolé, il faut que j'y aille. On va au bordel, tu veux nous y rejoindre ?

J'hésite, mais Esterlito répond à ma place :

— Non, merci, Senhor Limirio. Nous avions prévu de fêter notre arrivée nous aussi, mais étant donné le départ du Senhor Paul, nous allons juste déjeuner quelque part sur le port avec les *zingadores*. Et après, nous irons faire la sieste je suppose…

— Très bien, sourit Limirio qui semble soulagé.

Quand il rattrape Otávio et l'envoyé du gouverneur, ce dernier se rappelle quelque chose et m'apostrophe. Il me donne le nom d'un hôtel où le gouvernement, à la demande de l'inspecteur Santana, m'a réservé une nuit pour que je me repose. J'y trouverai aussi mon défraiement pour ma participation à l'expédition. Puis ils m'abandonnent, comme trois marins d'eau douce qui vont aux putes.

— Que va-t-il arriver à Paul, Esterlito ?

— Je crois que Santana l'a expulsé du pays. Je suppose qu'il va passer en Bolivie. Je lui ai déconseillé le Paraguay et l'Argentine.

— Tu savais qu'ils allaient l'expulser ?

— Santana ne s'intéresse aux gens que pour de mauvaises raisons. Paul était en sursis depuis longtemps.

— Pourquoi aujourd'hui, alors ?

— C'est la question. Est-ce que Paul t'a parlé de ce film sur les Indiens ?

— Tu es au courant ?

— Un bon Pantaneiro sait toujours tout de ce qui peut devenir un danger pour lui. Et qui croyais-tu qu'il voulait choisir comme guide ?

— Il te l'a proposé ?

— Non, mais il m'a posé assez de questions sur les Kaiowás et leur territoire pour que je le devine.

— Tu crois que c'est la raison de son expulsion ?

— Il y a de mauvaises gens dans ce pays. Des gens qui se croient d'un autre sang. Dans les années soixante, quelques dizaines de Kaiowás acculturés ont disparu. De pauvres bougres alcoolisés, même plus indiens, juste déguisés à l'indienne pour soutirer quelques dollars aux touristes et quelques subsides aux autorités. On ne les a jamais retrouvés, mais le bruit court dans la forêt qu'on les a chassés.

— Expulsés eux aussi ?

— Non. *Chassés*, comme on chasse du gibier. Comme des proies. De riches propriétaires prêtaient leurs immenses terres de bois et de marécages et les pauvres Kaiowás étaient lâchés dans la nature avec une heure d'avance sur les chasseurs.

— Je ne te crois pas. Ça ne peut pas être possible.

— Il y a eu des procès, même si aucun n'a abouti. Les noms de gens bien sous tous rapports, bienfaiteurs des bonnes œuvres, ont été cités. Tu peux encore les croiser chaque jour à Cuiabá. Quelques méchants hommes de main ont été condamnés, mais pour crime crapuleux seulement, pas pour chasse à l'homme. Voilà pourquoi il ne fait pas bon s'intéresser aux Kaiowás. Chacun craint qu'ils n'aient des choses à révéler. Les Anglais qui voulaient faire ce film ont vite compris qu'il leur fallait un fusible entre les Kaiowás et eux. C'est pour cette raison qu'ils l'ont proposé à Paul. De ce jour, il était en sursis.

— Comment Santana l'a-t-il su ?

— Santana sait tout, c'est son métier. Pas la peine de chercher à comprendre comment. Tiens-toi loin de lui, c'est un cobra, une intelligence à sang froid. Tu te souviens de ce que je t'ai dit des serpents ?

— Oui : ne jamais les attaquer dans l'eau, même petits ils sont plus forts.

— Eh bien ce cobra de Santana, il est plus fort toujours, même hors de l'eau.

Puis Esterlito invite d'un geste les *zingadores* et les autres pêcheurs à se joindre à nous dans une des gargotes au bord du fleuve.

Ici, le fleuve est déjà Paraguay. Il était encore São Lourenço à la Fazenda São Jorge, et après des milliers de kilomètres d'aventure il sera estuaire à Buenos Aires, en mélangeant ses eaux à celles du Paraná. Comment imaginer qu'alors il roulera des cargos rouillés entre ses épaules ambrées ? Là il ne fait que glisser vers le sud, large et étale, jusqu'au pied de la ville où, comme par peur des remparts, il tourne vers l'est et cet océan que personne ne connaît ici. Et il laisse les *lanchas* et les pirogues, portées par leur élan, glisser hors de son méandre jusqu'au port de Corumbá qui dort.

Après avoir déjeuné d'un banquet de *pacu* grillé, de *farofa* et de *molho*, de fromage salé à la pâte de goyave, de mangues tièdes et juteuses, d'*abacaxis* et de *doce de leite*, arrosé de plusieurs Brahma glacées et de *cafezinhos* brûlants, je fais mes adieux aux *zingadores* qui me serrent dans leur sueur avec plus de pitié que d'amitié. Seul Esterlito me souhaite un au revoir au lieu de me dire un *Adeus*, comme un espoir, et m'étreint longtemps dans ses bras noueux qui me suffoquent. Puis il m'accompagne jusqu'à l'hôtel que m'a réservé Santana, pour me saluer encore de plusieurs *Boa sorte* qui me serrent la gorge. Il me laisse alors sans se retourner et je monte dans ma chambre.

Une grande pièce ouverte, claire et nue, qui a dû abriter bien des après-midi de passage sous un ventilateur froufroutant. Un lit de fer forgé, bordé de draps légers, et la douce pénombre des volets clos, quand je sais dehors le soleil qui se cogne au port. Le parquet gondolé sent la cire. Sur une commode, un mot à mon intention. Santana me donne un numéro de téléphone et me demande de le contacter.

— Santana ? C'est moi…

— Ah, merci de me rappeler. J'espère que vous êtes bien installé. Ce n'est pas le meilleur établissement de la ville, vous m'en excuserez. C'est même, comment dire, un hôtel d'amours passagères, mais sa vue sur le Pantanal est imprenable, n'est-ce pas ? J'ai pensé que cela pourrait vous plaire.

— Pourquoi m'avez-vous demandé de vous rappeler ?

— Je voulais juste vous remercier d'avoir pris soin d'Angèle à la Fazenda São Jorge. C'était un peu cavalier de ma part de la laisser là toute une nuit, mais je ne pouvais faire autrement, vous comprenez ? Quoi qu'il en soit, merci de vous être occupé d'elle.

— Comment va-t-elle ?

— Bien. Très bien. C'est une personne si pleine de joie de vivre, n'est-ce pas ?

Je ne réponds pas, cherchant à deviner ce qu'il veut.

— Santana, à propos de Paul…

— Ne parlons pas de Paul, s'il vous plaît. Ne nous fâchons pas. Qu'allez-vous faire maintenant, vous allez remonter à Cuiabá je suppose ? L'avion de notre ami Sebastião sera à Corumbá demain et il se propose de le mettre à votre disposition si cela vous tente.

— Je ne sais pas si…

— N'hésitez pas. De toute façon il remontait à vide. Prenez-le. Vous aurez plus vite rejoint Angèle et vos amis.

Et il raccroche, me laissant le geste suspendu, le combiné à la main, dans la moiteur de l'après-midi. Aussitôt dans le miroir face à moi, c'est déjà le corps d'Angèle qui bascule. Pourtant jamais je ne passerai avec elle la porte de cette chambre, à l'étage, avec sa haute fenêtre ouverte sur l'horizon. Je reste avec la vision d'Angèle, dans l'écho tranquille de la ville, le pas d'un cheval résigné tirant sa calèche, le soupir d'un taxi fatigué, les mots d'un homme qui passe en fredonnant. J'imagine toute cette intimité préparée, feutrée de soleil, où je veux son corps. J'ai posé un foulard mouillé devant le ventilateur pour hérisser sa peau d'un frisson de fraîcheur et de surprise. Et j'imagine aimer Angèle. Je voudrais qu'en chavirant elle voie le port se perdre dans les reflets du ciel, qu'à ses suppliques impatientes elle ajoute la plainte de ne pouvoir tout prendre de cet horizon brutal qui la pénétrerait. Qu'elle s'arque devant la fenêtre pour que cette immensité inonde son ventre et s'y redéploie dedans, nous échouant tous les deux, accrochés à nos corps reposés.

Santa Cruz

Mai 1976

Quand je rentre, je cours aimer Angèle un jour tout entier, à picorer son corps en croquant des fruits mûrs, à nous saouler de cafés forts et de souvenirs du Pantanal. Puis la vie reprend son cours, malgré l'absence de Paul dont personne n'ose parler. Les balades échevelées dans le pick-up d'Édouard, les fritures dorées au bord du *rio*, les bières blondes glacées à la terrasse de l'Internacional et les repas trop copieux dans la cour ombragée des Chancel. Santana et ses compères, Ortiz et Peixoto, trop aimables et avenants. Trop galants aussi avec Angèle, mais leur désir impossible me flatte. Angèle est heureuse et elle est à moi, nous sommes un couple et il semble que toute la ville s'y habitue.

Et puis un soir, trois semaines après mon retour, Santana me prend en confidence, un peu à l'écart d'Angèle et des autres, à l'abri d'un flamboyant. Il a des nouvelles de Paul. De mauvaises nouvelles. Il est au Paraguay et ça ne lui plaît pas.

— C'est un pays dangereux, vous comprenez ?

C'est plein de bandits là-bas. Selon ce que je sais, Paul est sans le sou, mais ces crapules de Paraguayens pensent qu'un gringo est toujours plus riche qu'eux. Votre ami va finir par prendre un mauvais coup de coutelas ou se faire battre à mort dans un caniveau pour le peu qu'il lui reste encore.

— Qu'est-ce que je peux faire ? Je vais bientôt être à court d'argent moi aussi.

— Avant que vous n'arriviez, Paul avait tourné quelques films animaliers pour le gouvernement. Et puis il y a tout ce qu'il a filmé sur les dégâts de l'inondation. Le Senhor Ortiz est intervenu auprès du gouverneur pour débloquer un paiement. Une sorte d'avance en fait. Après tout, même si elles ne sont pas encore montées, ces images ont été filmées et méritent bien un salaire.

Santana sort une enveloppe de sa poche et la glisse dans ma main.

— Il y a là huit cents dollars américains. Allez les lui porter, il en a besoin.

— Au Paraguay ?

— Non, pour sa sécurité j'ai demandé à la police paraguayenne de l'expulser vers la Bolivie. Ce pays est secoué par plus d'un coup d'État militaire par an, mais la présence permanente des soldats freine un peu l'audace des voyous. C'est plus sûr pour votre ami. Je me suis arrangé pour qu'il vous attende à l'hôtel Astoria, à Santa Cruz.

Le soir, j'en parle à Angèle. Sebastião met son avion à ma disposition jusqu'à Corumbá. Ensuite il faut deux jours de train jusqu'à Santa Cruz, un jour ou deux avec Paul sur place, et autant pour le retour.

C'est l'affaire d'une grosse semaine, dix jours tout au plus. Angèle dit qu'elle comprend. Si c'est pour aider Paul, bien sûr qu'il faut le faire. Alors je décide d'y aller.

Cochabamba, Bolivie

Mai 1976

— Qu'est-ce que c'est que cette histoire ? s'offusque-t-il.

— C'est l'argent que te doit le gouverneur pour des trucs que tu as filmés, d'après Santana.

— Je n'ai rien filmé pour le gouverneur. Et puis j'étais salarié du Service cinématographique, je n'ai jamais rien touché en dehors de mon salaire.

— Écoute, je n'en sais rien. Santana m'a dit que tu étais sans le sou au Paraguay et que c'était dangereux.

— Ce sont des conneries. Je n'ai rien demandé à personne et je ne veux pas de cet argent.

Le voyage a duré plus que prévu. Il m'a fallu plus de dix jours pour rejoindre Santa Cruz de la Sierra, mais Paul était inconnu à l'hôtel Astoria. Alors j'ai appelé Cuiabá, où Santana a mis deux jours à retrouver la trace de Paul. Dans un *hostel* minable de Cochabamba. Il m'a fallu une journée de bus pour le rejoindre.

— Merde, Paul, j'ai fait tout ce chemin pour t'apporter ça. Prends-le, fais-en ce que tu veux mais prends-le, que je puisse rentrer.

— Si tu es si pressé, rentre, je ne te retiens pas, et emporte ce fric avec toi !

Il ne veut rien savoir, alors je décide de rester quelques jours pour essayer de le convaincre. Au moins d'aller jusqu'à La Paz, pour le mettre dans un avion pour la France peut-être. J'appelle Angèle, qui comprend. Non, elle ne s'inquiète pas. Non, elle ne s'ennuie pas. D'ailleurs pour la fin de semaine elle est invitée à une *feijoada* chez Sebastião. Il y aura tout le monde. Même les Chancel. Santana aussi sera là.

En fait, Paul ne va pas si mal que ça. Il connaît des gens un peu partout. À La Paz, un Français qui veut monter une affaire de cartes postales. Paul est bon photographe et le Français lui propose de s'associer. Alors pendant une semaine encore nous voyageons tous les trois dans les Andes pour faire des photos. Puis Paul accepte enfin d'empocher un peu d'argent. Il en prend la moitié et me laisse l'autre pour mon retour à Cuiabá.

Quand je cherche à prévenir Sebastião pour qu'il envoie son avion me prendre à Corumbá, il ne répond pas. Santana non plus.

Ruas de Baixo, Cuiabá

Juillet 1976

Je gravis les marches en courant, pousse la porte, et traverse l'ombre du couloir. J'espère surprendre Angèle quelque part, dans sa chambre inondée de soleil. Dans la cuisine fraîche d'un carrelage passé à l'eau. À la table du salon appliquée à son écriture, les seins lourds sous sa blouse – de m'attendre j'espère. Mais il n'y a que lui, debout de dos en contre-jour dans l'embrasure de la porte qui donne sur le jardin, un café fumant à la main. À peine surpris de mon empressement quand il se retourne.

C'est un homme grand à la silhouette sans élégance. Son cou un peu long et tiré en avant lui donne une dégaine de tortue que la lenteur de ses gestes confirme. Il est lourd sans être athlétique, fort sans être gros, assez étroit d'épaules avec un ventre naissant. Il porte une chemise blanche, un pantalon de tergal bleu marine et des mocassins de cuir noirs.

— Qui êtes-vous ?

— Bonjour, répond-il aimablement, je suis Everaldo da Souza. Vous devez être l'ami français d'Angèle, n'est-ce pas ? C'est vous qui habitez chez les Chancel ?

Son ton, ses gestes, sa courtoisie me clouent sur place. Cet inconnu se comporte comme s'il était chez lui, à prendre son petit café du matin dans la maison d'Angèle. Soudain au fond de la pièce, par la porte entrebâillée de la chambre, je devine le matelas jeté à même le sol et les draps défaits.

— Où est Angèle ?

Ma question fuse comme une peur panique.

— Partie en ville, faire quelques courses je suppose.

Il « suppose » ! Un sentiment mauvais me serre le ventre. Je ne le regarde plus. Je fixe les draps souillés et le désordre de la chambre. Ça ne peut pas être ça ! Cet homme n'a pas pu me prendre Angèle comme ça, pendant que j'étais là-bas. Cet homme ne peut pas exister ! Il n'existait pas quand je suis parti !

Everaldo, un instant surpris de ma stupeur, se reprend.

— Excusez-moi, je peux vous offrir un café peut-être ? demande-t-il avec politesse.

Sans attendre ma réponse, il se dirige vers la cuisine et comme il me tourne le dos, je remarque qu'un pan de sa chemise dépasse de son pantalon. Un jet de bile me brûle la gorge. Cet homme qui se veut chez lui chez Angèle, au petit matin, pousse l'audace jusqu'à être mal rhabillé. Après l'avoir furieusement baisée sur le matelas jeté à même le sol peut-être, il ose me proposer un café ! Vingt jours plus tôt Angèle me cédait encore dans cette même chambre, sur ce même matelas, et maintenant voilà que cet homme me nargue, fatigué et tranquillement heureux de l'avoir pénétrée ! Je ne peux pas croire qu'elle ait pu offrir son sexe à cet homme-là que je ne connais même pas…

— Je pense qu'Angèle doit cacher son café quelque part par là, dit Everaldo en ouvrant un placard. Il faut m'excuser, je ne suis pas encore très familier avec la maison.

« Pas encore » ! Mon cœur dérape. Alors ce n'est pas qu'un brusque abandon, ce n'est pas qu'une aventure de passade, une simple baisade. C'est déjà un autre petit matin, un autre réveil nu au côté d'Angèle. Peut-être ont-ils déjà fait l'amour par habitude ce matin même. Peut-être l'a-t-il regardée se lever nue sans honte devant lui. Peut-être l'a-t-il même attirée contre lui en chahutant pour essayer de recommencer, avant qu'elle ne lui échappe en riant. Peut-être l'a-t-il suivie sous la douche pour la reprendre par surprise, glissante de mousse et de savon sous l'eau bouillante qui les suffoquait !

Merde, qu'est-ce que ce type a de plus que moi qui aurait poussé Angèle à ne même pas m'attendre ? Je le regarde farfouiller dans les placards. Il n'est ni plus fort ni plus beau. Il n'a l'air de rien, ce type. Est-ce que sa verge est plus grosse ? Est-ce qu'il la fait plus rire que moi ? Est-ce qu'il ose des choses que je n'ai pas osées ? Est-ce qu'il la sodomise ? Est-ce que j'aurais dû la sodomiser ? Est-ce qu'il la violente ? Est-ce qu'il la force et qu'Angèle aime ça ?

— Isabelle m'a dit que vous écriviez. Est-ce la raison de votre présence ici ?

Everaldo me fait face. Il me tend un café brûlant et me sort de ma muette fureur. Son ton est ferme et direct. Celui d'un homme qui conduit l'entretien.

— Pardon ?

— Vous êtes journaliste, n'est-ce pas ? Pour quel journal d'ailleurs ?

— Indépendant, dis-je trop vite pour qu'il ne devine pas ma gêne.

— Ah, indépendant ! C'est bien. C'est très bien ! Je suis journaliste aussi, au *Folha de São Paulo*. C'est un grand quotidien d'investigation malgré la censure. Je me demandais si nous étions là pour la même raison.

— Je ne comprends pas, dis-je, furieux et désarçonné que la conversation nous éloigne du sexe d'Angèle.

Everaldo me prend par le bras, feignant de ne pas noter mon réflexe de recul. Il me dirige aimablement jusqu'à la porte qui donne sur le jardin, où je l'ai trouvé, pensif, quand je suis entré en imaginant surprendre Angèle.

— Vous savez qui habite là, affirme-t-il plus qu'il ne le demande en désignant le bâtiment, de l'autre côté du haut mur qui ferme le jardin de la Société minière.

— C'est la prison, réponds-je d'un ton ironique que je veux méchant. Je suppose qu'elle est habitée par des prisonniers !

— Oui, ça va sans dire, mais connaissez-vous l'un d'entre eux ? Est-ce que le nom d'Ilton Pinheiro vous dit quelque chose ?

— Non, je fréquente assez peu les prisons, vous savez…

— Dommage, répond-il en me regardant soudain droit dans les yeux, c'est une fréquentation plutôt gratifiante pour les journalistes dans ce pays. Pour votre information, Ilton Pinheiro est le dernier des chasseurs d'hommes. Vous en avez entendu parler je présume ?

Bien sûr que j'en ai entendu parler. Pendant l'expédition, de la bouche d'Esterlito. Mais je ne suis pas prêt à le croire de celle d'Everaldo.

— Oui, la légende urbaine des chasses du comte Zaroff version tropicale…

— C'est loin d'être une légende, coupe Everaldo. Ces chasses étaient organisées par deux notables de cette ville, Antônio Peixoto et Sebastião Ortiz, dans la fazenda de ce dernier, à l'ouest de Cáceres. Ils ont été couverts et protégés pendant toute la dictature de Rademaker pour services rendus à la junte. Depuis l'assouplissement tout relatif de la dictature, deux procès leur ont été intentés. Deux non-lieux. Le premier pour une erreur de procédure d'un magistrat qui a aussitôt pris une retraite anticipée dans sa toute nouvelle maison dans les beaux quartiers de Chapada dos Guimarães. Le second du fait de la mort brutale des témoins à charge : trois des cinq hommes de main chargés d'organiser les chasses. Les deux survivants ont été jetés en pâture à une justice terrorisée qui les a condamnés à vie pour crime crapuleux uniquement, lavant Peixoto et Ortiz de tout soupçon. Le premier a été égorgé dans sa cellule parce qu'il cherchait probablement à faire chanter Peixoto, selon la rumeur. Le dernier survivant, Ilton Pinheiro, doit avoir de quoi faire trembler ses deux anciens patrons, puisqu'il survit encore de l'autre côté de ces murs justement. C'est le caïd de la prison. Il vit dans un appartement privé. Toute sa famille est employée par Peixoto, et son fils, Zé Maria, est le pilote d'Ortiz.

Everaldo raconte ces horreurs comme on énonce des faits certains. Il n'y a pas d'hypothèse dans ce qu'il dit. Pas de place pour le doute.

— Pourquoi me dites-vous tout cela ?

— Pour que vous le sachiez. Après tout, nous sommes confrères, n'est-ce pas ?

— Ça ne m'intéresse pas. Je ne suis pas ici pour ça !

— Ah, fait-il d'un air faussement déçu. Et pourquoi êtes-vous donc ici alors ?

— Pour Angèle !

J'ai voulu répondre avec provocation, mais Everaldo ne s'en émeut pas plus que ça. Il regarde sa tasse, la repose sur la soucoupe qu'il tient dans le creux de son autre main et, d'un geste presque mondain, pose le tout sur la table. Puis lève un regard noir et pointu sur moi et me fixe droit dans les yeux.

— Dans ce cas, je crains qu'il n'y ait pas que notre métier que nous partagions…

Je n'ai aucun souvenir de ce que je lui ai répondu. J'espère avoir eu le courage de lui sauter à la gorge. Qu'il est étendu dans le salon d'Angèle, égorgé sur le carrelage, ou le ventre déchiré d'une lame à désosser. Ou qu'au moins je l'ai étouffé sous une vomissure de jurons et d'injures. Mais je n'ai rien d'autre en tête qu'un trou noir et le corps blanc d'Angèle contre son corps flasque de saloperie d'intello de São Paulo.

Je marche dans des rues que je ne reconnais plus. Je traverse des quartiers où je n'ai jamais mis les pieds, en hurlant ma rage. Les gens prennent peur et s'écartent. Même les méchants, les petits hommes aux muscles tordus, au regard sec, et au couteau facile. Les mauvaises filles, qui d'habitude se moquent et sifflent des invites vulgaires, se taisent quand elles me voient. Les petits voleurs à la tire se défilent. Les ivrognes s'écartent. Puis je m'effondre sur un banc de pierre dédié par une petite plaque en bronze à une Excellentissime Grandeur de gouverneur, dans le square de Ruas de Baixo, au cœur de la vieille ville, et je pleure. Je pleure des orages de haine, des tempêtes de désespoir qui me hoquettent, sans gêne, sans pudeur, et sans fierté. Je pleure par soubresauts obscènes, sans retenue, devant des gens qui passent et qui s'arrêtent, qui se moquent, qui rient, m'imitent entre eux, et repartent gênés de ne pas me voir me reprendre. Je pleure surtout sur moi-même, rien que sur moi, et soudain la colère est là de me voir comme ça. Une colère qui se retourne aussitôt contre Angèle, aussitôt pardonnée, et qui devient une fureur contre celui qui me pousse à m'avilir ainsi en public. À me rendre misérable, méprisable à mes propres yeux qui ne pleurent déjà plus. Une haine pour reprendre à cet homme ce qu'Angèle me doit, ce qu'elle m'a volé pour lui, et qui m'appartient. C'est cet éclat impur et vengeur de la jalousie qui me donne la force de me relever et de traverser dans l'autre sens le monde des gens. Et ils s'écartent avec la même prudence sans savoir que le malheur, dans mon regard, est pire encore que tout à l'heure. Car je marche d'un pas ferme et décidé maintenant.

— Quelque chose ne va pas ?

La voiture roule à mes côtés et c'est Santana qui la conduit. Le bras à la portière, il semble sincèrement s'inquiéter pour moi.

— Foutez-moi la paix !

— Quoi, vous avez rencontré da Souza, c'est ça ? Et vous croyez avoir perdu Angèle ?

— Ce ne sont pas vos affaires, Santana, contentez-vous de terroriser les pauvres gens.

— Un jour, vous savez, votre insolence vous vaudra des ennuis. Graves peut-être même. Mais je mets ces propos imprudents sur le compte de votre colère. Il y avait un petit restaurant libanais dans le quartier du fleuve. Je n'aurai pas le plaisir de vous y inviter, l'inondation l'a emporté. Le propriétaire était arménien et, outre ses *dolmas* d'aubergine et ses *mantis* citronnés, ce que j'appréciais chez cet homme, c'étaient ses proverbes. Mon préféré pourrait peut-être vous aider. Il dit : « Quand on te donne tu prends, quand on te prend tu cries. »

Je m'arrête, la voiture aussi. Santana tend sa main et la pose sur mon bras.

— Angèle s'est donnée à vous et vous avez eu raison de la prendre. Da Souza vous la prend et vous avez raison de hurler votre rage.

Puis il me tapote deux fois le bras, et redémarre.

— Je ne vous propose pas de vous déposer, vous avez besoin de vous refaire un visage d'homme, mais venez donc prendre une bière avec nous tout à l'heure, lance-t-il avant d'accélérer.

Je retrouve mon chemin dans la ville, jusqu'à l'avenue et la terrasse du Bar Internacional où je rejoins la table des habitués qui me regardent m'approcher en silence. Santana est déjà là, Sebastião aussi, dont je sais désormais qu'il s'appelle Ortiz. Antônio Peixoto et quelques notables que je ne connais que de vue mais qui doivent tout savoir de moi. Plus Everaldo da Souza. Une chaise en lanières de plastique jaunes est libre à ses côtés. Je m'y assois sans hésiter et commande d'un geste suffisant une bière au serveur qui passe.

— Vous connaissez le Senhor da Souza, me demande poliment Santana sans vraiment poser la question.

— Nous nous sommes rencontrés.

— Oui, c'est ce qu'il nous a dit, approuve Santana en reprenant sa bière.

Un bon quart d'heure s'écoule, personne ne parle vraiment, s'abandonnant sans retenue au spectacle du corps des femmes qui passent dans la rue, accompagnées ou pas. Certaines s'en offusquent en silence, d'autres osent un sourire flatté, d'autres encore préfèrent ne rien voir des regards qui les violent. Mais un nuage de peur irise les yeux des hommes qui les accompagnent et qui, en prenant leur bras, leur font presser le pas.

Puis Angèle arrive au loin sous les flamboyants, le corps ravi de tous ces regards qui la frôlent. Quand elle rejoint notre petit groupe, je les surprends en me levant le premier pour lui céder la place aux côtés d'Everaldo. Ortiz et Peixoto ne peuvent masquer leur surprise, Everaldo sa gêne, mais il me semble que l'inspecteur Santana apprécie, en connaisseur, toute la méchanceté de mon geste. Aussitôt la conversation se délie et s'enroule autour d'Angèle. Tous ces hommes subjugués par son corps d'étrangère se perdent en politesses allusives, en métaphores sexuées, en sous-entendus appuyés qui la font rire et la rendent plus désirable encore. Everaldo boit du petit-lait de savoir qu'ils la désirent tous et que c'est à lui qu'elle sera ce soir, qu'il pourra la prendre en pensant à eux, qu'ils s'en masturberont peut-être dans la salle de bains moite en petit carrelage blanc de leur pompeuse bicoque de parvenus du trou du cul du Brésil. Ou qu'ils s'en consoleront avec une mauvaise putain du Balneário au sortir de la ville. Il n'a d'yeux que pour eux, et eux que pour elle, sauf Santana qui, de temps en temps, me regarde ne rien dire.

— À propos, Senhor da Souza, dit-il soudain, toujours sans me quitter des yeux, il faudra que vous passiez ce soir à mon bureau. Les formalités habituelles à régler pour organiser votre séjour parmi nous. Vous savez, les autorisations, la procédure de soumission. Vers dix-huit heures, si vous voulez bien. Nous en aurons pour deux petites heures je suppose.

C'est une demande qui n'attend pas de réponse. Everaldo le sait et se contente de répondre qu'il s'y rendra volontiers. Alors Santana se lève et prend congé en me regardant encore droit dans les yeux une dernière fois.

Altiplano

Juillet 1976

— Et alors, racontez-moi, comment sont les Indiens ? demande Édouard Chancel.

— Quels Indiens ?

— Ceux de là-bas, pardi, ceux des Andes. Comment est-ce là-bas ?

Il passe par là, mais sûrement pas par hasard. Je viens de quitter la terrasse du Bar Internacional quand il arrête son pick-up à ma hauteur et m'invite à y monter pour une de ces balades « à la sauvage » qu'il me propose de temps en temps pour s'évader des hystéries dépressives d'Isabelle. Nous quittons vite la ville pour une piste où la voiture soulève un tourbillon de poussière. Tout le long du chemin, les arbres et les broussailles ont la couleur de la terre qui retombe.

Je ne sais pas comment lui dire que tout est l'exact contraire du Pantanal généreux, alors il me pose toutes sortes de questions dont chaque réponse l'étonne un peu. Les femmes qui s'accroupissent au milieu des marchés colorés et pissent à même le sol sous leurs jupes bariolées en bavardant entre elles. Les hommes rachitiques et nu-pieds obéissant à des matrones qui leur font porter des chargements de baudets. Le marché des fœtus de lama qu'on mélange à des bonbons et des insectes pour les enfouir dans le mortier des maisons et les protéger ainsi du mauvais œil.

Il conduit vite et la voiture se cogne dans les ornières, dérapant dans une flaque oubliée par le dernier orage pour rebondir sur le chemin, les phares fouettés par les buissons qu'elle traverse. Il conduit comme il en a l'habitude, comme il le fait depuis vingt ans sur cette terre ingrate où il a vu les colons se casser l'échine et perdre leur fortune à essayer de cultiver autre chose que de la mauvaise herbe.

— Pauvres gens ! dit-il enfin.

— Qui ça ?

— Les Indiens…

C'est vrai qu'ils sont pauvres. Pauvres au-dedans et au-dehors, gens de terre, séchés, crottés de soleil et de froid trop forts.

Paul n'était pas à Santa Cruz, bien entendu. Ni à Cochabamba. Pas à La Paz non plus. Le premier mot de lui, je l'ai récupéré au poste-frontière de Copacabana sur les rives du lac Titicaca. Il m'attendait à Puno, au Pérou. De sombres paysages froids et humides, des temples tombés, brutaux et émasculés, sur des plateaux silencieux où vivent des gens sans mots. Des empires de pierre, fichés dans la terre des montagnes, et des silhouettes désolées plantées le long de la route comme des troncs élagués.

La Paz, au fond de sa crevasse, ses quartiers lépreux remontant à la verticale pour tapisser les montagnes qui l'étouffent. La nuit, de la ville, les lumières vacillantes des taudis se fondent au mur des étoiles. Pour en sortir, il faut qu'un bus courbatu se hisse jusqu'au rebord du plateau pour enfin déboucher, épuisé, sur l'étendue immortelle et figée, haute comme un sommet d'Europe et plate comme une mer de pierre. Noire aussi d'une terre dure, et tassée d'un ciel de granit. La piste est longue et le vieil autocar s'y lance droit devant. D'immensités en immensités, un enfant tout seul à des siècles à la ronde garde trois lamas. Quand il voit s'approcher le car, qu'il regarde venir depuis des heures déjà, il marche vers la piste et le chauffeur lui lance par la fenêtre une tranche de pain qu'il tire d'un sachet en plastique en se signant aussitôt au nom de la Vierge et de Jésus-Christ amen. Chaque jour il jette du pain aux enfants en remerciant la Vierge et Jésus-Christ amen que les siens soient nés dans la vallée et qu'ils achètent leur pain à la supérette. C'est pour les sauver eux, les siens, qu'il jette aux autres un peu de pain chaque jour. Et jamais il n'a su ce qu'ils en font. S'ils le mangent. S'ils le gardent. S'ils le rapportent. Ou bien s'ils le donnent aux lamas. Chaque jour il les voit disparaître, immobiles, à reculons dans le miroir fêlé de son rétroviseur. Une fois il s'est arrêté et l'enfant ne s'est pas approché, resté loin de la route, à ne pas répondre, pendant qu'un touriste belge de La Louvière prenait une photo vautré par terre pour cadrer toutes les Andes en arrière-plan du gosse.

Là-haut, l'Indien garde sa misère, son froid et sa peur au-dedans. Ses milliers d'ancêtres syphilitiques lui ont glacé un sang que la coca poudroie, et ses yeux sombres s'irisent des mêmes reflets que les profondeurs des lacs sacrés où ne nagent que des crapauds immondes et monstrueux. Un peuple qui pourrit, dans la terre et les joncs où il s'enfonce, et dont la pourriture prend dans le vent humide des relents d'humus qui me rappellent les mauvais jours d'automne. Un peuple à son automne. Un peuple beau et qui se meurt malade, saoul de coca, d'altitude et de bière, alors qu'à elle seule l'éternité qui fige les montagnes et le lac aurait dû suffire à leur ivresse.

C'est le piège du temps omniprésent et des empires passés où il faut rester seul à des milliers de kilomètres à la ronde, planté à ne rien faire, à ne rien regarder, où il faut se laisser prendre par la terre froide et mouillée et pleurer sur tant de désolation et de grandiose solitude. Là, chaque jour à peine vécu devient aussitôt un jour passé à oublier, suivi d'un autre jour d'égale tristesse. Un monde à pleurer de ne pas avoir un autre quelque part chaud et familier, des habitudes de feutre et d'édredons, et des amis proches autour de boissons chaleureuses. Un monde qui rend immensément triste, mais qu'on ne peut pas quitter, fasciné par la mélopée rauque des roseaux.

— Comment avez-vous fait pour rester là-bas aussi longtemps ? demande Édouard.

— Je ne sais pas, dis-je doucement sans vouloir être plus précis.

— Et Paul, avez-vous des nouvelles ?

— Il ne veut pas rentrer.

Un long moment se passe en silence. Je pense à Paul, que j'ai laissé sur une des petites îles d'Uros, sur le lac Titicaca, au large de Puno. Des îles en joncs qui ne flottent que parce que leurs habitants recouvrent chaque jour de joncs neufs ceux qui pourrissent en dessous. Paul n'a pas voulu en revenir. J'ai longtemps parlementé mais il n'a rien voulu savoir. Je suis rentré par le train des Indiens jusqu'à Corumbá, puis sur une *lancha* jusqu'à Porto Jofre, un taxi jusqu'à Poconé, et enfin un bus jusqu'à Cuiabá…

Édouard ne parle plus. Il laisse passer quelques kilomètres d'arbustes et de poussière, mais je devine qu'il se prépare à dire des mots qu'il n'ose pas encore. Il continue de rouler vite, puis commence une phrase :

— La police est venue à la maison…

— La police ? Qui ça, Santana ?

— Oui.

Soudain il saute sur les freins et nous dérapons de travers avant de buter de côté dans une ornière après une longue glissade. Doucement le vent rabat le nuage de poussière sur la voiture, et comme le paysage immobile en émerge peu à peu, Édouard parle à nouveau, sans me regarder, le regard fixé loin à travers le pare-brise, les bras tendus comme s'il voulait repousser le volant. Dehors, le vent est ocre sur la plaine ébouriffée d'épineux.

— Écoutez, nous sommes amis, j'espère que vous le savez, alors il faut essayer de me comprendre. Sans votre présence à la maison, je n'aurais peut-être pas supporté l'année que je viens de vivre. Je suis au bout du rouleau, comme Paul, et c'est heureux que vous soyez venu. Il faut vous imaginer ce qu'était Cuiabá quand nous y sommes arrivés. Isabelle a dû vous raconter comment nous vivions à Paris, l'appartement de la rue Blanche. La pauvre tombe en pleurs chaque fois qu'elle s'en souvient ! Eh bien ici, en 1955, il n'y avait rien. Absolument rien. Pas de trottoirs, pas d'eau courante, pas d'électricité. Pas de route pour Rio, ni pour nulle part ailleurs. Rien du tout ! Bon Dieu, si vous saviez tout ce que nous avons dû supporter, Isabelle et moi ! Ces maisons de notre lointaine famille avec toutes leurs habitudes qui n'étaient pas les nôtres et qui nous semblaient presque barbares. Les chambres que l'on nous prêtait pour dormir dans des lits étrangers au milieu de familles d'un autre monde que nous dérangions. Et ceux qui, avec vingt ans d'avance, recalculaient déjà des héritages et nous en haïssaient. Mon Dieu, j'en ai passé des nuits à la chandelle à apprendre leur langue tandis qu'Isabelle pleurait à surveiller les araignées.

» Les premières années ont été très dures. D'autant plus dures que ce qui nous semblait une vie de miséreux comparée à l'Europe représentait dans le Mato Grosso d'alors notre meilleure espérance. Et en dessous, quelle autre misère immonde et sauvage ! Une vie de bêtes pour nous, pas mieux. Le soleil se couchait, et la vie se terrait dans tous les recoins. Dès le soir, plus personne dehors que des ivrognes et des voleurs. J'ai tant travaillé pour faire une vie à ma famille, tant donné ! Par deux fois ils m'ont fait trébucher, mais je n'aurais pas la force de me relever une troisième fois. Je suis trop vieux pour ça, trop usé. Il faut me comprendre : je dois jouer leur jeu à présent. C'est un pays qui grandit. Quand j'y ai fait fortune, c'était un pays riche de possibilités mais pauvre d'hommes capables. Ils m'ont fait tomber par envie, par jalousie, deux fois déjà. Mais aujourd'hui c'est un pays jeune et fort, et ils ont envers nous l'arrogance de ceux qui ont l'avenir pour eux. Ils n'en sont que plus dangereux.

» On dit des choses à votre sujet. Jaime, le beau-frère de Paul, colporte des rumeurs. Il dit que vous êtes journaliste et que vous n'êtes pas ici par hasard. Il y a quelques tragiques secrets dans le Mato Grosso, vous savez, des choses horribles que je ne veux même pas évoquer. Si vous êtes venu ici pour fouiller ces secrets, si vous m'avez menti, si vous avez profité de mon hospitalité, fuyez, parce qu'ici on tue pour bien moins qu'un secret. Et si vous êtes étranger à tout ça, fuyez quand même, car le mal est fait et la rumeur vous tient.

— Édouard, Jaime n'est qu'un gamin jaloux qui…

— Je sais qui est Jaime, s'emporte Édouard. Le rejeton d'un homme du gouverneur, un garçon paresseux et fourbe. Mais il est brésilien et vous êtes étranger. La fonction de son père fait de lui le cousin de tout le monde ici, et vous n'êtes qu'un vagabond de passage. Un *vagabundo* ici, c'est un voyou, un bon à rien, un moins-que-rien. Encore une fois je vous le demande en ami : fuyez ! Et si vous ne le faites pas, alors éloignez-vous de nous. Éloignez-vous de ma famille, je vous le demande, s'il vous plaît. Et éloignez-en Santana, dont vous devez vous méfier plus que tout.

Petrópolis

Avril 2006

Dans son dos, Haret devina que l'infirme se versait un verre d'eau.

— Écoutez, Figueiras, essaya-t-il d'une voix qu'il voulut la plus conciliante possible, pourquoi ne pas arrêter tout ça ? Laissez-moi partir s'il vous plaît. Si vous l'exigez, je suis prêt à m'excuser pour le mal que je vous aurais causé malgré moi, sincèrement, je le ferai, mais ne me tuez pas, je vous en prie, ma mort ne ferait d'ailleurs que provoquer votre propre malheur, et celui de votre fils. Laissez-moi repartir, je vous promets que je ferai amende honorable…

— « Honorable », êtes-vous certain que ce soit le mot approprié ?

— Prenez le mot qui vous convient. Faisons comme pour la dédicace et je demanderai votre pardon avec ceux que vous aurez choisis.

— Dois-je vous rappeler qu'après cette dédicace vous avez voulu me tuer en trichant ?

— Merde, Figueiras, ce n'est pas un jeu et nous sommes des adultes. Nous n'allons pas nous entre-tuer pour un vulgaire roman, tout ça n'a aucun sens !

— Mais nous n'allons pas nous entre-tuer, Monsieur l'écrivain, loin de là, vous seul allez être tué.

— C'est ridicule, complètement ridicule, c'est insensé ! Et puis pourquoi mériterais-je de mourir plus que vous ?

— Je n'ai pas dit ça. Je mérite honnêtement de mourir autant que vous, mais pas d'être tué, alors que vous, si.

— Encore une fois pourquoi ? Parce qu'Everaldo est mort il y a trente ans ?

— Non, ce crime-là, je le laisse à votre conscience, s'il vous en reste peu. Ce qui fait que vous méritez d'être tué, c'est la mort de Blanche. Ce crime-là, je ne vous le pardonne pas.

— Mais vous avez reconnu que Blanche s'était elle-même donné la mort ! Il y a mille raisons à un suicide.

— Vraiment ? Quand ma femme douce et aimante pendant plus de vingt ans s'enferme dans sa chambre sans plus jamais me recevoir dans son lit ? Quand elle pleure jour et nuit et que l'écho de son chagrin veille chacune de mes nuits sans sommeil ? Quand au petit matin d'un jour sinistre à jamais je la retrouve sans vie, des pages de votre livre déchirées dans toute la chambre, l'encre mouillée de toutes ses larmes ? Quand le seul mot qu'elle laisse dit qu'elle « préfère mourir aujourd'hui plutôt que de revivre le monde d'hier »…

— Peut-être parlait-elle du livre de Zweig. Peut-être cette maison morbide l'étouffait-elle sans que vous vous en doutiez. Peut-être…

— Je vous en prie ! tonna Figueiras. Je veux votre mort parce que votre roman a provoqué celle de Blanche. Ce n'est pas plus compliqué que ça.

— Mais qu'est-ce que cela vous rapportera ?

— Rien, bien sûr. Croyez-vous vraiment que la mort puisse rapporter quelque chose ?

— Non, je voulais dire « apporter ».

— Cela ne m'apportera rien non plus.

— Alors pourquoi vous obstiner à vouloir me tuer ?

— Parce que je ne vois pas pourquoi vous mériteriez de survivre à Blanche. Donnez-moi une seule bonne raison et je vous épargne.

— Parce que… Parce que je l'aimais ?

— Non mais voyez quel triste sire vous faites ! Vous auriez au moins pu le dire avec sincérité. J'aurais presque pu y croire après tout, puisque vous le prétendez à longueur de pages, mais écoutez-vous oser cette lâche interrogation à la fin de votre réponse, démontrant que vous-même n'y croyez pas. Vraiment, j'aurais pu accepter n'importe quelle autre excuse, mais celle-là vous condamne à coup sûr. Allez, reprenez donc votre lecture.

— Vous n'avez qu'une balle dans votre chargeur…, murmura Haret.

— Pardon ? Parlez à haute voix, s'il vous plaît.

— Je dis que vous n'avez glissé qu'une seule balle dans votre revolver.

— Et alors ? Vous voulez peut-être tenter de me désarmer et de le retourner contre moi ?

— Pourquoi pas.

— Vous auriez donc ce courage ?

— Si je suis condamné quoi que je dise, que perdrais-je à le tenter ?

— Une mort immédiate, ou une mauvaise blessure, une violente douleur, une longue agonie, la perte de tout espoir…

— Pourtant vous-même, si vous me tuez…

— Quoi, vous pensez que je m'inquiète de ce qui pourra m'advenir ? Je suis mort depuis que Blanche est morte.

— Mais vous ne vous êtes pas tué pour autant ! répliqua Haret en regrettant aussitôt son insolence.

— Non, vous avez raison, mais je n'ai vécu que pour survivre jusqu'à ce jour, pour préparer cet instant où je vous aurais devant moi, avec mon arme pointée dans votre dos.

— Encore une fois, Figueiras, tout ceci est absurde.

— Je le sais, c'est pourquoi il est futile de chercher à me convaincre, il n'y a rien de raisonnable dans ce que je m'apprête à faire.

— Écoutez…

— Non, je ne veux plus rien écouter d'autre que la suite de vos mensonges assassins…

— Bien sûr que ce sont des mensonges, Figueiras, c'est un roman, une fiction, évidemment qu'il y a dans ces pages un peu de moi et de nous tous. Le souvenir de ce que j'ai vécu avec vous m'a inspiré, c'est vrai, mais l'histoire est une invention qui nous échappe à tous. Blanche n'aurait jamais dû se reconnaître dans le personnage d'Angèle.

— C'est vrai qu'il doit y avoir des auteurs honnêtes dont elle aurait pu lire le roman, c'est-à-dire des auteurs qui l'auraient écrit comme une fiction, bâtie à partir de souvenirs, certes, mais en prenant garde à ce qu'aucun indice ne puisse venir tourmenter ceux dont ils se seraient inspirés. Changer d'époque, changer de lieu, parler de ces sentiments universels qui doivent animer chaque bon roman, mais à travers des destins individuels réinventés pour ne pas être reconnaissables, ou alors l'écrire comme une confession, sans omettre aucun de ses autres crimes, en avouant tout, comme une demande de pardon, une quête de rédemption…

— Mais c'est ce que j'ai fait, mal peut-être si Blanche s'est reconnue, mais à aucun moment je n'ai imaginé qu'elle puisse se reconnaître et en souffrir.

— Allons donc ! Vous et moi savons bien le genre d'auteur que vous êtes : celui qui n'écrit qu'à la première personne et qui ne cherche à construire aucun autre personnage que le sien au mépris de ce qu'il révèle des autres. Vous êtes l'exemple de ces confessions romancées où seule compte l'admiration que vous espérez susciter de ce que vous croyez être une audace, et qui n'est en fait qu'une mascarade. Pas une seule seconde je ne peux croire que vous n'ayez pas pensé à Blanche en écrivant l'avoir aimée alors que vous saviez l'avoir violée. Dites-moi, comment avez-vous fait ? Aviez-vous dans la tête les images de votre viol pendant que vous vous appliquiez à en faire de jolies phrases ? Aujourd'hui je comprends que vous vous êtes convaincu de tout ce que vous avez écrit, que Blanche vous aimait, que je vous avais manipulé pour vous pousser à tuer Coelho, mais au moment de l'écrire, quand il a fallu poser des mots sur vos souvenirs, il vous a bien fallu faire mentir la vérité pour forger votre fiction, non ?

— C'est la finalité de toute écriture, Figueiras, la fiction est un mensonge par définition. Elle se nourrit de bribes éparses de nos vies qui se dissolvent dans ce qu'elles deviennent sous la plume de l'auteur. Bien sûr qu'écrire c'est mentir, c'est tricher, parce qu'écrire n'est qu'un jeu !

— Oui, écrire est peut-être un jeu, mais lire ne l'est pas.

— Bien sûr que si. Lire un roman, c'est aimer croire un mensonge, sinon on lit un récit. Chercher à reconnaître des sentiments et des émotions, pas des personnages, on se moque des personnages. Ils sont construits de bric et de broc, comme des Meccano, et chaque lecteur y voit qui il veut.

— Pas *chaque* lecteur. Pas celui qui s'y reconnaît.

— Il y a une part de tout le monde dans chaque personnage, c'est le principe de leur construction pour que tout lecteur, d'une façon différente, puisse s'y attacher. Vous qui aimez Zweig, vous avez sans doute trouvé dans le médecin d'*Amok* ou dans le joueur d'échecs un petit quelque chose de vous-même, mais ce n'était pas vous pour autant, et Angèle n'est pas Blanche.

— Angèle n'est pas Blanche, mais Blanche était Angèle…

— Où est la différence ?

— Ses yeux, son corps, son âge d'abord. La raison pour laquelle elle était à Cuiabá. La maison où elle habitait et ce qu'elle y faisait. Des détails aussi personnels que la couleur des enveloppes du courrier qu'elle recevait. Le Brésil, le Mato Grosso. L'inondation qui date très exactement l'intrigue. N'était-ce pas déjà suffisant pour qu'elle s'y reconnaisse ? Pourquoi n'avez-vous au moins situé votre roman ailleurs, sous n'importe quel autre tropique, vous qui avez tant voyagé ?

— Parce que je voulais parler de mon amour pour ce pays.

— Eh bien nous y voilà ! Parler de vous, encore et toujours, sans vous préoccuper des autres !

— Mais jamais je n'aurais pu exprimer mon attachement passionné au Pantanal en écrivant sur d'autres pays, d'autres jungles, d'autres marécages…

— Pourquoi pas la Malaisie, l'Afrique ou Bornéo ? Les mêmes atmosphères, les mêmes marécages, les mêmes lunes rousses sur des fleuves…

— Je n'aurais pas su le faire avec autant de sincérité.

— Mais je croyais qu'écrire c'est mentir, que romancer c'est inventer, vous venez juste de me l'expliquer. Si vous pouvez le faire avec vos personnages, pourquoi ne pas le faire avec tout ce qui les rend identifiables ?

— Vous ne comprenez pas…

— Bien sûr que je comprends, et vous le savez bien. Vous avez *choisi* que tout soit reconnaissable : le pays, l'époque, les gens, pour que tout mène à vous et rien qu'à vous et que vous puissiez le justifier à tout moment.

— Mais pourquoi aurais-je fait ça ?

— Pour que l'authenticité de tout ce qui l'entoure rende crédible le mensonge qui fait le cœur de ce roman.

— Faux ! Encore une fois je n'ai pas menti. J'ai tué Everaldo !

— Mais la mort d'Everaldo et le rôle que vous m'y faites jouer ne constituent en rien le cœur de votre mensonge. Votre mensonge, c'est l'absence du viol de Blanche dans vos pages.

— Encore cette obsession ! Oui, c'est vrai, j'ai peut-être abusé de Blanche à l'époque, et non, c'est vrai, je ne l'ai pas dit dans mon roman, mais pas pour le cacher.

— Pourquoi alors ?

— …

— Pourquoi ? insista Figueiras.

— Mais parce que cela ne servait en rien mon histoire ! hurla Haret, exaspéré de se laisser piéger une nouvelle fois par le roulement des questions.

— Répétez ça.

— …

— Répétez ça, Monsieur l'écrivain, dit la voix glaciale de l'infirme dans le dos de Haret.

— Je vous en prie, Figueiras, s'il vous plaît…

— Répétez-le.

Dans le silence soudain absolu de la nuit, Figueiras arma son revolver et le bruit pétrifia Haret.

— Je vous en prie, ne me tuez pas…

— Répétez.

— Le viol de Blanche ne servait en rien mon histoire, mais ça ne veut pas dire que…

— Je sais ce que ça veut dire. J'ai bien compris votre théorie du mensonge. Mais vous pouvez continuer, maintenant que nous savons tous les deux comment lire le reste de votre triste prose.

O Balneário

Juillet 1976

Ce soir-là, je retourne chez Angèle, sachant qu'Everaldo n'y sera pas comme Santana s'est appliqué à me le faire comprendre. J'entre en courant, comme j'y suis entré le matin, mais en colère cette fois. J'appelle Angèle et je pense qu'elle se cache, qu'elle n'ose pas me répondre. Alors je la cherche partout, toujours en courant, de pièce en pièce, et trébuche contre son matelas jeté sur le sol pour ses ébats plus violents avec l'autre. Ses draps défaits pour leur nudité plus crue. Ses culottes qui sèchent sur un fil. Son petit linge que je décroche de rage. Une serviette imprégnée de son parfum à elle et de son foutre à lui, que je jette par terre, après l'avoir sentie pour être sûr. Tout d'elle, partout dans la maison, mais pas elle, et ma jalousie vire à la possession. Je l'imagine ici et là, prise et reprise, et soudain un souvenir me déchire. Est-ce qu'elle a avec lui aussi ce petit froncement entre les sourcils, ce signe de supplique étonnée pour un peu plus de cette douleur qui la pousse à feuler comme un animal blessé juste avant la jouissance ? Je hurle de fureur en fracassant au sol l'étendoir d'où je déchire son petit linge.

— Qui êtes-vous ? demande une voix dans mon dos.

Sur le pas de la porte, un homme me regarde, un sac de marin à ses pieds. Blond de soleil, pas très grand, fort de cou et d'épaules, avec des mains puissantes aussi.

— Et vous, que faites-vous ici ?

— Moi je suis chez moi. J'habite ici…

Il pousse du pied son sac à l'intérieur, et entre comme on entre chez soi, saisissant sur un meuble un paquet de courrier qu'il parcourt rapidement.

— Alors, vous êtes qui ?

— Je suis un ami d'Angèle. Elle m'héberge ici. Enfin, elle m'hébergeait.

— Ah ouais, je sais, répond l'inconnu. C'est toi qu'elle fait cocu avec l'autre mec de São Paulo, c'est ça ?

— Pardon ? Comment osez-vous…

— Te fais pas de mousse, mec, j'ai fait la tournée des tripots et des gargotes et j'ai appris ça vite fait. Tu es dans la capitale du trou du cul du monde, mon gars, tout se sait ici.

Il parle et déballe ses affaires avec nonchalance.

— Pas grave. Oublie ça ! Rien à foutre de toute façon. Quelqu'un t'a déjà emmené au Balneário ?

— Non, qu'est-ce que c'est ?

— Du cul, des cuites et de la castagne. Ça te dit ?

Comme je ne réponds pas, il se sert un verre de vieille cachaça ambrée et un autre pour moi qu'il me pose dans la main au passage. Puis il enlève son maillot par-dessus ses cheveux défaits, le laisse tomber au sol et disparaît dans la salle de bains sans fermer la porte. L'eau coule longtemps et il grogne des soupirs de bien-être. Puis le bruit cesse et il sort, nu, en s'essuyant la tête d'une serviette-éponge. Il a un corps tout en muscles et un gros sexe blond. Il passe devant moi en s'essuyant les couilles et le cul par-devant par-derrière, puis laisse tomber la serviette sur le carrelage et disparaît dans une chambre.

Quand il en ressort et qu'il a mis de l'ordre dans ses cheveux, ce n'est plus tout à fait le même homme. Chemise jaune pâle sur un pantalon de lin blanc, ample et pincé à la taille, et espadrilles de toile écrue. Il s'est aussi aspergé d'eau de Cologne.

— De la vraie. De la Cologne de Köln. De la 4711. Tu vas voir l'effet que ça leur fait au Balneário. À propos, tu sais conduire ?

— Oui.

— Tu as déjà conduit ici ?

— Oui.

— Parfait, alors c'est toi le chauffeur. Je t'indiquerai. Moi c'est Éric. Allez, on est partis !

C'est à dix minutes de Cuiabá, presque dans la forêt. Une clairière au bout d'une piste de terre rouge, creusée d'ornières, entre de grands arbres. De loin déjà on entend battre le cœur des sambas et le brouhaha des voix. Des projecteurs dans les palmiers donnent à la nuit une clarté électrique. En dessous, une piste de danse en parquet où tanguent quelques couples dépareillés. Plus loin, au bord de l'ombre, un bar ouvert sur la piste, murs roses et toit de tôle. De chaque côté il se prolonge d'une extension de plain-pied aux portes numérotées.

Éric me dit de laisser la voiture n'importe où sous les arbres. Un couple est surpris par les phares que je cherche à éteindre, mais Éric m'en empêche d'un geste de la main. L'homme en maillot de corps pris dans la lumière esquisse aussitôt un geste de colère et porte la main à sa ceinture dans son dos. Mais Éric sort sans peur et marche droit sur lui.

— Getúlio, fils de pute, ne me dis pas que tu essayes encore de te faire cette filasse de Mariana !

— Éric ! hurle l'homme de toutes les dents qu'il lui reste. Éric ! Gloire à Dieu, tu es là ! Putain que ça fait du bien de te revoir ! Éteins ces putains de phares et viens vite dans mes bras !

Éric me fait signe d'éteindre. L'homme s'est relevé en congédiant d'une claque sur les fesses une molle mulâtresse flattée et vexée dans la même moue. Puis il se jette dans les bras d'Éric. Il le salue à la sud-américaine, à grand renfort de tapes dans le dos, avant de me prendre dans ses bras à mon tour en me donnant du *compadre* entre ses dents défaites qui empestent l'alcool. Et sans attendre il nous entraîne bras dessus, bras dessous jusque sur la piste où Éric est accueilli en héros d'une fête à venir.

C'est un géologue français, de Montpellier comme Angèle. C'est lui qui l'a fait venir pour s'occuper de ses gosses. Deux garçons, encore petits, qu'il a eus avec une fille d'ici, du Balneário, partie depuis avec un ingénieur agronome de passage. Au début Angèle était leur nourrice, avant qu'Éric ne les envoie chez sa mère, à Navarrenx dans le Béarn, pour éviter que l'agronome fou d'amour ne les fasse enlever pour les rendre à leur mère. Depuis, Angèle s'abandonne au désœuvrement amoureux dont j'ai profité, et Éric peut repartir en forêt où il cherche pour la Société minière le plus grand gisement de diamants du monde. Quelque part dans la jungle putride, un affleurement d'une roche-mère de quelques centaines de mètres de diamètre à peine, d'où jaillirait la pierre pure.

C'est son métier. Il me l'explique dans la chaleur de la nuit, sous les hauts palmiers immobiles, en buvant beaucoup et en caressant des filles trop jeunes qui jouent à s'asseoir sur ses genoux en riant. Six semaines de prospection dans la jungle, seul avec son guide indien, une semaine de fête et de beuverie au retour avec tous ses amis et les filles du Balneário. Il remonte les *rios* perdus, patauge dans les arroyos, creuse la boue, fracasse la roche, tamise le gravier, lave le sable et revient avec des poignées de cailloux ternes et translucides qui sont autant de diamants mal dégrossis. Chacun sait qu'il en garde la moitié pour lui. Même s'il est fouillé au corps, avec un doigt dans l'anus, chaque fois qu'il quitte le Brésil. Le reste, il l'étudie pour essayer de comprendre de quel sable ils viennent, quelle eau les a entraînés hors de terre, par quelles entrailles. Il les pèse, les numérote, les étiquette et trois fois par an un homme escorté vient d'Afrique du Sud en prendre possession.

Les bouteilles de bière claire et de cachaça ambrée roulent à terre à présent. J'ai déjà bu plus que je ne peux le supporter, et Éric encore plus. Les voix se chauffent soudain, les filles à califourchon se disputent nos tignasses et nos caresses, les yeux des hommes brillent dans la nuit. Ils se débraillent. On devine les armes glissées dans leurs ceintures. La nuit devient violente et charnelle. Ce n'est bientôt plus qu'un mauvais désir entre les filles et nous. Je trébuche en dansant mal. Une poigne d'homme me retient et me relève par le bras, une main de femme empoigne sans honte mon sexe pour me remettre sur pied. Je m'écarte en riant plus fort que je n'aurais voulu et regagne la table où une fille s'est assise en amazone sur les cuisses d'Éric. Sa bouche joue à échapper à celle de la gamine dont il caresse les petits seins sous son maillot. Il essaye de me parler par-dessus son épaule mais elle joue à l'en empêcher avec sa langue, alors il la repousse et elle tombe par terre. Un homme en colère surgit aussitôt de la nuit. Un autre bondit à son tour. Éric se jette sur eux, sans savoir pourquoi je me jette dans la bagarre derrière lui et bientôt nous hurlons et cognons tout ce qui tombe sous nos poings, sans peur des coups qui pleuvent tant nous sommes ivres, sans crainte de rien.

Je frappe avec rage pour briser des mâchoires, exploser des paupières, meurtrir des chairs et je me surprends à y prendre plaisir. Même quand un coup fait jaillir le goût du sang sur mes dents. Même quand un autre me suffoque, me casse en deux, et me roule à terre. L'adrénaline est là, maintenant, qui dissipe l'alcool et la peur. Je me sens même d'une lucidité cruelle dans la mêlée. Je choisis de frapper les plus forts, les plus violents. Je les casse d'un coup dans les côtes et les assomme au passage d'un poing dans le visage quand ils tombent. Ils se relèvent ensanglantés en riant de mon bon coup et reviennent sur moi pour m'en donner autant.

Puis soudain Éric est debout sur une table et hurle qu'il est dans la place et qu'elle est à eux. La meute se précipite alors vers le bar sur lequel Éric saute en trois enjambées depuis la piste pour fracasser les étagères à coups de bouteilles. C'est la furie autour de nous. Les filles crient et rient à la fois. L'alcool en explosant empuantit la nuit et me grise autant que l'excitation. La bagarre a repris au corps à corps, mais les hommes sont trop ivres pour cogner vraiment. Ils se bousculent et titubent les uns contre les autres, se balancent, trébuchent, se jettent contre les étagères de verres et de bouteilles et brisent tout ce qui peut se briser. Quand soudain résonne un coup de feu.

Dans les phares de sa voiture, de l'autre côté du Balneário, au-delà de la piste, au bord de la forêt sombre, l'inspecteur Santana contemple le pugilat figé par la détonation. Il a encore l'arme à la main, au bout de son bras tendu vers le ciel. Il est toujours habillé de blanc, mais porte sa veste jetée sur l'autre bras, comme un élégant en promenade. Il reste immobile le temps de s'assurer que personne n'est assez ivre pour oser retourner une arme contre lui, puis range son revolver dans l'étui qu'il porte à la ceinture. Après un court silence, chacun se relève et regagne sa place dans un joyeux brouhaha.

Je suis le seul à rester au milieu de la piste, sans pouvoir quitter des yeux le policier. Lui aussi me regarde de loin. Puis il jette sa veste sur ses épaules sans l'enfiler et retourne vers sa voiture pour ouvrir la portière. Angèle en descend, qu'il tient par la main avec galanterie, suivie de la silhouette maladroite d'Everaldo. Sebastião Ortiz et Antônio Peixoto aussi sont là, et Santana guide ses invités jusqu'à une table qu'on lui prépare avec empressement et que je devine être la sienne par habitude. Il a lâché la main d'Angèle et laisse Everaldo la tenir par le bras pour lui éviter le piège des ombres sournoises entre les arbres. Seule Angèle me regarde avec surprise, et quand Santana les installe à sa table, il place Everaldo de dos mais Angèle de profil pour s'asseoir à ses côtés. De temps en temps, elle jette vers moi un regard triste et étonné qu'il surveille en coin.

Les ivrognes ont regagné leurs tables et palpent leurs blessures, lorgnant vers le petit groupe de Santana qui se fait apporter du champagne dans un seau à glace. Les filles sont redevenues molles et furtives. On les devine craintives depuis l'arrivée des nouveaux venus. Il n'y a plus qu'Éric et moi dans les débris du bar. J'époussette la terre sur mes vêtements pour me donner une contenance, sans quitter Angèle des yeux. Je devine qu'Everaldo n'ose pas se retourner.

Éric est appuyé, bras tendus, contre le rebord du bar, la tête entre les épaules, comme un boxeur qui récupère dans les cordes. Ou comme un ivrogne qui attend de vomir. Puis il se redresse, les mains sur ses reins cambrés, et hurle contre le ciel un cri de victoire qui arrache à Angèle un sursaut de peur et à tous les autres un grand rire rassuré. Son bras retombe alors sur mes épaules et il me pousse vers Santana en grognant que la bagarre a été belle. Je me dégage avec prudence quelques mètres avant de rejoindre la table, et reste en arrière d'Éric qui s'approche sans gêne et salue l'inspecteur et ses invités.

— Vous êtes décidément incorrigible ! lâche Santana.

— Vous le savez bien, votre pays est fait pour rendre fous les étrangers. Toute cette solitude, là-bas dans la forêt, et ici toutes ces belles mulâtresses…

— Un jour, un de ces hommes vous plantera son coutelas dans le ventre. Par erreur ou par jalousie. C'est tout ce que vous y aurez gagné !

— Dans ce cas il faudra que vous m'arrêtiez avant que ça n'arrive.

— Ça arrivera, et je n'ai pas envie d'arrêter ça, vous le savez. Tant que vous payez les dégâts. Combien vous doit-il cette fois, Senhor Ortiz ? demande Santana en se retournant vers Sebastião.

L'autre fait mine d'évaluer les ruines du petit bar depuis la table.

— Six cents dollars je suppose, répond-il sans regarder Éric.

Le géologue passe alors derrière Sebastião et pose avec force ses deux mains rocailleuses sur ses épaules comme s'il voulait tasser l'homme dans son siège.

Puis il se penche à son oreille en lui tapotant la poitrine du plat des mains.

— Ortiz, Ortiz, Ortiz, à ce prix-là j'ai déjà acheté dix fois ton boui-boui, camarade !

Mais il sort quand même une poignée de cent dollars de sa poche et les enfouraille en les froissant dans celle de la chemise de Sebastião. Le regard de Santana force le Brésilien à contenir sa colère.

Puis Éric se recule avec emphase et me désigne de la main.

— Désolé, messieurs, mais je vous laisse. J'ai promis de partager encore quelques verres avec mon ami.

Maintenant Everaldo a osé se retourner et me regarde, incrédule. Les yeux d'Angèle s'arrondissent d'une peur retenue qui m'attendrit. Santana, lui, plante ses yeux dans les miens.

— Si c'est vous son ami, me dit-il, prenez garde à lui et à vous par la même occasion. Un jour c'est son corps que vous ramènerez à la maison.

— Allons, Santana ! rétorque Éric. Chacun sait que, si je meurs, c'est que vous l'aurez voulu ! Vous ou les vôtres !

L'inspecteur fait mine de ne rien avoir entendu et sert le champagne bien frais à ses hôtes tandis que nous regagnons notre table.

— Ce sont des menaces plutôt violentes, non ? dis-je une fois assis à l'écart.

— C'est un pays de voleurs, répond Éric en me servant une bière légère et glacée. Ils prennent ce qu'ils veulent mais ils doivent attendre qu'il y ait quelque chose à prendre. Tant que je n'ai pas trouvé le gisement, ils ne me feront rien.

— Ils peuvent envoyer quelqu'un d'autre pour le chercher.

— Ils l'ont fait. Ils ont essayé. J'ai tué l'homme dans la forêt. Ils ne l'ont jamais retrouvé. Une tragique disparition. Peut-être même les Indiens, va savoir ! Je suppose que Santana le sait et qu'il a compris le message.

— Tu as vraiment tué cet homme ?

— Oui. Je l'ai abattu et je l'ai jeté aux caïmans. S'il était revenu de prospection ne serait-ce qu'une fois, je serais mort dans une rixe le lendemain, avec Santana à sa table qui m'aurait regardé mourir. C'est comme ça ici : prends ce qui te revient et jette ceux qui s'interposent aux jacarés.

— Mon Dieu, quelle horreur !

— Dieu n'y est pour rien. Les hommes suffisent à leur malheur. C'est la vie, c'est tout !

— Ce n'est pas la vie ! Ça ne peut pas être ça !

— C'est la vie d'ici en tout cas, et crois-moi les jacarés sont gras, ici c'est le festin des caïmans !

— Et Ortiz, il a vraiment fait ce qu'on raconte sur lui ?

— Quoi, ses safaris d'Indiens ? Bien sûr qu'il les a faits. Lui et Peixoto, personne n'en doute. C'était dans les années soixante. Tu vois ce qu'est le Mato Grosso aujourd'hui ? Alors imagine à l'époque, dans les années soixante ! Bien sûr qu'ils l'ont fait, comme après ils ont fait des députés et des gouverneurs avec l'argent qu'ils y ont gagné. C'est encore le far west ici, tout le monde est armé, tu as bien vu.

Tu peux tomber sur des collecteurs de dettes comme sur des chasseurs de primes, des tueurs à gages. Ici c'est le Brésil de l'« intérieur » comme on dit, celui des crimes d'honneur, d'un reste de dictature dans les mentalités, d'une censure d'État, d'une police politique toute-puissante, avec des indicateurs et des mouchards partout. Tu sais que le Brésil est le pays qui connaît le plus grand nombre de morts par balles juste après les États-Unis ? Devant le Mexique, tu te rends compte ? Alors imagine à l'époque !

— Et personne ne les a jamais dénoncés ?

— Qui, Ortiz et Peixoto ? Pour quoi faire ? Pour mourir, comme tous les témoins et les acteurs de l'époque ?

— Il n'y a donc aucun courage politique dans ce pays ?

— Quel courage ? Le courage à l'échelle d'un pays n'est pas le même qu'à celle des individus. La politique ici, c'est que le pays se développe si vite qu'il sera bientôt une des nouvelles puissances économiques du monde émergent. Alors la consigne est de garder le couvercle sur tous les mauvais ragoûts. Les gens se foutent que Sebastião et Antônio aient chassé des Indiens. Ici comme ailleurs on les a massacrés par milliers. Les gens veulent que le Mato Grosso devienne le grenier du Brésil, histoire d'avoir des routes goudronnées pour leurs grosses voitures et des universités pour leurs gros gosses bien nourris. Ils ne veulent pas de tache sur l'histoire qu'ils sont en train de s'inventer. Pas d'Indiens et pas de chasseurs d'Indiens.

— Mais quelqu'un pourrait chercher à se venger, non ?

— Quoi, tu voudrais défourailler pour abattre Antônio et Sebastião ? Et tu y gagnerais quoi, sinon de devenir un assassin comme eux ? Ne fais pas de bêtise, ce n'est pas à toi de régler ça. C'est une histoire entre eux. Et puis il y a une procédure en cours. Après tout, il y a quand même une justice ici.

— Quelle justice ? Da Souza prétend que tout est bloqué.

— Tu as parlé de ça avec da Souza ?

— Oui. J'avais entendu parler de cette histoire sans y croire. Lui m'a laissé entendre qu'il était là pour ça.

— Alors éloigne-toi de lui. Laisse leur justice s'en occuper.

— Et quand le fera-t-elle ?

— Elle le fera en son temps, à la turque !

— À la turque ?

— Tu n'as jamais entendu parler du génocide des Arméniens et du négationnisme turc ? Eh bien la justice et les politiques d'ici vont faire la même chose. Ils attendront que les derniers témoins et les derniers acteurs vivants disparaissent. Et quand l'horreur sera désincarnée, déshumanisée, quand elle ne sera plus que des chiffres et des mots sur du papier, ils en feront un point d'histoire dont ils accepteront peut-être de débattre. Mais pour l'instant la consigne c'est : personne n'en parle et malheur aux bavards. Tiens-le-toi pour dit. C'est le conseil d'un ami qui a déjà eu maintes fois l'occasion et le désir d'exploser le crâne d'Antônio et de Sebastião. Et encore une fois éloigne-toi de da Souza. Il ne peut rien arriver de bien à ce pauvre type ici. Il n'a aucune chance face à Santana.

Je ne sais quoi répondre. Un léger brouhaha se lève au-dessus des tables assagies, balancé par le rythme lent d'une samba triste. Sur la piste les corps se fondent les uns aux autres. Les ventres se frottent tandis que les visages s'écartent pour se regarder, puis plongent l'un dans l'autre pour embrasser les bouches qui s'offrent.

À la table de Santana, Everaldo se lève enfin et invite Angèle d'un geste de la main. Elle semble hésiter et curieusement, c'est Santana qu'elle regarde pour savoir si elle peut. Il l'engage à accepter d'un geste de la tête pendant que ses yeux m'observent au loin. Quand Angèle suit Everaldo vers la piste, je devine qu'elle n'ose plus regarder de mon côté. Moi, je ne les quitte pas des yeux. Il danse plutôt bien, mais avec la retenue appliquée d'un citadin de la côte. C'est un sambiste de salon. Pendant qu'il enlace Angèle et que je les surveille, Santana fait venir plusieurs filles à sa table puis les chasse d'un geste de la main. Elles partent en riant vers la piste comme une volée d'écolières. Puis il fait venir un homme à qui il parle à voix basse en regardant vers notre table. L'homme regarde dans ma direction à son tour, puis vient dire à Éric que l'inspecteur veut lui parler en privé. Éric me confie sa bière et rejoint Santana qui le conduit jusqu'à sa voiture, à l'abri des sambas qui s'emballent.

Sur la piste, Angèle s'abandonne bientôt à la

sensuelle moiteur de la nuit, à la douce ivresse du champagne. Le balancement roulant de la musique chamboule son corps. Elle se laisse prendre, lève les bras au ciel et ferme les yeux, la tête sur le côté. Quand elle repose ses bras sur les épaules d'Everaldo, les doigts croisés dans sa nuque, il glisse une main dans le creux de ses reins et attire avec douceur son ventre contre le sien. Il se cambre un peu pour mieux la regarder s'abandonner. Elle arque ses reins à son tour pour mieux se frotter à lui. Elle est dans le rythme maintenant lourd du *surdo* qui résonne dans son ventre, celui des accords égrainés et plaintifs du *cavaquinho* qui éraflent ses tétons tendus et des rebonds distordus du *berimbau* qui électrisent sa peau. Ses hanches ondulent à contretemps de ses épaules, son cou balance au rythme de ses bras. Et j'imagine que son corps perle d'une sueur aigre-douce. L'envie d'elle me vient si violente que je suis prêt à courir pour l'arracher à la danse, la défaire, et la prendre contre un mur pendant que dansent les autres…

— *Você fica sozinho ?*

C'est une des filles qui riaient tout à l'heure avec Santana. Grande et mince, avec une peau magnifique, d'un café velouté. Un short rose moule son sexe et un débardeur échancré laisse deviner ses seins pointus. Cheveux courts et bouclés, ongles vernis de rouge, et lèvres mauves comme une figue pulpeuse. Ses yeux sont grands et noirs, un peu jaunes dans le blanc. Gestes et mots nonchalants de belle mulâtresse alanguie malgré sa jeunesse. Elle n'a pas vingt ans. Peut-être même pas seize.

Elle prend ma main à mon corps défendant et m'entraîne vers la piste plus qu'elle ne m'invite à la suivre. Je suis encore un peu ivre, mais je succombe vite au battement du *surdo*, les yeux au ciel pour mieux sentir la musique résonner en moi. Café aime ça et me le dit. On l'appelle Café, elle me le susurre à l'oreille d'une petite pointe de langue rose et mouillée qui me titille. Puis elle en rit. Elle danse autour de moi. Elle tourne. Se retourne. Me tourne à mon tour et se colle à moi pour onduler son ventre contre mes fesses. Elle me refait face, en rythme, m'attire par la chemise, me mord les lèvres de ses dents gourmandes, glisse ses longues mains dans mes reins pour plaquer à son ventre mon sexe qui s'engourdit, glisse ses cuisses entre mes jambes, mordille mon cou…

Les autres couples nous regardent en riant, et quand nous nous cognons au couple d'Everaldo et Angèle, lui aussi me sourit mais pas elle. Alors l'envie me submerge de m'abandonner à Café. Je le lui dis à l'oreille, sans quitter des yeux Angèle qui me regarde aussi, et soudain Café me prend par la main et m'emmène en courant vers une des chambres numérotées de l'annexe la plus proche. Je pousse un cri sauvage et rieur en ouvrant la porte d'un coup d'épaule et j'entends Éric y répondre joyeusement, à la Tarzan, dans la nuit. Je n'ai que le temps de l'apercevoir, au loin, près de la voiture de Santana, qui me regarde lui aussi. Puis Café me saute au cou et me chahute sur un matelas sans drap pareil à celui jeté sur le carrelage de la chambre d'Angèle. C'est moi qui bascule sous elle et la prends contre le mur froid en me relevant, des larmes plein les yeux. Je ne pense même pas à refermer la porte et soudain, par l'entrebâillement, j'aperçois Angèle qui danse en me regardant baiser Café.

Petrópolis

Avril 2006

— Paul est mort, coupa soudain Figueiras, vous le saviez ?

— Paul ? Non, je ne savais pas…

— Vous étiez son ami pourtant, n'est-ce pas ?

— Je l'étais, mais nous ne nous sommes jamais revus depuis le Brésil.

— C'est un peu normal, lui n'a jamais quitté ce pays.

— Bien sûr que si, vous savez bien qu'il a dû se réfugier en Bolivie après que vous l'avez expulsé.

— Vous croyez donc vraiment tout ce que vous écrivez ? s'étonna Figueiras en hochant la tête de dépit. Toutes ces années ont donc réussi à vous convaincre de chacun de vos mensonges ? Paul n'a fait qu'un séjour de quelques semaines en Bolivie avant de revenir à Cuiabá. Comment aurait-il pu vivre éloigné de son fils ? Vous savez à quel point il l'aimait.

— Vous l'avez expulsé, je vous ai vu le faire et vous m'avez envoyé le voir en Bolivie.

— Foutaises, je ne vous ai jamais envoyé là-bas !

Par contre je l'ai forcé à sortir du Brésil, c'est vrai, mais pour mieux lui permettre de revenir sans risque. Son visa avait expiré depuis trop longtemps et avoir tiré sur l'avion de Jaime allait lui compliquer la vie. En le forçant à repasser la frontière, je lui permettais d'obtenir automatiquement un nouveau visa de trois mois, le temps de régulariser sa situation. C'est ce qu'il a fait et ainsi il a pu voir grandir son fils.

— Comment est-ce arrivé ?

— Son fils est mort à vingt ans, exsangue, abandonné en forêt, après une rixe au Balneário. Paul ne l'a pas supporté et s'est pendu à la branche du manguier dans le jardin des anciens bureaux de la Société minière où ils habitaient depuis le départ du géologue. Vous vous souvenez du géologue ?

— Éric, celui contre qui vous avez lâché vos *pistoleiros* ?

— Ah oui, c'est vrai, j'oubliais aussi cette rocambolesque histoire de votre invention. Savez-vous comment Éric est mort en réalité ? Car il est bien mort lui aussi, mais pas sous les balles de mes sicaires comme vous le laissez supposer.

— …

— Occlusion intestinale. Il avait avalé trop des diamants bruts qu'il volait à la Société minière pour échapper à une inspection surprise de ses employeurs sud-africains.

— Il travaillait pour la Société minière française.

— Et la minière travaillait pour les Sud-Africains. Les diamants lui ont perforé la paroi intestinale et il est mort d'un choc septique dans d'horribles souffrances.

— À Cuiabá, à l'hôpital ?

— Non, au Balneário, après trois jours de beuverie, brûlé par la fièvre, la douleur et la cachaça. Avouez que c'est autre chose que d'être abattu par un tueur à la solde d'un flic corrompu, non ? Bien sûr la rumeur avait couru des possibles causes de ses tourments et il s'est trouvé des âmes cupides pour aussitôt ouvrir son cadavre et fouiller ses entrailles à même la piste de danse…

— …

— Voulez-vous savoir qui d'autre est mort ?

— Non.

— Même pas ceux que vous avez aimés ? Esterlito par exemple.

— Esterlito est mort ?

— Oui. Dans son lit. Dans sa *chácara* de Poconé, une semaine après sa pauvre femme. Ses petits-enfants l'ont trouvé mort en venant le chercher tôt le matin pour aller à la chasse au serpent-chien.

— Qui d'autre encore ?

— Sebastião Ortiz. Un mauvais cancer lui a pourri les testicules avant de le gangrener tout entier et il a beaucoup souffert.

— Tant mieux, Peixoto aussi j'espère.

— Accident de voiture. Il a percuté une ambulance en revenant des obsèques de Sebastião.

— Il y aurait donc une justice ?

— Votre survie prouve que non.

— Mais vous allez me tuer.

— Vous savez bien que ça ne sera pas pour faire justice.

— Pour quoi alors ?

— Juste pour mettre fin à cette histoire.

— Et celui qui vous a blessé ?

— Non, lui n'est pas mort. C'est Zé Maria, notre pilote à l'époque, le fils de Pinheiro, vous vous souvenez de lui ? Quand son père est mort en prison, poignardé par un codétenu dans une mauvaise mutinerie, il a cherché à tuer Ortiz et Peixoto. Je l'ai arrêté avant qu'il ne commette l'irréparable. Il a fait quelques mois de préventive avant d'être condamné à du sursis. Dès qu'il est sorti, il est venu au Bar Nacional me tirer dans le dos.

— Pourquoi, parce que vous aviez emprisonné son père ?

— Peut-être…

— Ou parce qu'il avait compris que vous étiez probablement à l'origine de son assassinat ? Après tout, la mort de Pinheiro protégeait Ortiz et Peixoto, et ça c'était votre sale boulot, non ?

— Décidément, la culpabilité des autres reste votre seule obsession. Vous n'avez pas changé en trente ans !

— Ortiz et Peixoto étaient à l'origine de l'émeute de la prison, je présume.

— Non. Un mauvais match de *futebol* à la télévision. Un derby carioca, un Fla-Flu dans lequel Fluminense s'était fait étriller par Flamengo. Désolé pour vos théories complotistes. Par contre Isabelle et Édouard Chancel sont toujours en vie, si ça vous intéresse.

Haret ne répondit pas. C'était une partie de sa vie qui se dissolvait dans la mort de tous ces autres. Il laissa ce sentiment étrange l'imprégner d'une nauséeuse lassitude de vivre et, en même temps, d'une certaine fierté d'avoir réussi à survivre à tout ça.

— Je ne vous ai jamais présenté Blanche, reprit Figueiras d'une voix soudain épuisée. Pas plus que je ne lui ai présenté Everaldo. Et je n'ai éloigné de vous ni Paul ni Éric. Vous avez beau l'avoir écrit, rien de tout cela n'est vrai, mais Blanche l'a lu et l'a cru. Et je ne vous ai pas aidé à fuir non plus, vous avez fui tout seul. Vous avez d'abord quitté le Brésil par Corumbá pour renouveler votre visa, puis vous êtes revenu pour aller tuer Everaldo à Cáceres, et vous vous êtes aussitôt enfui pour rentrer en Europe. Vous avez payé votre passage sur un cargo mixte en monnayant chez un receleur une caméra que vous aviez volée au Service cinématographique.

— Mais vous ne m'en avez pas empêché.

— C'est vrai. Peut-être avais-je à l'époque l'intuition qu'il fallait vous éloigner de ce pays, pour votre bien et surtout pour le nôtre. Mais ce que j'ai découvert après votre départ, la mort d'Everaldo, celle de l'homme à la barque, et le viol de Blanche beaucoup plus tard, me tourmente encore aujourd'hui. J'aurais dû être celui que vous faites de moi dans votre roman, cet homme cynique et calculateur, et j'aurais dû vous démasquer à l'époque et vous empêcher de nuire.

— Mais vous n'avez jamais eu ce courage.

— Quoi, vous croyez l'avoir eu, vous ?

— Je me suis vengé d'Everaldo.

— Allons, ne prenez pas ce ton bravache, vous savez bien qu'à mon tour je tiens ma revanche, et vous venez de nous montrer à quel point vous êtes lâche et que le courage vous manque. Vous n'avez jamais été ce bagarreur du Balneário, ni même ce fier aventurier du Pantanal. Quand le roman a été publié, j'ai eu l'occasion de croiser Esterlito lors d'un voyage dans le Mato Grosso : il ne se souvenait même plus de vous ! Pourtant lui était bien comme vous le décrivez, noble, fier, généreux et franc. C'est juste que vous, vous n'avez jamais été celui que vous racontez. De toute façon, peu importe qui vous êtes vraiment. Reprenez votre lecture et finissons-en.

Haret ne répondit pas. Il entendit tinter le verre contre la carafe et devina que Figueiras se servait à boire. C'était un vieil homme impotent. Il devait être fatigué maintenant. Peut-être sombrerait-il dans le sommeil. Son bras alourdi par l'arme se poserait sur le drap. Sa main lâcherait le colt. Haret se dit qu'il devait faire durer sa lecture.

Il se versa un verre d'eau à son tour et s'apprêta à reprendre. Sa seule chance s'il voulait rester en vie.

— Je peux vous demander quelque chose ?

— Je vous en prie.

— Si vous pensez vraiment que Blanche n'a pas supporté mon mensonge sur le viol, comment expliquez-vous qu'elle ait cru tous les autres ?

— Que voulez-vous dire ?

— Tout selon vous est faux dans mon roman. Vous n'êtes pas Santana, Coelho n'est pas da Souza, je l'aurais tué mais pas poussé par vous, je n'aurais pas épargné l'homme de la barque, Éric ne serait pas mort sous les balles de vos *pistoleiros*, Paul n'aurait jamais quitté le Brésil expulsé par vous… expliquez-moi dans ce cas pourquoi Blanche aurait choisi un seul de tous ces mensonges pour se convaincre de ne pas pouvoir y survivre ? Elle savait que je mentais quand je parlais de passion plutôt que de viol, elle devait donc se douter que tout le reste aussi pouvait être faux. Que c'était juste un roman, pas la vérité. Et pourtant elle y a cru, n'est-ce pas ?

— À votre trahison, c'est certain.

— Mais à la vôtre aussi !

— Comment ça ?

— Quand vous dites qu'après la lecture de mon roman elle s'est isolée de vous, qu'elle vous a aussitôt fermé sa chambre – car vous l'avez bien dit, n'est-ce pas ? –, quel lien cela peut-il bien avoir avec mon mensonge sur le viol ?

— …

— C'est parce que ce que vous appelez des « mensonges » lui est apparu comme des possibles. Ce que je raconte dans le livre, Blanche vous en a cru capable. De vouloir la mort d'Everaldo, de me manipuler pour me pousser à le faire, d'avoir organisé et facilité ma fuite. Et d'ailleurs, si vous avez trouvé ces fameuses preuves, ces balles de colt dans l'estomac du jacaré, la barque coulée de l'homme, pourquoi n'avoir rien tenté pour qu'une enquête me rattrape jusqu'en Europe ? Que pouvez-vous répondre à ça, Figueiras ?

— Que c'est moi qui tiens l'arme pointée sur votre nuque.

— Et c'est exactement ce que je voulais démontrer. Vous êtes toujours le même homme, à essayer de jouer de ma culpabilité pour encore parvenir à vos fins. Mais savez-vous qu'il existe une autre lecture de mon roman ?

— Laquelle ?

— La première, la plus simple : tout ce que j'écris est vrai et c'est vous le seul salaud de cette histoire.

— Vous oubliez le viol que vous avez reconnu.

— Avec un colt braqué dans mon dos ? Vous croyez vraiment ce genre d'aveu recevable ?

— Il l'est pour moi et ça me suffit.

— La culpabilité d'un homme, trente ans après les faits, tirée de l'analyse empirique du champ lexical de l'auteur par un flic, un vieux flic infirme et abandonné ? Des mots pour m'accuser du pire, vous qui n'avez pas su trouver ceux pour sauver la femme qui avait partagé votre vie pendant trente ans ! S'il faut punir le responsable de la mort de Blanche, alors c'est contre vous que vous devriez retourner cette arme, Figueiras. C'est vous l'assassin de Blanche.

— C'est bien essayé, Monsieur l'écrivain, mais n'oubliez pas que vous restez le meurtrier d'Everaldo, quoi qu'il en soit, et que ce fut le premier vrai chagrin de Blanche.

— Meurtre que vous avez voulu.

— C'est vous qui le dites, mais continuez donc votre lecture, que nous allions au bout de cette farce morbide.

Rua Barão de Melgaço, Cuiabá

Août 1976

Les semaines qui suivent sont un délice, comme une délivrance. Café, presque toujours, vit nue à mes côtés et se laisse aimer. Elle me laisse tout oser et fait tout ce qu'elle veut de moi. C'est une gamine, une enfant liane qui aime comme on s'amuse. Sans émoi, tout en rires. Elle habite au bord de la ville. Une favela de bois et de rues en terre qui, la nuit, s'éclaire à la chandelle ou aux néons de couleur. Sa famille vit dans une bicoque de bric et de broc où une télé hurle jour et nuit des *telenovelas* débiles. Sa chambre n'est qu'une baraque attenante et nous y faisons l'amour souvent, sans gêne aucune, pendant qu'une ribambelle de frères et sœurs rigolent à moitié nus de l'autre côté des planches disjointes et que son frère militaire fume pas loin de nous en buvant des bières. Je l'emmène manger des fritures ruisselantes dans des gargotes ouvertes à tous les vents le long du fleuve et je finis souvent par la prendre debout dans les hautes herbes folles sans plus faire attention aux serpents. Nous entrons en coup de vent, main dans la main, au beau milieu d'une promenade, dans n'importe quel hôtel borgne ou pension pour voyageurs que sa bouche me quémande au cœur de l'après-midi. J'emprunte le pick-up d'Édouard et nous allons nous aimer dans l'eau froide d'une cascade au cœur de la haute forêt, ou encore en plein ciel à l'arrière du Toyota arrêté n'importe comment dans un champ de canne à sucre. Et encore sur la route la nuit, au retour, elle appuyée des deux mains contre le capot entre les phares, les reins cambrés et la tête retournée pour me voir nu devant son joli cul cuivré des reflets de la lune sous tout le ciel étoilé.

Elle est noire comme Angèle est blanche, mince comme Angèle est ronde, enfant comme Angèle est femme. Je n'ai jamais à lui mendier son corps. Elle me le donne, me le sert, me l'assaisonne. Elle prend mes baisers et mes caresses quand ils viennent, s'y ouvre sans résistance. Quand elle a envie de moi, elle le dit, l'écrit, ou me prend par surprise. Nous passons nos journées et nos nuits l'un dans l'autre, huilés de sueur et de désir. Et tous les soirs nous rejoignons Éric au Balneário pour danser, pour boire, moi pour me battre et toujours, à la fin, aimer Café qui lèche avec une moue attendrie le sang de mes blessures.

Les premiers jours nous y croisons encore Everaldo et Angèle qui y retournent sans Santana. Sebastião les invite toujours à sa table, mais jamais nous. Puis ils ne viennent plus et je deviens, avec Éric, le roi des fêtes et des nuits défaites. Quand Éric repart en prospection, il me laisse sa chambre et la maison, et maintenant c'est chez moi que devrait habiter Angèle qui n'y revient plus et reste avec Everaldo. Elle passe prendre des choses quelquefois, quand je ne suis pas là, et retourne le rejoindre. À son hôtel peut-être, ou bien chez Isabelle. Je ne cherche même plus à savoir, et je prends plaisir à aimer Café debout sur le matelas dans la chambre d'Angèle, contre l'évier froid de la cuisine d'Angèle, dans le jardin arrosé et fleuri d'Angèle, sur la toile cirée de la table d'Angèle, sur le courrier éparpillé d'Angèle. Un matin très tôt, Café s'offre à moi par-derrière devant le grand miroir et j'y aperçois soudain le reflet furtif d'Angèle qui passait prendre son courrier et s'enfuit en pleurant.

Puis un soir je rentre Rua Barão de Melgaço et Éric est là. Il enfouraille des vêtements dans un sac.

— Tu ne devais pas rentrer dans dix jours ?

— Je me tire.

— Où ça ?

— Le plus loin possible d'ici.

— Que se passe-t-il ?

— On a tué mon guide dans la forêt.

— Qui ça ? Tu sais qui c'est ?

— Non, mais je sais qui les a laissés faire.

— Tu penses à Santana ? dis-je en me souvenant de l'incident du Balneário, le jour de la première bagarre.

— Oui. Je ne sais pas pourquoi il a lâché les chiens après moi. Je n'ai pas encore localisé la kimberlite. Mais quelque chose a changé.

Il fourre des sachets de pierres dans son sac, des paquets de dollars dans ses poches, un revolver à sa ceinture et cherche son passeport dans un tiroir.

— Tu crois vraiment qu'il pourrait s'en prendre à

toi ? je demande, incrédule. Merde, tu travailles pour une société française quand même !

— Je me tire, et toi, tiens-toi loin de lui. Pour moi le message est clair : à partir de maintenant, chaque homme que je croise peut m'étriper d'un coup de coutelas.

Il prend son sac et se dirige vers la porte.

— Tu sais où aller au moins ?

— Bien sûr. Dans ce pays, un étranger doit toujours se préparer au pire. Mais tu n'as même pas à savoir où je vais. Oublie même que tu m'as connu, et s'il faut dire du mal de moi, ne te gêne pas si ça peut sauver ta peau à ton tour.

Il sort et je le suis. De l'autre côté de la rue, une ombre nous observe dans la nuit.

— Et comment je fais pour la maison ?

— Tu y restes et tu en profites. Il faudra des mois avant que la Minière s'aperçoive de quelque chose. Pendant ce temps-là le loyer est payé.

— Je n'ai pas besoin de régler quoi que ce soit avec le propriétaire ?

— Le propriétaire c'est Ortiz, pauvre imbécile, qui veux-tu que ce soit d'autre !

Puis il me tape fort sur l'épaule et court rejoindre l'ombre qui disparaît avec lui dans la nuit.

Quand je rentre dans la maison, Café est debout au milieu de la grande pièce, nue.

— Il est parti ? dit-elle.

— Oui, lui aussi, comme tous les autres. Ils s'éloignent tous de moi. Ils m'abandonnent tous. Merde, je suis tout seul à présent, Café, je n'ai plus que toi. Je t'en prie, ne pars pas, reste-moi, d'accord ? Tu me resteras ?

Alors je l'écrase dans mes bras et la mouille de mes larmes.

Musée des Affaires indiennes, Cuiabá

Août 1976

J'aime Café partout et partout elle est avec moi, sauf au Bar Internacional. Là elle ne veut pas. D'autres filles du Balneário ou de la favela y sont, gentilles et un peu vulgaires, mais jamais à la table de Santana où je garde ma place, même quand Angèle et Everaldo y sont déjà.

Ce jour-là Santana invite Angèle.

— Avez-vous déjà visité notre petit musée des Affaires indiennes ?

— Non.

— C'est un musée sans prétention, mais qui mérite d'être vu. Venez, je serai votre guide.

Angèle s'étonne et interroge du regard Everaldo, qui hésite.

— Je vous en prie, vous y apprendrez bien des choses sur les différentes tribus. Les terribles Chavantes par exemple, ou les pauvres Kaiowás. C'est à propos du Mato Grosso que Claude Lévi-Strauss a écrit ses *Tristes Tropiques*, vous le saviez ? Tout ici est plus sombre et plus sauvage qu'en Amazonie. La faune, la flore, et surtout les Indiens.

Quand Santana parle des Kaiowás, son regard glisse sur Everaldo qui fait mine de rien. Ortiz et Peixoto ne réagissent pas non plus à l'allusion et je m'amuse en secret de la situation. Puis Angèle accepte et Everaldo cède à son tour, quand Santana me prend soudain par le bras.

— Mais venez donc avec nous, puisque votre jolie *mulata* vous a abandonné…

Le musée est à trois rues de là. Santana a pris le bras d'Angèle et ils marchent devant nous. Je regarde le corps de celle qui fut mon amante avec une insolence qui n'échappe pas au journaliste. Je me veux arrogant, mais il s'en amuse en silence et son ironie me blesse. Alors je souhaite qu'elle, au moins, sente mon regard qui la déshabille et abuse d'elle à même le trottoir. J'espère son trouble et sa honte et je ne baisse les yeux que quand Santana se retourne pour voir si nous suivons.

Le musée est une enfilade de pièces étroites et surchargées d'objets quotidiens volés aux Indiens. Des parures, des flèches, des coiffes, des arcs, des paniers. Des photos aussi, où des tribus et des clans posent, alignés, pour ceux qui vont bientôt les décimer. On y parle de traditions, de rites, de coutumes et de gestes quotidiens. Rien sur les conquêtes et les massacres. Rien sur l'acculturation. Rien sur le génocide. Rien sur les cadeaux empoisonnés, volontaires ou pas, de la vérole ou de la syphilis, de la variole et de la grippe. Juste des Indiens comme les touristes de passage aiment les voir et comme les Brésiliens préfèrent les oublier. Folkloriques et un peu niais, peinturlurés, emplumés, avec des gamines aux seins pointus qui font bander les adolescents et les vieux, et des vieilles à la poitrine flasque qui font rire les gosses. Et des guerriers dont on se venge de la musculature impressionnante en mesurant en silence le sexe ridicule étranglé par une cordelette ou un étui en écorce.

— Leur sexualité est fascinante, explique soudain Santana devant une série de photos ne représentant pourtant que des hommes à la chasse. Celui qui convoite une femme la prend là où il veut, devant tout le monde, et les femmes se donnent à qui elles veulent tant qu'elles ne sont pas mariées. Chez les Chavantes surtout. Il faut dire qu'ils n'en tirent aucune jouissance, tant les attributs des hommes sont rabougris. Francisco Meirelles raconte, dans les récits de ses expéditions, qu'ils copulent souvent en vaquant à leurs occupations. À la mode animale. La femme courbée sur le repas qu'elle prépare ou le panier qu'elle tresse, et l'homme par-derrière qui taille ses flèches en devisant avec d'autres chasseurs.

Santana se tait un instant et se déplace vers d'autres photos. Il ne semble remarquer ni le trouble d'Angèle, ni mon amusement, ni l'impassibilité de da Souza.

— C'est qu'il ne faut y chercher aucun signe de sexualité, reprend-il. D'ailleurs l'accouplement ne donne lieu à aucune agitation. Aucun préliminaire, aucun orgasme. Simplement l'attente de l'éjaculation qui pourvoit au rajeunissement du groupe et à sa survie. Peut-être est-ce d'ailleurs un signe de sagesse.

Quand on voit chez nous les ravages de notre quête éperdue de la jouissance et de la possession…

La salle est petite. Santana parle, penché sur les photos qu'il examine comme s'il les découvrait pour la première fois. Angèle et Everaldo sont côte à côte, de plus en plus mal à l'aise. Et moi, juste derrière, dans le dos d'Angèle qui doit me sentir presque contre elle.

— Cela dit, aucun de nous n'aimerait vivre selon leurs coutumes. Quand deux hommes convoitent la même femme par exemple, ce qui peut arriver même dans nos tribus modernes, vous en conviendrez, ils s'affrontent de façon particulièrement sauvage. Vous voyez ce fouet de lianes tressées, exposé sur ce mur, là-bas ? Eh bien un des prétendants tend un fouet identique à son concurrent et le provoque.

Maintenant Santana s'est retourné et nous fait face à tous les trois, comme un conférencier qui mime ce qu'il raconte.

— « Tiens, dit le premier Indien à l'autre, prends ce fouet et flagelle-moi pour voir si tu mérites vraiment cette femme. Vas-y, montre ta force, montre que tu es un homme. » Alors l'autre le fouette de toutes ses forces, encore et encore, aussi longtemps qu'il le peut. Il le fouette jusqu'au sang. Jusqu'à ce que le premier, s'il n'a pas perdu connaissance, prenne son tour en disant : « C'est tout ce que tu sais faire, frapper comme un enfant ? Attends, rends-moi ce fouet, que je te montre comment fouette un vrai guerrier. » Et alors il flagelle son concurrent à son tour, et ainsi de suite jusqu'à ce qu'un des deux tombe, ou meure, ou demande grâce, ou s'enfuie…

Santana marque une pause, et je jurerais qu'il cherche mes yeux le temps d'une seconde. Il surprend en fait mon regard posé sur la main d'Angèle qui serre celle d'Everaldo. L'horreur de la scène sans doute, mais c'est auprès de lui qu'elle cherche un réconfort.

— C'est un peu plus compliqué quand un homme prend la femme d'un autre. Là il peut y avoir vengeance, chasse à l'homme, mise à mort, guerre des clans. Ou bien ménage à trois à l'amiable. Mais chez les Karajas par exemple, on revient à la bonne vieille recette du duel. Venez voir.

Il nous entraîne vers une sorte de massue primitive dont le manche fin est taillé en pointe et l'autre extrémité énorme et couturée d'arêtes saillantes.

— C'est une *borduna*, explique-t-il, l'arme rituelle des Chavantes mais aussi des Karajas. Elle est en bois de fer, une essence d'une densité rare et imputrescible. Quand Meirelles et ses hommes ont retrouvé les restes de l'expédition Pimentel Barbosa, le premier à avoir officiellement cherché un contact avec les Chavantes, les huit squelettes avaient le crâne fracassé à coups de *borduna*. Ceux de tous les chevaux l'étaient aussi. D'ailleurs ils ont à l'époque retrouvé les massues, la tradition des Chavantes voulant qu'on les abandonne près des cadavres.

Soudain Santana se tourne vers moi.

— D'ailleurs un journaliste français, Maufrais je crois, accompagnait l'expédition Meirelles, le saviez-vous ? Un premier contact plutôt violent qui les a obligés à fuir en catastrophe. Même si deux ans après Maufrais fait encore partie de la seconde expédition Meirelles qui établit un nouveau contact, à peu près pacifique cette fois. Malheureusement, votre compatriote et confrère a bel et bien disparu quelques années plus tard, en Amazonie toujours, mais guyanaise cette fois. On n'a jamais rien retrouvé de lui. Il semblerait que les journalistes en général, et les Français en particulier, ne soient pas vraiment les bienvenus en territoire indien.

Santana laisse s'installer un silence qu'Angèle ne comprend pas, mais qu'Everaldo et moi considérons comme une menace à peine voilée.

— Et donc, cette *borduna* ? demande Everaldo pour changer de conversation.

— Ah oui, la *borduna* ! Eh bien c'est tout simple : le cocu et l'amant s'expliquent à grands coups de massue. Convoqué ou rattrapé, l'amant se laisse matraquer par le cocu sans se défendre, en ne faisant qu'éviter ou esquiver. S'il est encore debout après un certain temps que la tradition détermine, le cocu lui tend la *borduna* et se laisse frapper à son tour. Celui qui en ressort vivant, ou le moins abîmé, reste avec la femme.

— Ça semble pourtant être une arme mortelle. Comment résister à deux coups bien assénés d'une telle massue ? je demande.

— Bonne question, répond Santana. En fait la mort d'un homme déclenche la vengeance de sa famille ou de son clan, qui déclencherait à son tour la vengeance de l'autre groupe. Pour éviter donc des affrontements sempiternels, le cocu comme l'amant se gardent de porter des coups mortels. Ils cherchent à faire le plus mal possible, mais sans provoquer la mort. C'est juste une question de coutume. Aucun amour-propre n'est impliqué dans ces duels, aucune folie vengeresse, aucune hystérie jalouse. D'ailleurs souvent, après un tel affrontement, le cocu et l'amant deviennent les meilleurs amis du monde. Inimaginable dans notre culture, n'est-ce pas ?

Encore une fois, c'est moi que Santana regarde en prononçant ces derniers mots. Et si je détourne les yeux, c'est pour fixer mon regard sur l'occiput d'Everaldo devant moi.

— À propos, savez-vous pourquoi les Indiens n'utilisent jamais le curare à la guerre mais seulement à la chasse ? reprend Santana en nous entraînant d'un geste vers la sortie du musée. Parce que le curare a un effet contraire à la tétanie. Souvent la mort crispe sa victime dans un dernier mouvement de survie. Que faire alors du pauvre singe hurleur qui devait faire votre repas et que la mort a cramponné à la branche la plus haute de son arbre ? Le curare provoque au contraire un relâchement complet de tous les muscles et fait lâcher prise à la proie qui tombe de l'arbre au pied du chasseur affamé.

Quand nous ressortons au soleil brûlant de la rue, je cours retrouver Café sans vraiment dire au revoir ni regarder personne dans les yeux, avec, dans la chaleur de ma tête, des images de crânes fracassés, de poisons violents, de cocus et de vengeances.

Bar Internacional, Cuiabá

Août 1976

Et puis un après-midi, Café part embrasser ses parents et ne revient pas. Je l'attends. Longtemps. Sans nouvelle. Le soir elle n'est toujours pas là. Au Balneário non plus. Ni la nuit dans mon lit. Ni au petit matin dans mes bras. Je pars à sa recherche, dans son quartier où soudain les visages se ferment et les regards me sont hostiles. Personne ne répond à mes questions inquiètes et son frère ne me laisse pas voir ses parents. Quand j'insiste, il me pousse dehors en me menaçant du poing. Pour la première fois depuis longtemps, je retourne chez les Chancel. Édouard ouvre mais reste dans l'embrasure pour m'empêcher d'entrer.

— Je vous croyais reparti.

— Vous savez bien que j'étais en ville.

— C'est vrai, vous faites assez de bruit pour ça.

— Vous savez où est Café ?

— Votre mulâtresse ? Demandez à Santana ! lâche-t-il d'un ton méchant.

— Pourquoi dites-vous ça ?

— Parce que toutes les filles ici obéissent à Santana. Surtout celles du Balneário. Si Café est partie, c'est lui qui l'a voulu et il sait où elle est.

— Le salaud !

— Attendez, n'allez pas non plus vous jeter dans la gueule du loup.

Son ton a perdu toute animosité. C'est un conseil qu'il me donne, comme à un ami qu'on va perdre.

— Ne l'affrontez pas. Ne le provoquez pas. Vous n'êtes pas de taille. Restez loin de lui et faites-vous oublier.

— Ce fumier !

— Et de grâce, s'il vous plaît, ne revenez plus à la maison.

Et il referme la porte sans plus oser me regarder.

Plus tard dans l'après-midi, à l'heure habituelle, je rejoins l'avenue et la terrasse du Bar Internacional. Tout le monde est là, Angèle aussi cette fois. Je les salue, commande une bière, et trouve une place à côté d'Everaldo. La conversation est anodine, entrecoupée de longs silences. Chacun attend que je pose la question, mais je n'en fais rien. Mon silence contrarie l'arrangement des choses et personne ne sait comment le prendre. Santana fixe en souriant mon visage fermé par la colère et prend la conversation en main.

— Des nouvelles de Lúcia ?

— Pardon ?

— Café, votre amie, son vrai nom c'est Lúcia. Lúcia de Andrade. Vous avez de ses nouvelles ?

— Non, dis-je sans le quitter des yeux. Mais je suppose que vous en avez, vous ?

— Eh bien non ! Je pensais qu'elle vous en aurait donné dès son arrivée à São Paulo. Vous saviez qu'elle était partie pour São Paulo, n'est-ce pas ?

Je me retiens de frémir. Je contiens ma surprise pour ne rien laisser paraître de ma colère, et chacun s'en étonne en silence, sauf Santana qui n'est pas dupe.

— Oui, je le savais, et non, elle ne m'a pas encore donné de nouvelles. Mais c'est vous qui lui avez recommandé de ne pas le faire, n'est-ce pas ?

Santana ne laisse paraître aucune surprise à son tour. Mon mensonge et mon aplomb ne le désarçonnent pas. Ils le flattent. Il aime ma bravade et c'est ce qui m'inquiète aussitôt.

— Elle vous en donnera, j'en suis sûr. Il faut reconnaître que son départ a été un peu précipité. Par chance Antônio a pu lui prêter la somme nécessaire pour son billet. Je crois bien que la petite n'avait jamais pris l'avion !

C'est cet idiot d'Everaldo qui met le feu aux poudres. Il se tourne vers moi, naïvement intéressé, et pose la question qu'il ne fallait pas :

— Qu'est-elle allée faire à São Paulo ?

— C'est à l'inspecteur qu'il faut le demander, je réponds sans pouvoir me retenir. C'est lui qui décide où vont et ce que font les gens d'ici, n'est-ce pas ?

— Holà ! répond Santana sans se défaire. Voilà beaucoup d'insolence en peu de mots, monsieur !

— Elle est partie travailler chez un ami, intervient Sebastião pour désamorcer la situation. Il cherchait du personnel pour un hôtel qu'il vient d'ouvrir. C'est une opportunité que Lúcia ne pouvait laisser passer. Elle sera femme de chambre, je crois.

— C'est un métier qui lui convient parfaitement ! provoque cette fois Santana d'un ton méchant.

— Femme de chambre ? Ça me surprend beaucoup ! dis-je en me levant. J'ai toujours pensé que son métier c'était de faire la pute et que vous étiez son souteneur !

Et je quitte la terrasse de l'Internacional dans un silence figé par la peur. Santana me fixe avec une cruauté satisfaite. Je sais qu'il vient d'obtenir de moi ce qu'il attendait. Les autres me plaignent déjà du regard. Everaldo semble désolé, et Angèle a les larmes aux yeux.

Comme je m'éloigne sans me retourner, j'entends l'inspecteur s'excuser auprès de l'assistance et prendre congé. Je devine qu'il se lève et me suit, mais je me force à ne pas presser le pas. Quelques secondes plus tard, il est à mes côtés et me prend par le bras, écrasant mon coude d'une poigne que je ne lui soupçonnais pas.

— Veuillez me suivre s'il vous plaît, sans résistance de préférence.

Aussitôt une voiture se glisse le long du trottoir et Santana me pousse fermement à l'intérieur. Quand il claque la porte sur moi et donne l'ordre de redémarrer, j'aperçois dehors tous les passants qui se forcent à n'avoir rien vu.

Escola Militar, Cuiabá

Août 1976

J'attends Santana depuis trois heures, dans une grande salle au sous-sol d'une caserne. Un soupirail borgne éclaire au ras du plafond. Il n'y a pas d'autre meuble qu'une chaise inconfortable. Il manque un tampon de caoutchouc à un des pieds métalliques. La chaise boite au moindre mouvement. Soit je m'appuie contre le dossier et elle se stabilise en arrière, soit je me penche légèrement pour qu'elle repose sur les pieds de devant. Au rythme de mon ennui et de mon impatience, je bascule d'une position à l'autre. Je n'ai pas vraiment peur. Je n'ai rien fait d'autre que d'avoir été insolent. Je risque peut-être d'être un peu bousculé. Plus probablement d'être expulsé. Je suis étranger. Je suis français. D'autres Français ont été témoins de ce que Santana refuse d'appeler mon arrestation mais qui y ressemble fort. Il n'osera pas. Pourtant Paul me l'a dit : « Méfie-toi, ces pays sont capables de tout. » Alors, insidieuse, la peur cherche à s'immiscer en moi et moi à la contenir. Quand la porte s'ouvre brusquement, je sursaute sur ma chaise qui claudique.

— Là ! dit Santana en me désignant aux deux soldats qui le suivent.

Les hommes entrent et posent une petite table devant moi. Santana tient une chaise par le dossier et vient s'installer à la table. Les deux soldats restent au garde-à-vous dans mon dos, puis Santana les congédie d'un geste.

— Vous m'excuserez, dit-il en posant un mince dossier sur la table, des détails à vérifier.

— Non, dis-je d'un ton faussement assuré, cette attente fait partie de votre jeu, n'est-ce pas, histoire de me déstabiliser avant votre interrogatoire. Comme le choix de la chaise branlante.

— Vous croyez que le choix de la chaise était volontaire ?

— Bien sûr, « pression psychologique », c'est comme ça que vous dites chez les flics, non ?

— Eh bien vous avez tort. Le coup de la chaise est bien plus qu'un moyen de déstabilisation. C'est en fait le début d'un moyen de torture physique et psychique. Les muscles de votre dos régissent l'équilibre de votre corps. Le but de cette petite torture, c'est de les fatiguer plus vite que votre résistance psychique. Encore une heure ou deux, et votre dos va devenir douloureux. Vous n'aurez plus de tenue. Votre ego se vexera de vous voir ainsi avachi devant moi alors que votre esprit me résistera encore. Ou bien votre esprit s'emploiera à trouver la bonne position pour atténuer la douleur et oubliera de biaiser vos réponses à mes questions. Dans les deux cas vous perdrez peu à peu le contrôle. Si vous étiez déjà passé dans nos services, vous sauriez que cette technique implique que nous avons opté pour un interrogatoire très long et sans repos pour vous.

— Très bien ! Alors je dois me considérer dans quelque chose comme une garde à vue, c'est ça ?

— Pas du tout, répond-il sans état d'âme. Vous êtes en détention de la façon la plus arbitraire qui soit, dans le secret du sous-sol d'une caserne militaire, et aucun droit ne vous est garanti.

Curieusement je n'arrive pas à paniquer. La seule peur qui me prend, c'est celle de ce calme provocant que j'affiche presque malgré moi face à ce flic. Et je me pose aussitôt la question de savoir si ce n'est pas lui qui le conditionne aussi. Comme dans tout ce qui va suivre, je vais me demander chaque fois si ce que je fais n'est pas exactement ce qu'il veut que je fasse.

— Je suppose que j'ai dû commettre un bien grand crime pour en arriver là !

— Si vous voulez, répond Santana dont l'œil se fait plus dur. Je peux donc noter que vous venez d'avouer avoir commis je cite « un bien grand crime ».

— Je vous en prie, Santana, ne sortez pas ce mauvais jeu, c'est plutôt médiocre de votre part.

— D'abord vous m'appelez « monsieur l'inspecteur ». Ensuite ce n'est pas un jeu. Loin de là. Vous êtes un étranger à quinze mille kilomètres de chez lui et à trois mille kilomètres de son ambassade. Moi je suis inspecteur de la police fédérale, dans mon pays, dans ma ville, dans ma caserne. J'ai une arme et pas vous. J'ai des amis et vous n'en avez plus depuis qu'ils m'ont vu vous arrêter. Je peux sortir, manger, dormir, boire, faire revenir Lúcia pour la baiser ou baiser Angèle avant de l'expulser. Vous voulez vraiment jouer ?

— Non, vous avez probablement raison. Alors venons-en au fait et finissons-en !

Mais Santana se lève en empoignant sa chaise et son dossier et aussitôt les deux soldats entrent à leur tour pour emporter la table.

— Il va falloir que vous finissiez par comprendre qui, ici, décide de ce que nous faisons et de quand nous en avons fini. Nous verrons donc ça plus tard. Donnez-moi votre montre.

À en croire le vasistas, il fait déjà nuit dehors. Je reste quatre longues heures debout contre le mur, ou à marcher de long en large à me fatiguer les jambes pour ne pas me fatiguer le dos sur la chaise. Je suppose du moins que mon attente dure aussi longtemps puisque je n'ai plus de montre. Quand la porte s'ouvre sans prévenir, un soldat vient droit vers moi, me saisit par le bras, et me tire hors de la pièce pour me pousser dans une salle en tous points identique à celle dont il m'a extirpé. Il manque le même embout de caoutchouc à un des pieds de l'unique chaise. Plus tard, je suis endormi depuis longtemps à même le sol quand un autre soldat me réveille d'un coup de pied et me ramène dans la pièce précédente où je ne retrouve plus le sommeil. J'y reste un temps indéfini avant que le même soldat que la veille vienne m'en sortir à nouveau sans un mot. La tête me tourne un peu parce que je n'ai rien bu ni mangé. Je passe de longs couloirs, traverse des paliers, pousse des portes pour éviter que le soldat ne m'y cogne et soudain le soleil m'aveugle. Je suis dans une cour au sol carrelé, entre quatre murs blancs qui font comme un four. Santana est assis sur une chaise dans le seul coin à l'ombre, son mince dossier sur les genoux. Je me demande comment il peut supporter son costume blanc sous une telle chaleur. Le militaire sort et je reste debout sous le soleil. Mon dos est tout endolori et mon ventre gargouille de façon obscène.

— Vous militiez à la Gauche prolétarienne en 1968, n'est-ce pas ? Vous étiez trotskiste ? Maoïste ?

— Vous n'y êtes pas, inspecteur. J'étais à la faculté de droit. J'ai commencé les manifestations dans le service d'ordre du PSU, par amitié, et j'ai fini dans le Mouvement des jeunes gaullistes par curiosité. Mais c'est vieux. Ça fait cinq ans déjà.

— Votre père était ouvrier chez Renault. CGT ? Communiste ?

— Mon père était…

— Peu importe, ce n'est pas intéressant. Que savez-vous de Sebastião Ortiz ?

— C'est un de vos amis. On le dit riche, et si j'ai bien compris il est propriétaire du Balneário. Je ne sais pas d'où il tient sa fortune.

— Quels sont vos rapports avec lui ?

— Il a mis son avion à notre disposition pendant l'expédition. Ou plutôt c'est vous qui lui avez demandé de le faire.

— Vous connaissez sa fazenda de Cáceres ?

— Non.

— Vous y êtes allé ?

— Puisque je ne la connais pas.

— Vous aimeriez y aller ?
— Pourquoi pas, s'il m'y invite.
— Vous avez une maîtresse en ville ?
— Pardon ?
— Cette façon de répondre à une question par une autre question révèle toujours un malaise à gérer une vérité qu'on veut cacher. Je répète ma question : vous avez une maîtresse en ville ?
— Café ! dis-je, assez fier de moi.
— D'après vos propres termes Lúcia de Andrade n'est qu'une prostituée, je parle d'une maîtresse.
— Non seulement vous déformez mes propos, mais de plus ça ne vous regarde pas.
Santana se lève sans rien dire et sort de la cour en emportant sa chaise. Un soldat le remplace aussitôt dans son coin d'ombre pour m'empêcher d'en profiter.

Le soleil cogne et les murs blancs m'aveuglent. Mon dos est meurtri, mes jambes fatiguées, mais quand j'essaye de m'asseoir, le soldat claque la culasse de son fusil avec tant de violence que je me raidis aussitôt au garde-à-vous. Je n'ai plus aucune notion de l'heure. Je suppose que le soleil est déjà celui d'un autre matin bien entamé. Très longtemps après, un garde vient relever le premier, puis un autre qui, lui, me laisse marcher un peu sans pourtant m'autoriser à m'asseoir. Quand Santana revient avec sa chaise et son dossier, le soleil a changé de côté, ma tête bourdonne et j'ai mal derrière les yeux. Mais je n'en montre rien.
— Normalement, à ce stade, votre tête bourdonne

et les yeux vous font mal de l'intérieur, explique Santana. Alors il ne tient qu'à vous de terminer tout ça au plus vite. Donc Angèle est votre maîtresse ?

— Je n'ai jamais dit ça !

Il se relève aussitôt et emporte sa chaise, commandant d'un geste au soldat de lui ouvrir la porte.

— Attendez, attendez ! Si ça peut vous faire plaisir, oui, Angèle est ma maîtresse.

— À la bonne heure ! Mais soyez plus précis : elle l'est ou elle l'était ?

— Elle l'a été. Je ne sais plus très bien ce qu'il en est aujourd'hui.

— Diriez-vous qu'elle est aujourd'hui celle d'Everaldo da Souza ?

— Je suppose.

— Vous *supposez* ?

— Oui.

— Très bien, lâche Santana en écrivant quelque chose dans son dossier avec un crayon à papier qu'il a sorti de la pochette de sa veste blanche. Vous savez ce qu'est un titre froid ?

— Oui.

— Qu'est-ce que c'est ?

— Un titre de propriété établi sur des surfaces de plusieurs milliers d'hectares sans en préciser exactement les coordonnées. Ça permet au propriétaire de jeter son dévolu légalement sur une terre dès qu'on y découvre quelque chose ou qu'un projet important va s'y développer.

— Diriez-vous que c'est une fraude ?

— C'est une pratique courante dans votre pays.

— Diriez-vous que c'est une fraude ?

— Ça en serait une dans mon pays.

— Connaissez-vous Antônio Peixoto ?

— Oui.

— Qui est-ce ?

— L'homme qui paye votre bière chaque jour au Bar Internacional et je ne sais quoi d'autre encore.

Santana fait à nouveau mine de s'en aller mais je le prie cette fois de rester en m'excusant. Je suis furieux de tomber ainsi dans son jeu. Je sais que le feu roulant de ses questions n'a pour seul but que de me pousser à l'imprudence. De le mettre ainsi en position de me punir, et de me rabaisser en me forçant à quémander son indulgence.

— C'est un ami de Sebastião Ortiz, dis-je plus docilement.

— Avez-vous l'intention de participer à la réalisation d'un film sur les Indiens Kaiowás pour le compte d'une équipe de la télévision anglaise à qui l'autorisation de filmer a été refusée et qui vous a fourni deux bobines de film 16 mm et deux mille dollars d'avance pour le faire ?

— Non.

— Vous êtes sûr ?

— Je n'ai jamais rencontré de cinéastes anglais.

— Quelqu'un d'autre peut-être ?

— Quelqu'un d'autre peut-être.

— Depuis quand connaissez-vous le représentant de la Société minière à Cuiabá ?

— Depuis que vous vous êtes arrangé pour que je le rencontre, dis-je en me maudissant de ne pouvoir maîtriser mon insolence.

La tête me tourne. Mes jambes sont lourdes et mes

chevilles enflées. Il me semble même que ma langue gonfle dans ma gorge tant j'ai soif.

— Moi, j'ai arrangé cette rencontre ? fait mine de s'étonner Santana.

— Oui, l'après-midi où nous étions au Bar Internacional. Vous avez pris soin de demander tout haut à Everaldo, devant toute l'assistance, de passer dans vos bureaux pour au moins deux heures. D'abord j'ai cru que vous vous faisiez mon complice pour l'éloigner d'Angèle et me permettre de la revoir en tête à tête. Quand, plus tard, j'ai appris que vous aviez invité Angèle à se joindre à vous, j'ai compris que vous vouliez en fait que je rencontre Éric. Je suppose que vous aviez prévu de nourrir ma jalousie désespérée de sa violence suicidaire, de nous conduire ainsi jusqu'au Balneário, d'y exposer ma déchéance aux yeux de toute la ville en général et d'Angèle en particulier, et de m'offrir Café en consolation de ma perdition. C'est bien ce qui s'est passé, n'est-ce pas ?

— C'est à peu près ça, reconnaît Santana sans aucune gêne. À propos, savez-vous quel bâtiment se trouve de l'autre côté du jardin des bureaux de la Société minière ?

— Oui, c'est une prison.

— Vous y connaissez des prisonniers ?

— Non.

— Pas un seul ?

— Pas un seul.

— Le nom de Pinheiro ne vous dit rien ?

— Ah si, en effet. Ilton Pinheiro, mais seulement de nom…

— Qui vous en a parlé ?

— Everaldo da Souza…

Je vacille aussitôt en réalisant que je viens de dénoncer Everaldo. Je viens de donner un homme à la police d'une dictature. Santana m'a amené exactement où il voulait et ce n'était juste qu'un petit interrogatoire. Un tout petit interrogatoire. Ça n'a pas été plus difficile pour lui qu'une simple partie de ni oui ni non. Et je suis tombé par vanité, par arrogance, par prétention dans le premier misérable petit piège venu. Le vertige de ce que je viens de faire me saisit la nuque et je suis sur le point de tomber. J'ai perdu, et il n'y a plus de honte à quémander.

— Est-ce que je peux m'asseoir s'il vous plaît ?

— Mais bien sûr, je vous en prie ! répond Santana dans un excès de politesse.

Aussitôt, sans même un signe de l'inspecteur, un soldat pousse la porte et pose une chaise derrière moi avant de disparaître. Je m'assieds avec prudence pour ne pas céder au vertige pendant que Santana rappelle son homme et lui demande un verre d'eau pour moi.

— Vous voyez comme c'est facile ? dit-il alors, en s'excusant presque. Vous ne pouviez pas résister. La chaise au début vous a sapé physiquement sans que vous vous en aperceviez. Puis quand je vous l'ai expliqué, c'est votre force psychique que j'ai ébranlée. Vous avez commencé à faire attention à votre fatigue, à surveiller la douleur, ce qui n'a fait que l'amplifier. Puis je vous ai fait perdre le repère du temps et je vous ai laissé croire à votre résistance. Le soleil n'y est pour rien. C'est vous qui avez décidé qu'il fallait y résister, et les efforts que ça vous a demandés vous ont empêché de vous concentrer sur le feu désordonné de mes questions. Alors vous avez fini par me dire ce que je voulais entendre et que je savais déjà. Vous voulez savoir depuis quand je savais que vous craqueriez ?

Je fais signe de la tête que ça ne m'intéresse pas, mais Santana continue :

— Mon homme vous empêchait de vous asseoir, mais moi je ne vous l'ai jamais interdit. Quand je suis revenu, vous auriez dû me le demander, mais votre jugement était déjà altéré et vous étiez déjà soumis. C'est vous qui avez décidé que je l'avais ordonné, mais un homme fort ne se serait pas résigné à l'exigence d'un simple soldat, il se serait assis en ma présence. En fait je savais votre faiblesse depuis bien plus longtemps encore. Depuis notre rencontre, même. Vous n'êtes pas le genre d'homme à avoir beaucoup de courage. Vous êtes plutôt du genre à vous trouver toutes les excuses pour céder. Il est passé dans ces murs des gens bien plus simples et tout aussi coupables que vous qui ont résisté plus longtemps. Bien plus longtemps. Il s'en est même trouvé quelques-uns pour me résister jusqu'au bout. Je suppose qu'un jour vous raconterez fièrement avoir été torturé, mais même si nous ne nous revoyons jamais, vous et moi saurons toujours qu'il n'en a rien été. Vous avez cédé avant même la première menace, sans aucune violence, et vous m'avez dénoncé un homme sans que j'aie eu à vous y forcer, par la seule peur de ce qui pourrait advenir de votre petite personne arrogante.

— Alors c'est da Souza que vous vouliez ?

— Da Souza, mais pourquoi en voudrais-je ? Je l'ai déjà depuis longtemps ! Avant même que vous n'arriviez ici je savais qu'il viendrait et ce qu'il voulait faire. Ces hommes-là, il faut les contrôler. Ils ont tendance à ne pas trop s'inquiéter des dommages collatéraux de leurs obsessions. Regardez ce qui vous arrive par sa faute. S'il n'était pas devenu l'amant de votre maîtresse, vous ne seriez pas dans les sous-sols de cette caserne.

— Que voulez-vous dire ?

— Où habite Angèle ?

— À la Société minière.

— Dont les jardins donnent sur ?

— La prison ! La prison où est enfermé Pinheiro. C'est pour ça qu'il a choisi Angèle ?

— Allez savoir ! Peut-être souhaitait-il se rapprocher de Pinheiro. Peut-être voulait-il lui faire passer un message. Ou en recevoir un. Ce genre de journaliste oserait tout pour une exclusivité dans un beau quotidien de la côte.

— Vous allez l'arrêter ?

— Pourquoi le ferais-je ? Il n'a encore rien fait. Il n'a rien détruit, à part vous, bien sûr. Vous avez une idée un peu caricaturale de la dictature, vous savez. Il ne fera pas de mal à ce pays parce que je suis là pour l'en empêcher. Mais vous, vous êtes trop faible pour vous défendre.

Chaque seconde m'humilie. Chaque politesse m'avilit un peu plus. Santana se propose de me raccompagner sans me laisser le choix de refuser. Nous roulons à travers la ville, silencieux, et j'ai la nausée d'avoir si lamentablement cédé. Je lutte pour ne pas pleurer devant lui qui le devine d'un seul regard. Il me fixe, sans gêne, comme on regarde s'effondrer quelque chose de fragile dans lequel on a juste donné un coup de pied. Un château de sable, un pan de neige, un ivrogne. Partout où j'ai habité, il me dépose, entre avec moi, et me regarde rassembler mes effets dans la précipitation. C'est une humiliation calculée. Je suis comme un élève qu'on renvoie de son pensionnat sous le regard des autres, puni et honteux.

Corumbá

Août 1976

Rua Barão de Melgaço, Angèle est là. Est-ce que Santana a aussi manigancé ça ? Quand j'entre, le bras tenu par l'inspecteur, elle n'en croit pas ses yeux. Elle ne dit rien et cache son visage dans ses mains, ne me regardant qu'à travers ses doigts tremblants. Elle reste loin de nous. Quand je trouve sous un meuble du linge d'une intimité révolue, la colère me prend et j'éclate en sanglots. Angèle tourne aussitôt le dos. Everaldo sort alors de la douche, plus étonné de la présence de Santana que de la mienne, une serviette blanche nouée sur sa nudité bedonnante, et je lui jette à la figure le premier objet venu, qu'il parvient à éviter. Sa serviette tombe et il reste nu, interdit devant nous, puis court dans la chambre en claquant la porte.

Santana a aboyé un ordre et me plaque au mur, la joue écrasée contre le plâtre et le bras tordu par une prise policière. Il m'ordonne de me calmer. Me menace du pire si je recommence. Je fais signe de la tête que j'ai compris et il relâche sa prise. Puis il fait quelques pas en arrière pour se replacer exactement à l'endroit où il était.

— Dépêchez-vous s'il vous plaît !

Je fuis la vue d'Angèle qui ne me regarde plus. Santana me surveille et Everaldo m'épie par la porte entrebâillée.

— Je n'ai pas besoin du reste, dis-je soudain, nous pouvons y aller.

Santana me suit en trouvant le temps de s'excuser avec galanterie auprès d'Angèle. Il n'a pas un mot pour Everaldo.

Dehors l'air moite pèse aussitôt sur mon corps épuisé. Je jette mon sac sur la banquette arrière et me glisse dans la voiture sans attendre l'ordre de l'inspecteur qui m'y rejoint sans un mot. Je n'ose pas me retourner pour voir si Angèle sort pour me regarder disparaître. J'espère son désarroi, sa honte, sa culpabilité, mais j'imagine aussitôt Everaldo qui la console et à qui, par lassitude ou par chagrin, elle s'abandonne avec mollesse d'abord, puis avec colère, pour m'oublier et se forcer à ne plus penser furieusement qu'à lui.

Une demi-heure plus tard, le chauffeur engage la voiture le long de la piste en herbe d'une fazenda inconnue. Sebastião est là, près de son avion que Zé inspecte pour le décollage. Santana me fait descendre et je ne sais même plus s'il faut saluer Sebastião. Le chauffeur sort déjà mon sac que Zé jette aussitôt à bord de l'avion.

— M. Ortiz descend à Corumbá pour ses affaires. Il s'est proposé de vous y accompagner. Un de mes hommes vous attendra sur la piste, là-bas. Vous arriverez trop tard pour passer la frontière ce soir. Il repassera vous prendre à votre hôtel demain matin à la première heure. Dites-lui où vous voulez aller. Il parlera aux militaires de la frontière.

Sebastião est silencieux et sévère. Il a gagné et cherche à le montrer sans avoir à le dire. Il se venge de ce que je sais de lui mais se fait humble et patient, comme le pion compatissant qui s'apprête à escorter jusqu'à la sortie l'élève exclu qu'il a dénoncé.

Zé démarre le moteur et l'hélice s'efface en soufflant un vent chaud dans une bouffée d'huile brûlée. Santana pose une main dans mon dos et me pousse un peu à l'écart.

— Suivez-moi… Je voulais vous dire en privé qu'à titre personnel, je regrette ce qui vous arrive. Si vous voulez bien d'un conseil, passez plusieurs frontières. De Corumbá allez soit en Bolivie, soit au Paraguay. Évitez l'Argentine qui est loin d'être un pays sûr en ce moment pour un expulsé du Brésil. Il se passe là-bas des choses terribles que vous ne pourriez pas supporter une seule seconde. Préférez la Bolivie, puis le Paraguay, et revenez en Bolivie. Entre nous, rien ne vous empêchera alors de rentrer à nouveau au Brésil. Votre nouveau visa vous donnera trois mois de résidence. Un temps suffisant je pense pour organiser un vrai départ pour ailleurs ou un retour en Europe. Bien entendu, je ne vous ai rien dit de tout ça. Mais si vous avez des ennuis à la frontière, demandez qu'on m'appelle.

Il me tend alors une carte de visite du bureau de la police fédérale et, comme je pense qu'il veut me serrer la main, j'écarte vivement la mienne. Mais il retient mon bras avec force.

— Ne faites pas l'enfant, et suivez mes conseils !

Un orage démesuré s'est emparé du ciel. Une nuit diurne obscurcit bientôt tout le paysage. Tout au bout de la piste, des nuages mauves essorent de leurs rouleaux un horizon délavé. Seule s'embrase au ras des terres une fine bande de ciel irradié et du fond de l'horizon jaillissent des couleurs rasantes qui dessinent aux hommes et aux choses immobiles de longues silhouettes en éventail. Pas une seconde pourtant je n'ai peur de m'envoler, malgré le regard inquiet de Zé qui surveille les nuages. C'est comme si je ne méritais plus d'avoir peur de rien. J'ai cédé à tout, et j'ai tout perdu. Je ne suis plus rien en cet instant, et que l'avion s'abîme dans la tempête m'importe peu tant j'ai de mépris pour moi-même. Sebastião semble lui aussi indifférent au chaos boursouflé qui nous surplombe. Le monde paraît écrasé par les cieux.

Santana me tape sur l'épaule encore une fois et s'en va sans rien dire. Quand je vois la voiture courir au loin dans l'herbe, ses phares contre l'orage et ses chromes allumés de reflets, je pense simplement que l'image est belle. Une image de voyage aux couleurs improbables. Sebastião reste quelques instants immobile à regarder la voiture puis monte en silence à bord de l'avion. Zé attend aux commandes, casqué d'écouteurs, une oreille dégagée pour ausculter le moteur. Je regarde l'orage qui pleut au loin sur Cuiabá, puis je monte à mon tour dans la carlingue qui s'ébroue, s'aligne, et court sur l'herbe frissonnante.

L'engin obstiné lutte contre des vents noirs. De temps à autre la grêle crible ses ailes. Au-dessus, c'est la houle d'un océan à l'envers qui pousse ses tempêtes vers le nord. Au sud, l'horizon se dégage et s'illumine soudain devant nous comme un nouveau matin. Déjà nous survolons le Pantanal dans la lumière rasante d'un air clair lavé par la pluie. C'est un moutonnement d'or et de verdure déchiré de flaques miroitantes grandes comme des étangs. Des garces blanches décollent à notre survol. Des animaux rassurés et ivres de liberté courent sur les reflets du ciel dans des écumes d'éclaboussures. Sur les rives de boue rouge, les jacarés pesants se hissent hors de l'eau. La splendeur de ces paysages me prend le cœur tant j'ai aimé, il y a quelque temps à peine, les parcourir. Et voilà que je dois aujourd'hui les fuir. Assis à côté de moi, Sebastião ne s'en émeut pas. Il fixe devant lui le dos du pilote et, de temps en temps, se tourne vers moi pour river sur moi un regard si détaché que je n'ose pas me tourner vers lui pour l'affronter.

Je repense aux paroles d'Éric et à ces hommes qui tuent sans émotion. Sebastião pourrait très bien, sans témoin, me jeter aux jacarés depuis l'avion. Il se dit des choses aussi horribles que ça à propos de disparitions pas plus loin qu'en Argentine. Il y aura peut-être combat dans l'habitacle. Sebastião est petit et rondouillard, mais je n'ai aucune idée de sa force. Je devine par contre celle de sa détermination. Peut-être qu'il sortira une arme et me tirera dans les côtes pour me forcer à lâcher prise. Ou peut-être que Zé est armé et que c'est lui qui me tirera dans l'épaule pour me faire basculer. J'espère qu'il aura dans les yeux les larmes de celui qui est forcé à le faire. Je tomberai alors dans l'air frais d'après l'orage, sans peur, sans cri, surpris de mon propre étonnement, à profiter de l'air qui sifflera à mes oreilles, de la fraîcheur du soleil nouveau sur ma nuque, de la perspective de l'avion qui s'éloignera au-dessus de moi flottant dans les airs sur le dos. Je m'imagine nourrissant mon âme une dernière fois de l'indicible beauté de ce paysage et me regardant avec stupeur tomber en lui. Jusqu'à l'impact dans l'eau froide et la boue tiède où la morsure des caïmans, apeurés puis revenus, me déchirera soudain le ventre dans un jaillissement de sang qui affolera les piranhas.

La vision m'arrache un cri d'effroi qui ne surprend même pas Sebastião. L'image de ma mort se perd aussitôt dans le vrombissement obstiné du moteur et le lent défilement du marais. Même s'il l'a sûrement imaginée, Sebastião ne semble pas l'avoir planifiée. Il semble en fait n'avoir aucun intérêt pour moi. Quand l'avion se pose sur une piste discrète qui borde une route en terre, loin au sud de Corumbá, il descend sans un regard, monte dans une voiture qui l'attend, et part aussitôt sans un mot, tandis que Zé pivote son avion et repart lui aussi après avoir jeté mon bagage à terre. En quelques secondes je suis seul au milieu de nulle part, dans le soir qui vient soudain, mon sac à mes pieds.

Tapie dans les bois qui bordent la route en latérite, de l'autre côté de la piste, une jeep allume soudain ses phares et bondit vers moi. À chaque ornière, les rais de lumière jaune m'aveuglent et percent derrière moi la nuit. L'homme qui la conduit me fonce droit dessus, mais je reste immobile, comme un animal sidéré pris dans les phares d'un braconnier. Il est peut-être celui qui est chargé de me renverser et d'abandonner mon corps désarticulé. Peut-être n'aura-t-il même pas besoin de s'arrêter. Allongé sur le dos, le cou brisé sur le côté, je regarderai alors, paralysé, le rougeoiement des feux arrière embraser par pulsations irrégulières les herbes folles avant de disparaître, filant vers la ville, aspiré par le faisceau jaune de ses phares. Et je resterai là, brisé mais sans douleur, abandonné dans la nuit, à regarder s'étoiler le ciel pendant qu'un froid mortel se glissera en moi jusqu'à l'immobilité absolue de l'intérieur. Jusqu'à ma toute dernière pensée. Jusqu'à la dernière vision de ce monde si beau et qui continuera à l'être sans moi.

Mais la jeep s'arrête à mes côtés et l'homme en uniforme, sans un mot, attend que je monte. Puis il repart aussitôt vers Corumbá dont on devine le halo orangé des lumières au-delà de la forêt. Fatigué de ma propre paranoïa et des événements qui me bousculent, je laisse faire l'homme sans plus m'inquiéter de ma destination. Il a de toute évidence reçu des ordres et lance bientôt la jeep à l'assaut des ruelles de Corumbá jusqu'en haut des remparts. Il s'arrête enfin devant l'hôtel, me fait signe de descendre et de ne pas oublier mon sac, puis me tend une clé.

— Deuxième étage, porte au fond à droite. Demain à sept heures. Donnez-moi votre passeport.

Il me confisque le document, démarre et disparaît, et une autre torture commence aussitôt quand je reconnais l'hôtel : cette chambre, c'est celle où j'ai imaginé aimer Angèle.

Dès que je pose mon sac sur le parquet de bois, son corps nu et blanc habite la pénombre de la pièce silencieuse. Je n'ose pas allumer. La clarté froide d'une lune verte lisse la surface des meubles cirés. Angèle est debout contre le mur, les jambes écartées aux caresses qu'elle attend, la tête en supplique sur le côté. Elle a au front ce petit plissement entre les sourcils, celui d'une douleur attendue et d'une surprise exacerbée qui la font geindre. Elle est sur le lit dans le désordre des draps qu'elle déchire de ses dents. Elle est à genoux sur moi à même le parquet ciré. Elle est sous l'eau tiède de la douche à mes mains savonnées. Elle est entre mes jambes, dans mon dos, sur mon ventre, contre ma bouche…

Elle est surtout loin de moi et moi tout seul dans cette pièce misérable, et Corumbá n'est qu'un petit port empuanti des eaux stagnantes d'un marécage où se décomposent les charognes des zébus emportés par les eaux, avec tout autour un pays violent qui me rejette vers d'autres pays plus violents encore.

Je me jette dans les draps et le sommeil mais le corps mouillé de sucs et gémissant d'Angèle déchire chacun de mes rêves jusqu'au petit matin. Quand le policier frappe à ma porte, je n'ai pas dormi. Une heure plus tard, je suis en Bolivie.

San Matías, Bolivie

Octobre 1976

Le gamin dans sa guérite me regarde venir depuis longtemps dans le vacarme de la forêt qui se réveille. La piste est droite sur une dizaine de kilomètres depuis San Matías. Elle ne bifurque vers l'est que quelques centaines de mètres à peine avant la barrière à bascule qui protège le Brésil des invasions misérables et que le gamin en uniforme a pour mission de protéger. Il a dû passer la nuit endormi et mal assis à empêcher des contrebandiers qui connaissent tous les sentiers de contourner le poste-frontière. Il n'y a que lui, et moi qui arrive à pied de l'autre côté. Il s'est redressé pour m'observer dès qu'il m'a aperçu, et je suppose qu'il s'inquiète de me voir venir à lui sans me cacher. Mais la piste est si droite et je viens de si loin qu'il se lasse et me laisse arriver jusqu'à lui sans plus d'intérêt.

Il est très tôt et je marche depuis l'heure des serpents, un peu avant l'aube. J'en ai vu beaucoup sur le chemin. Des *cascavéis* endormis que mon pas lourd et prudent a réveillés et qui ondulent vite fait dans les herbes sur le côté en agitant leur grelot d'écailles mortes. Un long et gros *sucuri* qui finit de disparaître au loin dans un taillis. Un serpent-chien idiot qui s'est précipité sur moi et que j'ai assommé d'un coup de bâton. Et puis soudain tous les oiseaux bariolés du monde se réveillent dans un joyeux désordre qui petit à petit s'organise et s'ordonne. Alors les premiers rais de soleil percent la forêt et la journée s'annonce belle. Je pense à une marche innocente au paradis et quand enfin j'atteins la barrière du poste-frontière, le jeune soldat découvre sur mon visage un sourire heureux qui le désarçonne.

Il pensait me faire peur, avec son uniforme et son fusil. C'est ce à quoi il a été formé. Mais son visage poupin est perturbé par ma présence à cette heure inattendue. Quand je lui tends la main, il la serre en bredouillant un *Bom dia* maladroit au lieu de prendre mon passeport. Il se ravise et examine aussitôt avec application le tampon de sortie de Bolivie sur la page de droite, et le visa d'entrée sur la page de gauche. Puis il remonte aux pages précédentes. S'abîme dans la contemplation du visa de sortie du Paraguay, et en face du visa d'entrée qui lui correspond. Il remonte encore une page en arrière et mon sourire se fige. Mais je devine à la façon dont il examine les pages qu'il n'y comprend rien et que probablement il ne sait pas vraiment lire. Il regarde les visas d'entrée et de sortie de Bolivie, revient aux premières pages pour les comparer, essaye de lire les dates, me regarde comme pour obtenir une réponse, et ne sait plus quoi faire. Puis il abandonne l'idée de remonter plus loin dans le temps et ne voit pas la page sur laquelle Santana a écrit les mots notifiant mon expulsion.

Il garde mon passeport ouvert sur les premières pages vierges disponibles, jette un coup d'œil à la piste comme si d'improbables visiteurs pouvaient encore surgir, et me fait signe de le suivre vers un baraquement propret aux couleurs du Brésil, un peu en retrait de la piste. Par la fenêtre ouverte, il se penche à l'intérieur et saisit sur un bureau rangé avec rigueur un tampon encreur dont il règle la date. Les molettes résistent et il se tache les doigts en faisant mine de ne pas s'en apercevoir. Puis il s'essuie sur son uniforme et tamponne mon passeport d'un nouveau visa d'entrée au Brésil. Me voilà de nouveau en règle pour trois mois comme me l'a conseillé Santana. Je quitte le gamin en uniforme sans lui serrer la main parce qu'elle est maculée d'encre et ça nous fait rire.

Une centaine de mètres plus loin, la piste tourne sur la gauche et je sais qu'à partir de là elle court vers le sud sur vingt kilomètres pour rejoindre la route asphaltée où un bus m'emmènera jusqu'à Cáceres d'abord, puis Cuiabá.

Cuiabá

Octobre 1976

Les flamboyants égratignent le bleu du ciel. Des rais de soleil en traversant les feuillages maculent d'ombre et de lumière les tables où moussent les bières. Une feuille tombe en lente pirouette sur l'épaule de Sebastião qui me regarde sans rien dire. Tout le monde me regarde. Les habitués du Bar Internacional comme les passants. Tout le monde connaît mon histoire mais personne n'ose me saluer. C'est Santana qui se lève, réclame une chaise pour moi et m'invite à me joindre à eux. Quand le serveur, inquiet, apporte ma bière, l'inspecteur cogne sa bouteille à la mienne et me souhaite la bienvenue comme s'il ne m'avait jamais expulsé.

Les langues alors se délient avec prudence et on s'enquiert de mon voyage, comme si je ne faisais que rentrer d'un long congé. Everaldo n'est pas là, Angèle non plus, mais je me garde bien de demander après eux. Je cherche juste à deviner quelques indices dans la conversation. C'est Santana qui encore une fois, volontairement, vend la mèche au détour d'une phrase. On suppose qu'Everaldo est en forêt. Sebastião a mis sa fazenda de Cáceres à sa disposition pour qu'il puisse y écrire au calme. L'inspecteur ne dit rien d'Angèle, alors je l'imagine aussitôt langoureuse et abandonnée, nue et en sueur, comblée d'extase sur un petit sofa tiré sous la véranda d'une maison tropicale. Par la fenêtre ouverte, la main encore posée sur son sexe humide, elle écoute avec reconnaissance le crépitement feutré de la machine à écrire sur laquelle Everaldo tape son article. Et je pense que c'est de moi qu'elle devrait être heureuse, pendant que j'écrirais l'histoire de nos abandons. Je décide aussitôt de quitter mes hôtes en m'excusant de ma précipitation, et c'est probablement à cet instant que l'idée de tuer Everaldo me vient.

Paul n'est plus au Service cinématographique. Il n'est jamais revenu au Brésil. Il a finalement abandonné l'espoir de rester auprès de son fils. Il est rentré se terrer en Europe, sans rien dire. Je comprends qu'il a fui en pleurant. Chez les Chancel, Isabelle m'accueille à la porte et m'embrasse sans m'inviter à entrer. Ses yeux pleurent, mais son regard est sans appel. Quand je prends congé en disant la comprendre, j'aperçois Édouard qui me regarde partir derrière un rideau. Rua Barão de Melgaço, Éric a disparu et Angèle n'est pas là. Dans la chaleur vibrionnante du jardin, suspendus à un fil, sèchent ses culottes, ses soutiens-gorge, et la petite robe à boutons que j'ai défaite sur elle cet après-midi-là à la Fazenda São Jorge. Mais je ne l'imagine pas nue, prise dans la chaleur du jardin cette fois, ni soumise, allongée à même le carrelage froid dans un coin d'ombre de la maison. Je ne l'imagine pas. Je pense juste à un endroit pour me reposer. Alors je m'allonge sur son lit et je m'endors.

Tard le soir je me réveille et sors pour marcher en ville. Dans la rue, quelqu'un passe en voiture et me reconnaît. Je lui demande de me déposer au Balneário où j'espère que Café est revenue, mais elle n'est pas là non plus. Je reste seul à une table, un peu à l'écart. Je pense à ce que j'ai décidé de faire quand une autre fille, finalement, veut me faire danser. Je l'entraîne directement dans une des chambres et je la prends sans joie à même le matelas en imaginant qu'elle est Angèle. Ou bien Café. Mais je n'y trouve aucun plaisir et elle non plus. Je l'abandonne sans un mot en lui laissant les billets qu'elle réclame et retourne à ma table pour boire, tandis qu'au loin elle rejoint les autres filles pour se moquer de moi. Personne ne vient. Ni Santana, ni Sebastião, ni Everaldo, ni Angèle…

Au milieu de la nuit je retourne au Service cinématographique et le garde n'ose pas m'interdire d'entrer, même si c'est désormais le nom du Senhor Jaime qui figure sur la porte comme directeur. J'évite d'allumer, et dans la clarté de la lune à travers les stores, je fouille le bureau de Paul jusqu'à mettre la main sur son revolver. Dans un autre tiroir je trouve des balles et en glisse dans le barillet d'un geste mécanique. L'arme chargée, je pousse la porte de la salle de projection où j'ai rêvé de posséder Angèle pour la première fois. J'écarte quelques chaises, m'allonge sur le dos à même la moquette, et je m'endors en pleurant, l’arme chargée posée sur mon ventre. Dehors, un orage rattrape la nuit et je devine des torrents d’eau qui dévastent les ruelles de l’autre côté du mur que le tonnerre ébranle.

Demain je pars pour Cáceres.

Bar Internacional, Cuiabá

Octobre 1976

— Il doit être quelque part à enquêter pour un article, lâche Santana.

— Je pensais qu'il s'était retiré chez moi pour écrire ? s'étonne Sebastião.

— Notre ami dit qu'il ne l'y a pas vu, répond l'inspecteur en me regardant.

C'est le soir de mon retour de Cáceres, à la terrasse du Bar Internacional. Angèle est là, surprise de me revoir. Un peu inquiète aussi de l'absence d'Everaldo.

— Tu es allé là-bas ? s'inquiète-t-elle.

— Je suis tombé sur notre ami à Cáceres, répond Santana à ma place. Un homme s'est fait tuer et j'y suis allé pour l'enquête. Un collecteur de dettes abattu par un pauvre gosse de six ans à peine. D'ailleurs notre ami avait voyagé la veille avec la future victime. Nous avons déjeuné ensemble et nous sommes revenus dans l'avion de Sebastião.

— Qu'est-ce que tu allais faire là-bas ? insiste Angèle.

— Sebastião m'avait invité à y passer à l'occasion.

Rien de particulier ne me retenait à Cuiabá, dis-je en la fixant droit dans les yeux. J'ai eu envie d'aller voir.

— Et il n'y était pas ?

— Everaldo ? Non, il n'y était pas. J'ai pensé qu'il était parti pêcher ou chasser et j'ai attendu. Comme il ne venait pas, j'ai passé la nuit là-bas et j'en suis reparti au petit matin.

— Mais il m'a dit qu'il y serait, répond Angèle, soucieuse. Il voulait écrire. Il y avait des affaires à lui ?

— Non. Il n'y avait rien.

— Comment avez-vous fait pour revenir ? s'enquiert Sebastião.

— J'ai pris la barque qui était amarrée au ponton et je me suis débrouillé dans les méandres des arroyos et du fleuve. J'ai bien failli me perdre.

— Mais si la barque était là-bas, lui aussi devait y être alors.

Je suis pris de court. Je cherche une bonne réponse. Je répète en bredouillant :

— J'ai pensé qu'il était parti chasser…

— Seul ?

— Qu'est-ce que j'en sais ! Peut-être était-il avec quelqu'un, un guide, quelqu'un de chez vous ! J'ai attendu toute la nuit, personne n'est venu.

— Mais s'il est revenu après votre départ, comment ferait-il à présent pour nous rejoindre, sans barque ?

À nouveau je ne sais quoi répondre. C'est Santana qui me sauve la mise en même temps qu'il me tétanise.

— J'ai envoyé deux hommes au cas où. On m'a informé qu'ils n'avaient trouvé personne.

— Mais la barque…

— Qui sait ? Un péon, un braconnier, un *garimpeiro*. Ou quelqu'un venu chercher le Senhor da Souza. Peut-être avait-il un rendez-vous dans la forêt…

— Oui mais la barque ! coupe à nouveau Angèle, inquiète.

— C'est sûrement la barque de la fazenda, celle que nous laissons toujours là-bas, explique alors Sebastião, le regard plongé dans celui de Santana. Soit le Senhor da Souza n'est jamais allé à la fazenda, soit il y est allé et en est reparti avec sa propre barque.

— Vous savez, intervient Santana pour appuyer le revirement de Sebastião, des journalistes de la côte venus s'encanailler chez nous autres, les sauvages de l'intérieur, j'en ai connu beaucoup. Le confort leur manque soudain, leur patron annule leur note de frais, ou pire encore une fiancée les rappelle à l'ordre. Je ne veux surtout pas vous offenser, Senhora Angèle, mais les hommes d'ici ont une notion très relative de la fidélité.

Aussitôt les larmes montent aux jolis yeux clairs d'Angèle et pour la première fois je prends conscience que l'homme que j'ai tué va manquer à quelqu'un.

— Vous êtes souffrante ? demande soudain Sebastião comme s'il voulait changer de conversation.

— Non, répond-elle en essuyant vivement ses larmes comme une enfant surprise. C'est l'inquiétude. Ou la déception, je suppose.

— Je ne parle pas de vos larmes, que je comprends parfaitement par ailleurs, reprend Sebastião, trop poli. Mais on vous a aperçue chez le médecin de la Rua da Selva avant-hier…

— Mon Dieu, mais quel pays de cancans, quel village à ragots ! s'exaspère aussitôt Angèle. Rien qui vous regarde, Sebastião, reprend-elle avec humeur. Ni vous ni personne, d'ailleurs. Laissez-moi tranquille !

Et elle se lève en quittant la terrasse du Bar Internacional sans que personne cherche à la retenir.

Santana se tourne vers moi et fait mine de s'étonner :

— Vous ne la raccompagnez pas ?

Polícia Federal, Cuiabá

Octobre 1976

Le reste de la journée est une longue errance dans la ville qui désormais m'ignore. Le chagrin d'Angèle me hante, mais plus son corps. Je ne peux plus penser à elle sans revoir celui, flasque, du cadavre d'Everaldo. Comme si c'était Angèle que sa mort flétrissait par ma faute. Je la vois s'abandonnant à une longue désespérance de ne plus rien attendre de son propre désir. Ni du mien ni de celui d'Everaldo. J'imagine son corps jusqu'alors aimé se défaire et se déliter, ses seins se racornir, son ventre se gonfler d'humeurs, ses lèvres se froisser et sa bouche grouiller d'insectes. Je la vois se décomposer vivante comme je n'ai pas vu le corps d'Everaldo le faire. Je la vois sale et laide et puant la mort, seule dans sa chambre vide, des liquides visqueux et malodorants suintant de son sexe et de ses yeux.

Le soir, j'échoue au Balneário à attendre Santana. Je sais qu'il viendra et quand il arrive, accompagné de Sebastião, de quelques filles et d'un Anglais nouveau venu en ville, je marche droit vers lui, en remarquant le mouvement discret de sa main qui se pose sur la crosse de son arme dans son dos.

— Santana, il faut que je vous parle.

— Je vous en prie, parlez…

— Pas ici !

À ma grande surprise, il n'hésite pas une seconde. Il s'assure que Sebastião et les filles s'occuperont bien de son hôte anglais, s'excuse auprès de lui, et m'invite à monter dans sa voiture.

— Où voulez-vous que nous allions ?

— Je crois que vos bureaux seront le meilleur endroit.

— Très bien. Va pour mes bureaux.

Et il ne dit plus rien jusqu'à ce que nous arrivions devant l'immeuble de la police fédérale.

Ce sont de petits bureaux impeccablement ordonnés. Celui de Santana n'est pas plus grand que les autres. À ses murs sont affichés des notes de service et toutes sortes d'imprimés soigneusement caviardés au marqueur noir.

— La censure, explique-t-il. Tout ce qui s'imprime passe par mes bureaux, du faire-part de naissance à l'article du Senhor da Souza. Nous relisons tout et caviardons ce qui, selon les critères du gouvernement, porte ou pourrait porter atteinte d'une façon ou d'une autre à ce qui s'appelle les « intérêts supérieurs du pays ». Pas très efficace, je vous l'accorde. Les grands journaux nationaux de la côte tirent même une grande fierté à publier l'intégralité de nos caviardages, le nombre de lignes noires devenant l'aune de leur courage intellectuel. Le journal de votre cher Everaldo est un des plus forts à ce petit jeu. Un autre journal remplace les passages caviardés par des recettes de cuisine qui deviennent le gage de son insolence. Mais mon métier est de caviarder, donc je caviarde ! Je suis un policier consciencieux, vous avez dû le noter. Alors, de quoi vouliez-vous m'entretenir ? demande-t-il en prenant place derrière son bureau.

— J'ai tué Everaldo da Souza, dis-je en restant debout face à lui.

— Allons bon ! répond-il d'un ton plutôt bonhomme. Asseyez-vous donc et racontez-moi tout ça.

— Je suis allé à la fazenda de Sebastião. Un homme m'y a conduit en pirogue. Vous pourrez l'interroger. J'ai tué Everaldo par jalousie. L'homme à la pirogue a entendu le coup de feu, il vous le dira. J'ai jeté le corps aux jacarés, dans le méandre derrière la maison. Ensuite j'ai rassemblé ses affaires dans une valise que j'ai jetée dans le fleuve, elle aussi, pour effacer toute trace de lui. Voilà, c'est tout !

— Et pourquoi vous accuser de ce soi-disant crime ?

— Ce n'est pas un *soi-disant* crime, Santana. C'est un crime. Je l'ai tué comme je vous le dis, par jalousie, pour m'avoir pris Angèle.

— Je comprends. La jalousie est mauvaise conseillère, surtout sous nos climats. Le problème c'est qu'officiellement, pour moi, il ne s'agit pas encore d'un crime.

— Eh bien c'en est un désormais puisque je l'avoue ! Comment pouvez-vous d'ailleurs en douter ?

— J'en doute en premier lieu parce qu'il n'y a pas de corps, et qu'ensuite il n'y a ni indice ni témoin.

— Mais da Souza a bien disparu, non ?

— Une foucade d'intellectuel, une retraite d'écrivain, un secret de reporter…

— Et l'homme à la pirogue ?

— L'homme à la pirogue n'existe pas.

— Bien sûr qu'il existe, il vous suffit de…

— Écoutez, calmez-vous et regardez-moi bien. Voyez-vous quelqu'un d'autre que nous dans ces bureaux ?

— Non, je réponds, décontenancé par cette question.

— C'est exact, nous sommes seuls ici dans ce bureau de la police fédérale, n'est-ce pas ?

— Oui…, je murmure en cherchant à savoir où il veut en venir.

— Vous ne voyez personne d'autre, pas de secrétaire, pas de planton, pas de femme de ménage, non ?

— Non.

— Très bien, alors laissez-moi vous dire une bonne chose les yeux dans les yeux, juste comme ça, entre nous : l'homme à la pirogue n'existe pas. Vous devez comprendre ça !

— Comment ça, je *dois* comprendre ? Qu'est-ce que je dois comprendre ?

— Vous devez comprendre qu'il n'y a pas de crime. Je ne sais pas où est passé da Souza. Personne ne le sait. C'est bien dommage pour cette pauvre Angèle, mais c'est comme ça. Il est peut-être rentré chez lui, ou peut-être est-il parti en Europe ou en Afrique, qui sait ? L'homme à la pirogue n'existe pas et n'existera jamais. J'ai la déposition de l'homme qui devait accueillir da Souza à Cáceres pour l'accompagner à la fazenda. Il ne l'a jamais vu. Da Souza n'est jamais arrivé à Cáceres.

— Qu'est-ce que c'est que cette histoire ? Je l'ai tué, vous entendez, je l'ai tué ! Vous savez ce que c'est que de tuer un homme ? Oui, bien sûr que vous savez, c'est votre métier, mais savez-vous ce que c'est pour quelqu'un qui le fait pour la première fois ? Vous croyez qu'on peut s'en accuser par erreur ? Ou par caprice ? Everaldo était au pavillon de chasse, assoupi sur la véranda. Il m'a entendu approcher, il est venu à ma rencontre et je l'ai tué. Je l'ai tué tout de suite, sans rien dire, dans un geste de haine d'une froideur qui me rend malade. Je l'ai tué comme ça, pour rien d'autre que le tuer, puis j'ai jeté son corps aux jacarés et ses affaires dans le fleuve. Vous entendez ? Je l'ai tué d'une balle dans le front. Une seule. Il est tombé à la renverse et je l'ai traîné par les pieds jusqu'au fleuve derrière la maison. Je l'ai tué. Je l'ai tué avec le colt que je vous ai montré au restaurant sur le fleuve à Cáceres.

— Arrêtez de pleurnicher sur vous-même et écoutez bien ce que je vais vous redire, coupe Santana d'une voix d'acier cette fois. Écoutez-moi bien et retenez tout ce que je vais dire : vous ne prouverez jamais avoir tué cet homme. Vous comprenez ça ? Ni à moi ni à personne d'autre. Pour moi et pour les autorités de ce pays, cet homme a disparu, c'est tout. Il est venu à Cuiabá et il n'y est plus. C'est comme ça. Personne ne vous a vu à la fazenda. Personne ne vous a vu avec cette arme. Personne n'a vu da Souza là-bas et personne ne vous a vu le tuer. Peu m'importe ce que vous voulez avouer. Pour moi vous ne l'avez pas tué et je suppose donc qu'il n'est pas mort.

— Le collecteur de dettes ! je hurle. Le collecteur de dettes a vu mon arme !

— Le collecteur de dettes est mort. Nous nous sommes rencontrés à Cáceres autour de son cadavre, vous ne vous en souvenez pas ?

— Et l'homme à la pirogue aussi ! Le colt est tombé sur le ponton quand j'ai sauté à terre et il l'a vu. Il m'a vu avec cette arme m'enfoncer dans la forêt en direction du pavillon. Il ne peut pas ne pas avoir entendu le coup de feu.

— L'homme à la pirogue n'existe pas, vous devez comprendre ça !

— Comprendre quoi ? Comment un homme avec qui j'ai voyagé plusieurs heures peut-il ne pas exister ? Comment ?

— Disons, pour être plus clair, s'énerve soudain Santana, que l'homme à la pirogue n'existe *plus*. Est-ce que je me fais mieux comprendre maintenant ?

Je m'affaisse sur une chaise, abasourdi par ce que cela sous-entend.

— Comment ça, il n'existe plus ? Vous voulez dire qu'il est mort ? L'homme à la pirogue est mort ? Vous l'avez tué, le seul témoin de mon crime, vous l'avez fait disparaître ?

— Il n'est plus là, c'est tout, comme da Souza n'est plus là. Personne ne parle de mort, juste de gens qui ne sont plus là. C'est un grand pays ici, vous savez, on s'y perd ou on s'y fait oublier facilement.

Les instants qui suivent sont silencieux. Santana est à son bureau, dans son costume blanc, les mains sur la table, à jouer avec un crayon entre ses doigts. Il le fait tournoyer et passer d'un doigt à l'autre en attendant ma réaction. Je reste prostré, le regard perdu au plafond, comme pour rassembler mes idées qui recomposent peu à peu les grandes lignes de ce qui m'apparaît comme une machination. Et plus l'idée s'en précise, plus je secoue la tête pour ne pas y croire.

— Alors c'est donc ça ! C'est vous, c'est vous qui m'avez poussé à le faire, n'est-ce pas ? C'est vous qui m'avez poussé à tuer Everaldo !

Soudain chaque mot, chaque image reprend sa place dans mes souvenirs. Santana m'a offert Angèle à la Fazenda São Jorge pour mieux la précipiter ensuite dans les bras d'Everaldo pendant mon absence qu'il a organisée en expulsant Paul. Au Bar Internacional, j'ai cru ensuite qu'il convoquait Everaldo pour me permettre de revoir Angèle, mais c'était pour me faire rencontrer Éric. C'est lui encore qui m'a poussé à plonger avec le géologue dans l'alcool et la violence, et jusque dans les bras de Café qui ne faisait que lui obéir. Puis il m'a confisqué Café à son tour pour exacerber ma jalousie et ma colère. C'est pour ça qu'il m'a humilié et rabaissé pendant ma garde à vue. Pour attiser ma colère et ma haine contre Everaldo. Tout est évident maintenant ! Et pendant mon expulsion aussi, il savait qu'Everaldo était Rua Barão de Melgaço quand il m'y a conduit pour récupérer mes effets personnels. Il savait tout ça. Il savait même que la chambre d'hôtel où son policier me déposerait à Corumbá me torturerait l'esprit. Comment pouvait-il savoir même ça, je n'en sais rien, mais c'est évident qu'il le savait. Cet homme est le diable. Il m'a ensorcelé. C'est lui encore qui m'a instillé l'idée de revenir à Cuiabá malgré mon expulsion. Lui et Sebastião, son chasseur et son commanditaire, toujours prêt comme par hasard à me prêter son avion et son pilote, le propre fils de son pisteur d'Indiens. Prêt à payer pour éloigner Café. Prêt à entraîner Everaldo dans son pavillon de chasse…

— Mon Dieu, comment ai-je pu être aussi naïf ! Comment ai-je pu me laisser manipuler de la sorte !

— Parce que vous êtes tellement concentré sur le grand malheur de votre toute petite personne, mon cher monsieur ! Un enfant se serait joué de vous !

— Donc vous avouez, vous vous êtes bien servi de moi, n'est-ce pas ? Vous avez bien manipulé tout ça jusqu'à me pousser à commettre ce crime, c'est bien ce que vous venez d'avouer, non ?

— Je n'avoue rien, répond calmement Santana. Je n'avoue rien parce que je n'ai rien à avouer, et vous non plus !

— Bien sûr que si. J'ai tué un homme. J'ai tué cet homme-là. Everaldo da Souza. J'ai cru pouvoir vivre avec ça, j'ai cru pouvoir le supporter, mais je me rends compte que j'en suis incapable.

— Allons, allons, ne sous-estimez pas votre lâcheté, répond l'inspecteur dont le ton change. Vous vivrez très bien avec, ne vous en faites pas. Vous avez bien su le faire, il ne vous sera pas trop difficile de savoir l'oublier.

— Jamais ! Je veux l'avouer maintenant, et si ce n'est pas à vous, ce sera à quelqu'un d'autre. Au journal de da Souza. J'irai me confier au *Folha de São Paulo* et ses confrères viendront mener l'enquête que vous me refusez ! C'est ça ! C'est ce que je vais faire !

— Ah oui ? Vraiment ? s'emporte soudain Santana qui se lève et pointe son doigt sur moi. Vous voulez vraiment avouer ? Vous voulez vraiment être jugé ici pour le meurtre d'un citoyen brésilien ? Vous, un étranger, pour le meurtre d'un journaliste de São Paulo ? Vous voulez vraiment être condamné pour expier ? Vous voulez vraiment passer les trente prochaines années dans la prison derrière les bureaux de la Société minière ? Mais savez-vous seulement ce qu'est une prison chez nous ? Y êtes-vous déjà allé dans cette prison, avez-vous seulement osé la visiter ? Vous voulez vraiment vous faire sodomiser jour après jour plaqué contre des murs suintant le salpêtre et la vermine jusqu'à vous faire jeter comme une vieille maîtresse quand votre anus sera trop distendu pour faire jouir vos codétenus ? C'est ça que vous voulez ? Servir de larbin sexuel à des violeurs analphabètes ? Finir comme une vieille coquette à sucer des gardiens ou des assassins de seize ans à peine pour votre survie ? Pourrir de l'intérieur loin des vôtres ? Regarder vos plaies partir en lambeaux ? Sentir la fièvre vous ronger par quarante degrés dehors ? C'est vraiment ça que vous voulez ? Pensez-vous vraiment en avoir le courage, une fois passé votre petite seconde héroïque de bonne conscience expiatoire ?

Je suis sonné sur ma chaise et le dégoût me tord le ventre parce que, dans ce que Santana vient de dire, je comprends aussitôt ce qu'il me propose. Il a raison. Sur ce que serait mon martyre à pourrir ici en prison, et sur ma lâcheté qui me force à l'imaginer. J'ai voulu avouer par arrogance, mais ces minutes d'aveu me coûteraient des années de torture et de souffrance en prison. Alors, quelque part en moi, insidieusement, cette nouvelle lâcheté qu'il a instillée dans mon âme germe aussitôt. Et la nausée me vient quand je la reconnais, car cette lâcheté, il devient vite évident que Santana n'a fait que la réveiller, elle était en moi depuis longtemps, et me voilà déjà prêt à en accepter le tacite arrangement qui consiste à trahir le peu de courage que j'ai eu à venir me dénoncer. Déjà prêt à lâcher prise. Sans pour autant parvenir à trouver ces mots qui vont sceller mon destin de lâche. Santana le devine, évidemment. Il a toujours tout deviné de moi depuis le début, et les prononce pour moi.

— Rassurez-vous, dit-il en se rasseyant, comme disait Stefan Zweig, « toute souffrance est lâche : elle recule devant la puissance du vouloir-vivre qui est ancré plus fortement dans notre chair que toute la passion de la mort ne l'est dans notre esprit ».

— Allons bon, un tortionnaire qui cite Stefan Zweig ! Comment osez-vous vous moquer ! Qu'est-ce que c'est que ce mauvais vaudeville ? Qu'est-ce qu'un vil policier comme vous peut connaître de Zweig ? Comment pouvez-vous seulement oser citer les mots d'un tel homme ? Savez-vous qu'il a préféré mourir plutôt que de voir des hommes comme vous prendre le pas sur des hommes comme lui !

Je mets dans mon exclamation tout le mépris et toute la morgue qui me restent pour essayer d'oublier ma propre humiliation. Santana a tant piétiné l'estime de moi-même que ma seule vengeance est de chercher à rabaisser la sienne. Comment peut-il seulement prétendre avoir lu cet humaniste, délicat au point de fuir la vie pour fuir le cours d'un monde qui le poursuivait ? Mais Santana ne se vexe pas de mes moqueries. Il semble au contraire soudain plus sincère et sans calcul, jouant toujours avec le crayon entre ses doigts agiles à la façon d'un escamoteur.

— J'ai toujours beaucoup aimé M. Stefan.

— M. Stefan ! Mon Dieu, vous en parlez comme on parlerait d'un boutiquier juif ! M. Stefan ! La culture devrait être interdite aux âmes policières. Le seul fait qu'elles la frôlent la dénature. M. Stefan ! Non mais écoutez-vous !

— Que voulez-vous, c'est comme ça que nous l'appelions, mes parents et moi, raconte alors Santana en regardant ailleurs, comme s'il contemplait le tableau d'un souvenir. Nous habitions Petrópolis, dans le quartier de Valparaíso où mon père tenait la petite épicerie au coin de Coronel Veiga et Saldanha Marinho, de l'autre côté du pont sur la ravine. Je passais tous les jours porter les courses de Mme Lotte et rendre à M. Stefan les petits services qu'il me demandait. Un livre, un courrier, des cigares pour ses invités. Le dimanche avant sa mort, mon père et moi sommes allés les attendre à la gare pour les aider avec leurs bagages. Ils rentraient de Rio plus tôt que prévu, pour mourir. Et ce fameux lundi, quand mon père s'est inquiété, c'est moi qui suis monté par l'échelle jusque sur le toit pour écarter quelques tuiles et les apercevoir, Mme Lotte et lui, étrangement endormis sur leur lit. Voilà pourquoi je me permets aujourd'hui encore de l'appeler « Monsieur Stefan ».

— Comment, vous avez vraiment connu Stefan Zweig ? Vous l'avez vraiment côtoyé, vous ?

Cette fois mon ton reste sceptique, mais je ne peux maîtriser une pointe d'envie incrédule qu'aussitôt je regrette.

— Oui, je l'ai vu tous les jours, depuis leur emménagement au 34 de la Rua Gonçalves Dias, quand il m'a demandé d'appeler mon père pour un peu d'aide et que Mme Lotte est venue se rafraîchir chez nous, jusqu'à ce triste lundi. Je lui ai parlé tous les jours. Le dernier jour il a laissé des instructions pour qu'un de ses costumes revienne à mon père, et que j'aille poster ses ultimes écrits. La veille il m'avait demandé de porter à la poste ce qui allait devenir *Le Monde d'hier* et auparavant j'étais allé envoyer le manuscrit du *Joueur d'échecs* que je l'avais regardé écrire jour après jour dans le bureau de leur maison, en bas de la côte, dans la verdure du talus. C'est pourquoi, ne vous en déplaise, il est et restera pour moi M. Stefan.

— Comment pouvez-vous avoir connu Zweig, aimer ce qu'il a écrit, et être devenu cet homme cynique, ce policier manipulateur, ce tortionnaire, ce sbire d'une dictature ! Vous êtes une insulte à ce qu'il était !

Santana accuse le coup mais je devine qu'il contient sa colère.

— Bravo, quelle belle indignation pour un homme qui vient d'en tuer un autre pour la seule raison qu'il lui était préféré par un amour de passage ! Rassurez-vous, je me préoccupe de mon âme plus que vous ne vous préoccupez de la vôtre. Moi je vais rester ici à combattre mes démons pendant que vous allez rentrer chez vous en apprivoisant les vôtres. Plus j'y pense et plus je suis convaincu que vous vivrez très bien avec ce crime. Peut-être même trouverez-vous moyen d'en vivre. Je ne doute pas qu'un jour vous écriviez quelque chose de cette histoire. Un mauvais *Étranger* peut-être, ou une pâle copie d'*Amok*. Je doute que vous puissiez faire plus. Sauf peut-être soigner votre biographie d'auteur. Je vous imagine bien dans dix ans, peaufinant votre légende à sous-entendre les tortures et les sévices que je vous aurais infligés. Ce serait bien dans votre genre.

— Comment osez-vous ! Vous avez tout calculé, vous avez voulu chaque coïncidence, provoqué chaque rencontre, chaque malheur, et vous prétendez me donner des leçons ?

— Je m'en garderais bien ! Je suis aussi noir que vous, vous avez raison, sauf que je le suis par métier et vous par orgueil. Par curiosité intellectuelle même. Je suis sûr qu'au moment de tirer sur Everaldo, vous étiez plus attentif à vos propres émotions qu'à la souffrance de l'homme que vous abattiez. Êtes-vous seulement certain qu'il était bien mort avant de le jeter aux jacarés ?

— Je lui ai tiré en plein front !

— Avez-vous seulement vérifié ?

— Bien sûr que non, je ne l'ai pas fait ! dis-je comme un enfant pris en défaut.

— Moi je l'aurais fait.

— Et alors, qu'est-ce que cela aurait changé ?

— Rien, reconnaît Santana. C'est juste pour vous montrer à quel point seule importe votre petite personne. Mais le destin ou la souffrance de ce pauvre Everaldo n'est pas le sujet de cette discussion. Mon seul intérêt est de voir jusqu'où un homme soi-disant tourmenté par le repentir peut rester là à discuter avec le policier d'une dictature qui va le laisser partir impuni malgré le crime de sang qu'il a prémédité. Jusqu'à quel point cet homme-là va se décharger de sa culpabilité en ne cherchant qu'à m'en charger. N'importe quel homme honnête se serait déjà jeté sur moi pour me forcer à l'arrêter dans la violence. N'importe quel homme sincère serait venu se faire sauter la cervelle dans mon bureau avec son beau colt 38 assassin. Vous, au lieu de cela, malgré vos hypocrites leçons de morale et vos jugements grandiloquents, vous restez là, assis, à discuter et à vous étonner que j'aie pu connaître Stefan Zweig. Vous indignant presque que cette chance m'ait été accordée à moi plutôt qu'à vous. Je crois que la démonstration est faite de qui vous êtes vraiment. Inutile de continuer sur ce registre. Réglons plutôt les modalités de votre départ, voulez-vous ?

Le reste ne fait qu'accroître le dégoût de moi-même et le goût inespéré de mon impunité. Bientôt, toute honte bue, je me convaincs même que le seul véritable coupable est Santana. De ce crime imbécile, je ne me juge déjà plus que le simple complice. Je m'acquitte de la préméditation. Je plaide à moi-même la manipulation. Est-ce qu'on dit « coupable collatéral », comme on parle des victimes ? C'est ce que je me persuade d'être. Un coupable collatéral par la faute des machinations de Santana. Et je sens alors poindre en moi l'ivresse du mauvais garçon qui va s'en tirer à bon compte et cela me grise aussitôt. J'ai osé tuer un homme, j'ai eu ce courage, et j'ai aussi eu celui de m'en accuser, et voilà qu'en plus je vais avoir la chance inespérée d'échapper à mon châtiment. Peu importe que la complicité de Santana m'avilisse, je vais continuer à vivre, loin de tout ça, reprendre mes habitudes, revoir mes parents, rentrer chez moi et oublier le Pantanal…

Santana me dicte désormais ses ordres sans la moindre considération. Je vais partir dans l'instant, sans revoir personne. L'avion de Zé Maria me déposera de nuit dans une fazenda près de Campo Grande dans le sud du Mato Grosso. Un contremaître d'Antônio Ortiz me conduira au petit matin à la gare routière. Il me remettra un billet pour São Paulo. Santana glisse sur la table un papier plié en quatre. Il y a écrit à la machine l'adresse d'un receleur de sa connaissance qui m'achètera une des caméras du Service cinématographique. Elle est déjà prête dans un sac de sport qu'il pousse du pied vers moi. Il en a négocié par téléphone le prix qui couvrira très exactement le coût d'un aller simple pour Gênes, en Italie, à bord d'un cargo mixte qui part dans soixante-douze heures. Le reste ne le concerne plus, dit-il. Je ne l'écoute d'ailleurs plus vraiment, amusé que je suis de comprendre que, s'il a ainsi tout préparé, c'est qu'il avait aussi anticipé que je viendrais dans ses bureaux pour jouer la triste pantalonnade de mes aveux.

— Pourquoi m'aidez-vous ainsi, Santana ?

— Je ne vous aide pas.

Une heure plus tard je quitte le Pantanal, comme un voleur, et deux jours plus tard je quitte le Brésil, comme un touriste échaudé par une mauvaise affaire.

FIN

Petrópolis

Avril 2006

Haret avait lu toute la nuit ce texte dont il avait été fier et qu'un large public avait aimé. Il avait lu à voix haute, sous la menace de l'arme de Figueiras qui s'était allongé dans la chambre et le surveillait depuis le lit. Avait-il seulement deviné qu'à la fin de la nuit il pleurait en lisant ? Figueiras avait éteint la lumière de sa chambre et Haret comprit qu'il avait encore tout prévu, comme à l'époque. Depuis son lit, son regard prenait le couloir en enfilade et il avait forcé le Français à s'asseoir dans l'axe de la porte pour ne voir de lui que son dos courbé sur sa lecture. Haret s'était persuadé qu'au premier silence la balle chemisée de cuivre qu'il l'avait bien vu cette fois glisser dans le barillet de son arme lui briserait la nuque.

Il avait lu pour Figueiras d'abord, pour ne pas qu'il le tue, pour qu'il l'épargne, la voix éraillée par la peur et le dos noué par l'angoisse. Puis il avait lu pour lui, à voix basse, pour sa propre honte, comme résigné, par abandon. Ce n'est que tard dans la nuit qu'il buta contre l'avant-dernier mot, ne pouvant se résoudre à prononcer le dernier. Deux fois déjà il avait essayé d'interrompre sa lecture, mais l'inspecteur lui avait ordonné de continuer en armant son colt. Cette fois pourtant, il n'entendit rien, pas même un souffle endormi. Il attendit longtemps avant de se retourner, n'osant espérer que Figueiras se soit assoupi.

Il était là dans la pénombre, allongé sur le lit dans son costume blanc, son arme à la main, le bras légèrement écarté du corps, posé sur le dessus-de-lit, les yeux clos, la tête baissée, le menton sur la poitrine. Endormi. Avant de tenter le moindre geste, Haret observa la chambre. Sur la table de nuit il aperçut un verre vide, une carafe et une fiole. Un médicament. L'infirme devait se soigner contre la douleur et les antalgiques, souvent, poussent à l'endormissement. La chance basculait de son côté à nouveau, sa dernière sans doute, à ne pas laisser passer. Il fallait qu'il s'empare de l'arme. Se jeter sur l'infirme par surprise, lui arracher le colt et le frapper avec pour l'empêcher de se relever, ou se glisser jusqu'à lui par ruse et le lui prendre sans le réveiller.

Il chercha à deviner dans quel sommeil Figueiras s'était perdu et retint son souffle pour épier celui de l'infirme. Il sentit son cœur défaillir et un vertige le força à se rasseoir quand il voulut se lever trop vite. Il se retint à la table, se cramponna au dossier de sa chaise, le temps de se relever, et tangua jusqu'à la chambre en se cognant des épaules contre chaque mur. Ses jambes le soutenaient à peine et le trahirent brusquement comme il se penchait au-dessus du lit pour récupérer l'arme. Il perdit l'équilibre et bascula avec horreur sur le corps de Santana, se relevant aussitôt, écœuré par ce contact, pour se réfugier en titubant dans la salle à manger. Figueiras ne s'était pas réveillé sous son poids. Il était mort. Une bouffée d'espoir le prit à la gorge et il se laissa tomber sur sa chaise pour se servir un grand verre d'eau, quand une autre évidence figea son geste et emplit ses yeux d'horreur.

« Lisez, avait ordonné Figueiras d'une voix triste et sans haine, lisez sans vous arrêter. Buvez si vous avez la bouche sèche, mais lisez, sinon je vous tue. » Haret fracassa son verre contre le mur et d'un bras rageur renversa la carafe. Mon Dieu, comment avait-il pu encore une fois tomber dans ce dernier piège ! Ce goût sur la langue, cette pointe d'amertume, ce n'était pas l'aigreur de sa bile ou l'acidité de sa peur. C'était le goût du poison, des mêmes cristaux translucides et inodores que Santana avait dû dissoudre dans l'eau de leurs deux carafes ! Et maintenant il allait quand même mourir, piégé par ce fumier de Figueiras ! Mon Dieu, aidez-moi, pour l'amour du ciel, aidez-moi ! Ça ne pouvait pas se terminer comme ça, ce n'était pas juste, il avait survécu à presque tout, même Figueiras était mort et lui pourrait encore s'en tirer comme à l'époque, échapper à tout, fuir, rentrer en France et revivre hors de ce cauchemar. Et voilà qu'il allait mourir empoisonné par la vengeance d'un homme qui ne serait même plus là pour en jouir !

Il voulut fuir, sortir, appeler à l'aide, ou au moins ne pas mourir ici, mais ses jambes se dérobèrent et il retomba en travers de sa chaise. Ça y est. Oh mon Dieu, ça y est ! Son corps lâchait, ses forces l'abandonnaient et son cerveau s'engluait d'épaisses pensées incohérentes qui l'empêchaient de réfléchir. Dans sa bouche pâteuse sa langue s'épaississait et sa tête, lourde et creuse à la fois, roula soudain sur sa poitrine. C'était donc ainsi qu'on mourait, sans force et sans volonté, étouffé par un corps trop lourd qui n'obéissait plus. Il fallait sortir, ne pas agoniser où Figueiras l'avait voulu, trouver du secours. Il se releva en trébuchant dans les meubles. Il avait l'arme à la main, il forcerait la première voiture ou le premier passant à le conduire à l'hôpital. On pourrait le soigner, il allait s'en sortir.

Il tituba jusqu'à la porte, bousculant les bibelots qui dégringolèrent des étagères et des guéridons en se fracassant sur le parquet. Des photos d'Angèle, de Santana, de Martinho. Il avançait en piétinant le verre brisé comme un homme ivre que le déséquilibre pousse en avant, et quand d'un geste incontrôlé il arracha la moustiquaire pour sortir sur la véranda, il trébucha dans les pieds de Martinho et faillit basculer par-dessus la balustrade.

Le jeune homme était prostré à même le sol, avachi contre le mur comme un ivrogne en coma éthylique.

— Martinho, Martinho, Dieu soit loué vous êtes là. Il faut me conduire à l'hôpital, Martinho… je suis… votre père m'a empoisonné. Je vais mourir, je vous en supplie, aidez-moi, conduisez-moi à l'hôpital…

Mais Martinho ne répondit pas et quand Haret se pencha pour le supplier, il découvrit son visage défait par le chagrin et comprit qu'il avait dû rester là toute la nuit, sur la véranda, à les écouter.

— Martinho... votre père... le poison, je vous en prie, aidez-moi. Il est mort, Martinho, Figueiras est mort. Il s'est suicidé, et moi il m'a empoisonné.

— Donnez-moi cette arme, dit alors le jeune homme.

Il se releva en s'adossant au mur, retrouvant dans une rage subite qui terrifia Haret la force et la vigueur de sa jeunesse.

— Non, je vous en prie, Martinho... ce n'est pas moi... je n'y suis pour rien...

Mais le jeune homme arracha le colt des mains de Haret, incapable de lui résister, et poussa l'écrivain à l'intérieur avec tant de violence qu'il s'assomma et perdit connaissance en s'affalant sur la table.

Quand Haret revint à lui, la nuque prise dans l'étau d'une méchante migraine, le jour pointait déjà à travers les feuillages. Il resta la tête dans ses bras, le temps de bien se convaincre qu'il vivait encore. Il laissa les bruits cotonneux du monde revenir doucement à lui. Il devina des voitures au loin, quelques voix dans un jardin derrière la maison, puis le piaillement des perruches au-dessus du toit lui cisailla les tympans. Il ouvrit des yeux lourds et aveugles comme des calots d'acier et devina la clarté du matin qui baignait la maison où il avait cru mourir. Il écouta son corps, avant d'oser le solliciter, mais quand il se redressa Martinho était là qui le regardait, assis face à lui à l'autre bout de la table, et l'expression de son visage fut comme un coup de poing haineux dans une blessure béante.

Le jeune homme tenait le roman ouvert à la page de la dédicace et l'arme était posée sur la table devant lui. Depuis combien de temps attendait-il ainsi, immobile, que Haret se réveille ? Et pourquoi ?

— Ainsi vous aurez réussi à tous les tuer, Coelho, Blanche et aujourd'hui Figueiras !

— Écoutez, Martinho, je suppose que vous avez passé la nuit à nous écouter depuis la véranda, Figueiras et moi, alors vous avez dû comprendre que ni l'un ni l'autre n'avons voulu ce qui est arrivé. Figueiras a fait son métier de flic en s'arrangeant avec l'enquête, et moi j'ai fait mon métier d'écrivain en m'arrangeant avec la vérité.

— Bien sûr que si, vous l'avez voulu. Vous avez tué mon père sans état d'âme, pour posséder ma mère que vous vouliez forcer à vous aimer, et vous n'avez jamais eu aucune compassion pour personne, ni à l'époque de votre crime ni trente ans plus tard en vous en vantant par écrit.

— Je ne m'en vante pas, Martinho, ce roman est une confession…

— Oui, c'est exactement ça, une confession. Cet acte de contrition hypocrite et lâche dont on sait bien qu'il se termine toujours par une absolution contre quelques prières marchandées.

— Vous vous trompez, Martinho. C'était une folie de jeunesse à laquelle j'ai succombé et que j'assume. Si j'avais su qu'Angèle le lirait…

— Blanche ! hurla le jeune homme en brandissant le colt sur Haret. Ma mère s'appelait Blanche !

— Excusez-moi, excusez-moi, implora aussitôt le Français, les mains tendues paumes ouvertes vers Martinho comme si elles pouvaient le protéger des balles, excusez-moi, je ne suis pas bien, je n'ai pas toute ma tête, le poison je suppose…

— Le poison, oui, d'ailleurs le flacon de Véronal est encore sur sa table de nuit, qu'est-ce qui vous retient ? Et ce revolver que vous êtes allé lui prendre des mains après sa mort, je suppose que vous ne l'avez pas porté à votre tempe, n'est-ce pas ? Pourquoi n'avoir pas eu ce courage de vous tuer comme vous avez tué mon père ?

— Parce que je ne veux pas mourir, Martinho ! cria Haret. Le crime de Coelho me poursuit depuis toujours, et c'est vrai que je ne sais pas pourquoi je l'ai commis. Une jalousie abjecte et imbécile, ma jeunesse à l'époque, l'ivresse de ce voyage, je ne sais pas. Et mon désir violent pour votre mère aussi. Je n'avais même pas votre âge, rendez-vous compte, et j'étais si loin de chez moi, et puis tout ce pays de passions et de violences autour de moi ! Mais je vous supplie de croire ce que j'ai écrit. Je suis allé voir Figueiras ce soir-là et je me suis accusé de l'avoir tué. Je vous le jure. Croyez-vous que j'aurais pu quitter le Mato Grosso impuni sans l'aide de Figueiras ? J'étais un jeune prétentieux et lâche et il l'a deviné. Il avait ses raisons d'en vouloir à Coelho. C'était le Brésil d'il y a trente ans, Martinho. Ça n'excuse pas mon geste mais ça l'explique. Quant à mon livre, pas une seconde je n'ai pensé que Figueiras avait pu épouser Blanche. Et encore moins que Blanche attendait un enfant de Coelho. Comment aurais-je pu le savoir ? J'ai fui et je ne suis jamais revenu au Brésil avant d'y être invité par Figueiras. Martinho, je vous supplie de me croire, jamais je n'ai imaginé que Blanche puisse lire mon roman…

— Mais vous l'avez écrit, n'est-ce pas, comme tous ces écrivains, avec l'orgueilleuse prétention que le monde entier le lise !

— Ce n'est pas ce que j'ai voulu, Martinho. Je vous jure que ce n'est pas ce que j'ai voulu.

— De toute façon, peu importe votre roman. Fiction ou récit, confession ou aveu, tout ça n'a plus la moindre importance puisque ceux qui vous ont inspiré en sont tous morts. Je ne vais pas batailler avec vous comme l'a fait Figueiras tout au long de cette nuit pour savoir si vous en êtes coupable ou non. Nous seuls avons survécu à cette histoire, alors vous conviendrez que c'est à l'un de nous qu'il revient d'en finir à présent, n'est-ce pas ?

— Je vous en prie, Martinho ! Vous avez lu ce livre, alors vous savez que nous sommes peut-être unis par un lien plus fort que la colère…

— Que voulez-vous dire ?

— Everaldo et moi étions les amants de votre mère en même temps…

— Quoi ! Vous n'allez quand même pas oser…

— Si, Martinho, je suis peut-être votre père. Je peux l'être en tout cas autant qu'Everaldo pouvait l'être.

— Mais comment osez-vous ! Vous ne méritez décidément pas de survivre à vos bassesses.

Il parlait à voix basse maintenant. Il avait baissé son bras et ne pointait plus l'arme sur Haret. Le chagrin le gagnait et ses yeux pleuraient à nouveau. L'écrivain devina que le jeune homme se désespérait. Il sentit qu'il pourrait presque aller jusqu'à commettre l'irréparable à présent. Martinho était seul, il n'avait plus personne, il pouvait succomber à cette tentation. Il fallait que Haret lui parle. Il fallait qu'il trouve les mots pour nourrir son chagrin. Il fallait qu'il enfle son désespoir. Il pouvait le faire. Il avait peut-être encore une chance. Il fallait acculer Martinho à sa propre désespérance. Santana l'avait fait avec lui à l'époque, il pouvait le faire à son tour aujourd'hui. Il devait trouver les mots pour le pousser à perdre pied. Lui parler de sa mère, Blanche, et ne jamais prononcer le nom d'Angèle. De son père sans jamais dire Santana. De leur mort, pas de leur suicide. De sa solitude à lui, de ce chagrin qui le tiendrait toute sa vie. Du vide profond qu'ils laissaient en lui et qui ne se comblerait jamais. S'il réussissait à l'en convaincre, il lui restait encore une chance de s'en sortir. Il fallait que Martinho retourne l'arme contre lui et se tue pour en finir, alors lui aussi en aurait fini avec toute cette histoire et il pourrait quitter cette maison, cette ville, ce pays, toute cette folie, et rentrer chez lui.

Mais au même instant Martinho leva les yeux et vit dans le regard de Haret cette étincelle d'audace désespérée qu'il comprit aussitôt. Un voile de rage ternit son visage. Il leva le bras et pointa l'arme sur l'écrivain qui, en panique, ne pensa plus qu'à des choses stupides. Quels mots pourraient décrire sa mort ? Aurait-il le temps de sentir l'impact ? Le choc l'assommerait-il avant la douleur ? Entendrait-il craquer son crâne et sentirait-il la brûlure du métal traversant la masse molle de son cerveau ?

La confusion pétrifia ses pensées. Où étaient tous ces souvenirs qu'il était supposé revivre en une dernière seconde ? Ses lèvres bredouillaient d'humiliantes suppliques auxquelles il ne croyait pas lui-même. Il plissa les yeux si fort qu'il s'en blessa les paupières et chercha une phrase immortelle pour décrire ce qui allait lui arriver de définitif, des fragments de dialogue pour crier à Martinho de l'épargner, des mots pour un épilogue ridicule.

Quand il entendit claquer le percuteur, il pensa qu'il était mort, s'étonnant de cette distorsion du temps qui ralentissait l'impact et l'épargnait pour quelques millièmes de seconde encore. Et quand il comprit qu'il était vivant, il ouvrit les yeux, hébété, et vit Martinho face à lui, de l'autre côté de la table, le bras fièrement à l'équerre et le canon du revolver encore appuyé contre sa propre tempe. Il fixa Haret longtemps, d'un regard noir de colère et de haine, puis posa le colt sur la table.

— Mon père n'a admiré que deux hommes dans toute sa vie. Le premier, c'était M. Stefan qu'il vient d'imiter dans la mort. Le second, c'était Pimentel Barbosa, un colonisateur utopiste. Mon père vous en a parlé si je vous ai bien entendus cette nuit, et vous vous souvenez sans doute de la devise de cet aventurier humaniste ?

— Oui, murmura Haret.

— Alors dites-la, s'il vous plaît.

— …

— Dites-la, ne me forcez pas à…

— *Morrer si necessário for. Matar, nunca.*

— Exact, approuva Martinho d'un hochement de tête. « Mourir s'il le faut. Tuer, jamais. »

— Ça ne veut rien dire, Martinho, dit Haret en essayant de se reprendre, et il n'y a aucune noblesse à mourir, ni pour Figueiras, ni pour Zweig, ni pour personne. Et vous vous accommodez facilement d'avoir passé la nuit à écouter votre père se suicider. Vous auriez pu intervenir à n'importe quel moment et nous sauver tous les trois de ce mauvais mélodrame. Vous êtes médecin, n'est-ce pas ? Il fallait bien que ce Véronal vienne de quelque part. Moi je n'étais pas au courant du poison dans les carafes, alors il faut vous résoudre à cette vérité : c'est plus de votre faute que de la mienne si Figueiras est mort cette nuit.

— Mais Figueiras est mort depuis longtemps déjà, depuis la mort de ma mère, et vous avez raison, je lui ai prescrit le poison à sa demande parce qu'il avait décidé de ne plus vivre. J'ai compris cette nuit pourquoi il avait décidé d'attendre, mais je savais qu'il le ferait. Comment le lui reprocher après tout ce que j'ai entendu ?

— Si vous lui avez fourni le poison, comment expliquez-vous que je ne sois pas encore mort ? Vous ne pensez pas que son but, en me faisant venir jusqu'à lui, était de nous voir mourir ensemble ?

— Je n'en sais rien. Peut-être s'est-il trompé dans les doses ou que votre corps réagit différemment du sien. À moins qu'il n'ait tout calculé pour que nous restions seuls tous les deux et que je décide de votre sort, comme le prouverait la dédicace.

— Je vous en prie, Martinho, arrêtons, laissez-moi partir. Vous avez déjà tant perdu alors que vous étiez étranger à tout ça, qu'est-ce qu'une nouvelle mort changerait à ce qui est arrivé ?

— Vous savez ce qu'est la saudade ? demanda Martinho sans répondre.

Les yeux rivés sur l'arme devant lui, la peur perlant sur son front et tétanisant sa mâchoire, Haret bredouilla dans un souffle presque inaudible :

— Oui, une sorte de nostalgie.

— Non, la nostalgie, c'est regretter ce qui n'est plus. C'est bon pour les âmes compassées de votre vieux continent. Pour nous, la saudade, c'est le souvenir heureux de ce qui a été. La saudade, c'est l'âme de notre pays, une force profonde qui d'habitude nous pousse à survivre à tout, à continuer d'espérer. Elle baigne nos chansons, nos romans, nos poèmes. Eh bien vous avez réussi ce triste exploit, en réécrivant nos jours heureux, de tuer en moi jusqu'à cette saudade. De tuer mon âme. Je n'ai plus personne à aimer, je n'ai plus de souvenir des jours heureux parce que vous les avez réécrits en jours de malheurs. Il n'y a rien à espérer de vous…

Il sourit et Haret, qui relevait les yeux pour une ultime supplique, reçut comme un coup fatal l'immense tristesse apaisée de son regard.

Alors Martinho, fils de Blanche et d'Everaldo, enfant de Figueiras, prit l'arme sur la table et la leva à hauteur des yeux du Français.

— Vous savez qu'elle existe vraiment maintenant ?

— Quoi ? bredouilla Haret, le regard rivé sur le métal du canon.

— La Transpantanaire…

Transpantaneira, Pantanal

Avril 2006

— Voilà, ça commence ici, dit Martinho.

Il avait conduit trente-six heures depuis Petrópolis, dopé au guarana et à toutes sortes de gélules, le colt qu'il avait rechargé toujours à portée de main. Deux mille kilomètres au cours desquels la résistance de Haret, elle, s'était avachie. Quand ils arrivèrent de nuit à Poconé, il dormait en chien de fusil sur la banquette arrière, les muscles froissés par la fatigue.

— Où sommes-nous ? demanda-t-il en se frottant le visage.

— Vous ne reconnaissez pas ? s'étonna Martinho.

Il le força à descendre et ils se retrouvèrent tous les deux sous le ciel immense. Une émotion violente saisit Haret devant tant de beauté. La nuit sous une lune rousse, des myriades d'étoiles, une piste en latérite mouillée de flaques, de chaque côté d'immenses étendues d'herbes et de brousse, et une cabane en bois au pied d'un portail comme l'entrée d'un ranch.

Ici commence le Pantanal du Mato Grosso

— Vous voyez, cette route existe aujourd'hui. Elle a été construite l'année suivant votre expédition en respectant les recommandations de Paul et des deux ingénieurs. Cent quarante-cinq kilomètres et cent vingt-deux ponts en bois pour que cette route-digue équilibre les masses d'eau de la saison des pluies sans trop nuire au passage des animaux sauvages.

— Cent quarante-cinq kilomètres seulement, ça veut dire qu'elle ne descend pas jusqu'à Corumbá ?

— Non. C'est un cul-de-sac, et par une belle ironie du sort elle ne va que jusqu'à Porto Jofre.

— Quelle ironie ?

— Porto Jofre est le nouveau nom de la Fazenda São Jorge, celle où vous avez abusé de Blanche.

— C'est là que nous allons, à Porto Jofre ? demanda Haret, trop épuisé pour se défendre encore.

— Non. Les sept premiers ponts sont à peu près sûrs, mais les autres sont trop dangereux de nuit. Il faut chaque fois s'assurer à pied de la solidité des poutres et souvent remettre en place les planches une à une. Nous allons juste rouler une dizaine de kilomètres jusqu'au septième pont.

— Pour quoi faire ? s'inquiéta Haret.

— Pour écrire la fin de cette histoire dans ce magnifique paysage…

— Martinho, nous sommes épuisés, vous autant que moi, pourquoi ne pas retourner passer la nuit à Poconé et parler de tout ça tranquillement demain ?

— Je ne sais pas. Parce que c'est vous, parce que c'est moi, parce que c'est la lune rousse, parce que c'est le Pantanal… De quoi avez-vous donc peur ?

— De ce que vous allez faire.

— Et alors, est-ce que j'en ai peur, moi ?

Il fit signe à Haret de regagner la voiture et ils franchirent le portail pour s'engager sur la Transpantanaire. Martinho roulait lentement, phares éteints, pour profiter de la clarté feutrée de la lune. Une première fois il alluma les phares pour surprendre un long *sucuri* qui traversait la piste. Il arrêta la voiture le temps que le boa disparaisse dans les hautes herbes, puis éteignit à nouveau et reprit la route. Haret, comme lui, se concentrait sur les ombres de la nuit.

— Là ! dit Haret après quelques minutes.

Martinho alluma les phares qui figèrent sur place une *onça* au beau milieu de la piste. Le félin les fixa longtemps, immobile, les yeux comme des catadioptres, puis continua sa maraude avec nonchalance, cherchant le meilleur passage pour disparaître dans les épineux.

Ensuite ils roulèrent longtemps sans rien voir d'autre que quelques *capivaras* industrieux comme des cantonniers défrichant les bas-côtés, et un tatou qui préféra se rouler en boule dans sa carapace entre leurs roues plutôt que se carapater. Puis soudain, après le troisième pont, Martinho alluma ses grands phares et surprit deux énormes jacarés qui se laissèrent aussitôt glisser dans les fossés inondés qui bordaient la piste. Et plus loin, les yeux rouges de beaucoup d'autres, aveuglés, qui réfléchissaient la lumière. C'est comme ça que Haret les avait chassés avec Esterlito, à l'*azagaia*, l'épieu armé d'une pointe en fer qu'il fallait planter entre les deux yeux hypnotisés par la lumière d'une torche et leurs reflets. Quatre points rouges comme une cible. Martinho continuant de rouler phares allumés, Haret décomptait maintenant les caïmans par dizaines, immobiles, comme pétrifiés, puis se jetant soudain dans l'eau en panique d'un coup de queue rageur. Un peu plus loin, ils virent soudain jaillir à la verticale d'un fossé inondé le ventre ivoire d'une bête énorme qui broyait dans sa gueule un poisson gros comme un chien, que deux autres vinrent aussitôt lui disputer dans des claquements de mâchoires et des éclaboussures. Puis les trois monstres disparurent dans un sinistre remous pour s'enfoncer dans la vase.

Un peu après le sixième pont, Martinho arrêta la voiture, laissant les feux allumés, et fit descendre Haret.

— Qu'est-ce que vous faites ?

— Avancez.

— Je vous en prie, Martinho…

— Avancez.

Devant eux, la piste perçait la nuit d'une couleur étrange dans la lumière des phares. Dans l'ombre qu'elle creusait de chaque côté, Haret devina des jacarés tapis à reculons. D'autres, invisibles, se glissaient dans l'eau tout près d'eux. Ou en sortaient. Loin devant, des yeux métalliques brasillaient par dizaines. Quand l'ombre étirée de Martinho ou de Haret les coupait de la lumière, ils s'agitaient et d'un coup de queue se coulaient dans le fossé.

— Là ! dit Martinho qui n'avait pas suivi Haret.

L'écrivain se retourna pour implorer une dernière fois le jeune homme dont la silhouette irréelle se dressait face à lui dans l'aveuglement des phares.

— Martinho…

Le coup de feu claqua comme la foudre dans la nuit et tous les jacarés se jetèrent dans les marigots dans un bain de panique. De l'ombre des arbres fusèrent des oiseaux réveillés en vols froissés tendus par la peur et une famille de *capivaras* affolés jaillis de nulle part courut en déroute dans un sauve-qui-peut désordonné jusqu'à se cogner dans les phares de la voiture. Haret s'effondra en silence, suffoqué par la douleur, le genou droit broyé par la balle.

— Nom de Dieu, Martinho…

La seconde balle lui brisa la cheville gauche. Cette fois il hurla de rage autant que de peur et de douleur.

— C'est la seule vengeance qu'il me reste, Monsieur l'écrivain, celle de faire de vous un de vos personnages.

— Martinho, je vous en supplie…

Sans répondre le jeune homme regagna le véhicule et reprit sa place au volant. Haret essaya de se traîner pour le rejoindre mais ses forces le trahirent. La douleur déchirait en lambeaux sa volonté. Même ramper lui était impossible. Il regarda la voiture, aveuglé, attendant le choc qui l'achèverait, mais rien ne vint mettre fin à son calvaire. Puis soudain Martinho coupa les phares et Haret se retrouva seul dans la nuit immense, dans la lueur de la lune rousse, les jambes irradiées de douleur. Un instant pourtant il goûta presque à la quiétude irréelle de ce paysage où les oiseaux rentraient se nicher. Il devina le vol d'un *tuyuyu* qui se posait au milieu d'un champ de jacinthes d'eau pour y gober des serpents. Jusqu'à ce qu'il devine, moirée par les reflets de la lune, la carapace d'un jacaré qui se hissait hors du marigot. Puis un autre, un peu plus bas, sur la route, déjà en appui face à lui, son goitre de nacre tout gonflé d'appétit.

Un jet de bile brûla la gorge du Français et la terreur vrilla son cœur. Il devina alors les autres jacarés, émergeant par dizaines de la vase, pointant leurs gueules mauvaises hors de l'herbe. Plus ses yeux se faisaient à la nuit, plus il les comptait nombreux. Il se redressa sur ses coudes, le visage tordu de douleur tourné vers la voiture, implorant Martinho du regard. Il ne cherchait plus à ce qu'il le sauve, juste qu'il l'achève, et resta longtemps à fixer le pare-brise aveugle de la voiture. Martinho ne pouvait pas l'abandonner ainsi, il n'était pas ce genre d'homme, il n'était pas comme lui, il…

Le temps d'un éclair, un sang noir macula le pare-brise de l'intérieur et l'habitacle de la voiture étouffa le coup de feu, sonnant la curée du festin hystérique des jacarés.

Achevé d'écrire à la Posada del Abra
chez Adriana et Gabriel,
dans le delta de Tigre, en Argentine,
le 20 février 2017

Du même auteur :

LE TEMPS DU VOYAGE. PETITE CAUSERIE SUR LA NON-CHALANCE ET LES VERTUS DE L'ÉTAPE (publié sous le nom de Patrick Manoukian), Éditions Transboréal, 2011.

YERULDELGGER, Albin Michel, 2013. Grand Prix des lectrices de *Elle*, Prix Quais du Polar/20 Minutes, Prix SNCF du polar.

LES TEMPS SAUVAGES, Albin Michel, 2015.

LA MORT NOMADE, Albin Michel, 2016.

TARKO, L'HOMME À L'ŒIL DE DIAMANT, Éditions Atacas, 2016.

TARKO, LE SECRET DE PACHAMAMA, Éditions Atacas, 2016.

HEIMAEY, Albin Michel, 2018.

PAPIER À BASE DE
FIBRES CERTIFIÉES

Le Livre de Poche s'engage pour
l'environnement en réduisant
l'empreinte carbone de ses livres.
Celle de cet exemplaire est de :
300 g éq. CO_2
Rendez-vous sur
www.livredepoche-durable.fr

Composition réalisée par NORD COMPO

•

Imprimé en France par CPI
en septembre 2018
N° d'impression : 3030292
Dépôt légal 1re publication : octobre 2018
LIBRAIRIE GÉNÉRALE FRANÇAISE
21, rue du Montparnasse - 75298 Paris Cedex 06

80/3366/1